Markus Gasser

Die Verschwörung
der Krähen

Am Ufer der Themse finden Kinder beim Spielen die Leichenteile des größten Verbrechers im britischen Königreich, und nur einer weiß, wie sie dort hingelangt sind ... London besteht um 1700 aus zwei Städten, in beiden regiert die Gewalt. In der Unterwelt kämpfen Einbrecher und Auftragsmörder um die Vorherrschaft, am Hof streiten sich Minister und Aristokraten um die Gunst der Königin: Alles untersteht der Kontrolle Queen Anne Stuarts, religiös und politisch Andersdenkende werden zu Staatsfeinden erklärt, zum meist tödlichen Pranger verurteilt und weggesperrt im gefürchtetsten Kerker Europas, Newgate Prison. So wie Daniel de Foe, Unternehmer, Journalist, Kirchengegner, Geheimagent wider Willen und Intimfeind Queen Annes. Doch als er entdeckt, wer in London wirklich die Fäden zieht, schlägt er sich, gegen die Obrigkeit, auf die Seite der Kriminellen – mit dem Beistand seiner scharfsichtigen Frau Mary de Foe und der respektlosen Margaret «Midge» Crane. Und um seiner Vernichtung zu entkommen, plant er einen letzten, spektakulären Coup. Markus Gasser erzählt in *Die Verschwörung der Krähen* über Wahrheit und Würde in einer korrupten Welt, über Armut, Seuchen und Krieg, den schmalen Grat zwischen Schuld und Unschuld, über die Entstehung des investigativen Journalismus unter dem Druck von Zensur, Fake News, Populismus und Paranoia – und über die Liebe in liebloser Zeit.

Markus Gasser, geboren 1967 in Österreich, ist Romancier, Essayist, Universitätsdozent, Kritiker und Schöpfer des beliebten YouTube-Kanals «Literatur Ist Alles». Zuletzt erschienen u.a. «Die Launen der Liebe», «Das Buch der Bücher für die Insel» und «Eine Weltgeschichte in 33 Romanen». Der Autor lebt mit seiner Frau und einer labyrinthischen Bibliothek in Zürich.

Markus Gasser

Die Verschwörung der Krähen

Roman

C.H.Beck

Mit zwei Karten im Anhang,
© Peter Palm, Berlin

1. Auflage in der Taschenbuchausgabe
beim Verlag C.H.Beck. 2023

© Verlag C.H.Beck oHG, München 2022
www.chbeck.de
Umschlaggestaltung: Rothfos & Gabler, Hamburg
Umschlagabbildung: Blick auf London von Southwark,
vor dem Feuer 1666, ursprünglich Thomas Wyck zugeschrieben
© Chatsworth Settlement Trustees/Bridgeman Images.
Krähen © plainpicture und © shutterstock
Innenteilabbildungen: © shutterstock
Satz: Fotosatz Amann, Memmingen
Druck und Bindung: Druckerei C.H.Beck, Nördlingen
Printed in Germany
ISBN 978 3 406 80863 0

myclimate

klimaneutral produziert
www.chbeck.de/nachhaltig

Inhalt

— 1 —
Niemand verschwindet / 1730 9

— 2 —
Enemy of the People / 1703 13

— 3 —
Keiner von uns / 1660–1703 43

— 4 —
Fake News / 1704–1720 89

— 5 —
True Crime / 1721 155

— 6 —
Die Verschwörung der Krähen / 1725 183

— 7 —
Niemand entkommt / 1730 221

— 8 —
Midge / 1734 233

Personenverzeichnis 237

Karten 239

I N R OMEVILLE , wie die Verbrecherwelt Londons ihr Revier einst nannte, befindet sich ein unterirdisches Tunnelsystem. Lange Zeit ist sein Zweck völlig unbekannt geblieben.
Auf ihm ruht noch immer die große, uralte Stadt.

I

Niemand verschwindet

1730

Früher war er durch Fenster in die Freiheit gesprungen, nun war er unterwegs in sein Grab.

Diesmal würde er für immer verschwinden, wie der erste Schnee, der gerade fiel und sich spurlos in den schwarzen Äckern Kents verlor. In einer Neumondnacht von Donnerstag auf Freitag im Oktober 1730 stand ein siebzigjähriger Reisender, den Mantelkragen bis über beide Ohren hochgeschlagen, auf dem seitlichen Trittbrett einer Kutsche, klammerte sich ans Dachgestänge und balancierte die Rumpeleien mit seinen noch immer erstaunlich gelenkigen Beinen aus. Er war aus dem Wageninneren gestiegen, um den argwöhnischen Blicken der fünf anderen Passagiere nicht weiter ausgesetzt zu sein, und fragte sich nur eines: «Wann überfallen sie endlich den verfluchten Karren, wie es Mendez versprochen hat?»

Eine schlaflose Krähe umkreiste schweigend die Kutsche und wusste genau, was mit diesem Herrn hier los war: Sein nervöser Charakter hatte langes Warten nie ertragen, und auch diese Reiseetappe ins Grab war ihm bisher viel zu gemütlich verlaufen. Doch jetzt gelangten sie in die bewaldete Gegend um Sevenoaks, und die Pferde nahmen entschlossen keuchend einen Hügel in Angriff. Ein Windstoß kam den erschöpften

Tieren zu Hilfe, mit Schwung ging es plötzlich aufwärts. Aber seine Angst verflog dadurch nicht.

Sogar in diesem elenden Nest Charleton, dachte er, hatte man ihn erkannt, obwohl sich die Bewohner nicht bloß zur Jahrmarktszeit schonungslos mit hausgebranntem Gin betranken und durch die Werktage schlurften wie Untote. Dabei hatte er sich tagsüber bei einem gleichgesinnten Sattlermeister versteckt und sich nur nachts für ein Stündchen einen Spaziergang durch ein paar Gassen gegönnt. Der grünäugige Fahrgast mit der versilberten Vollperücke kam ihm von Charleton her irgendwie bekannt vor. In einer Kutsche misstraute grundsätzlich jeder jedem, und vielleicht täuschte er sich; vielleicht täuschte er sich aber auch nicht, und der Grünäugige war ein Agent der Regierung und seit Wochen hinter ihm her. Höchste Zeit also, dass er sich beseitigte, bis es so wirkte, als wäre er allen nur im Traum erschienen oder von irgendwem erfunden worden und als hätte er gar nie gelebt.

Er hatte die schärfsten Flugblätter gegen Kirche und Krone geschrieben, in Gefängnissen gesessen, die Queen gereizt bis aufs Blut und sich mit Verbrechern verschworen. Er hatte das gesamte Königreich mit einem Netzwerk von Spionen überzogen und ein doppeltes Spiel getrieben in zahllosen Zeitungen unter hundertsiebenundachtzig Pseudonymen. Er hatte von anderen Autoren gestohlen, ihre Nester geplündert wie eine Elster und die Beute zu seinem Besitz erklärt. Er hatte Städte ans Meer verlegt, eine Insel darin versinken und für einen Schiffbrüchigen eine neue daraus hervorsteigen lassen, mit Papageien und Pinguinen.

Doch seinen «Robinson Crusoe» las in fünf Jahren sowieso keiner mehr, seine Gläubiger in London drohten ihm wieder einmal mit Newgate Prison, und Mary und die Kinder wollten wahrscheinlich nichts mehr von ihm wissen. Kein Nachruf, nicht einmal ein Grabstein sollte von ihm bleiben mit seinem Namen darauf, den seine Verfolger mit dem Teufel in Verbindung brachten, De Foe, «the foe», der Feind, der Widersacher. Der war er für sie alle, sie allesamt von Anfang an ja auch tatsächlich gewesen, sagte er sich: Zunächst reinen Gewissens, mit Ungeduld und Stolz und Belustigung, dann voller Verachtung und Zorn.

Die Kutsche hielt. Die Pferde hatten die Hügelkuppe hinter sich gebracht und schnauften genüsslich in den Schnee, zerkauten die Luft und dachten an Kräuterwiesen im Frühsommer. De Foe wollte gerade ins Wageninnere zurückklettern, als sieben Reiter aus dem Nebel tauchten und die Kutsche umstellten. Den Passagieren blieb keine Zeit, Uhren und Geldbeutel in ihre Stiefel zu stecken. Der Kutscher kramte in seinem Waffenkasten, als ginge ihn das Ganze nichts an. Einer der Reiter riss die linke Tür der Kutsche auf, ein anderer rief aus dem Dunkeln: «Wer's noch nicht erlebt hat, hat davon gelesen, und wer nicht lesen kann wie ich, hat davon gehört, und wer noch nie davon gehört hat, hört es jetzt und kann es vielleicht bald seiner Frau Gemahlin erzählen, nämlich raus mit euch allen, und eins und zwei und drei …» – der Reiter im Dunkeln zählte offenbar die aussteigenden Passagiere ab – «… und der ehrwürdige Großvater dort drüben natürlich auch.»

Die Wegelagerer hielten reglos wie einarmige Vogelscheuchen Flinten auf die Gruppe gerichtet. Ihr Wortführer trat in den Lichtkreis der Kutschenlaternen. Die Passagiere wurden ganz still: Seine Augen waren weiß wie Milch. Vor ihnen stand breitbeinig ein Blinder, kaum älter als achtzehn, der sie streng fixierte. Er sah sie mit den Ohren, sah besser als sie. Der Regierungsagent bereute seine Berufswahl; die versilberte Vollperücke saß ihm schief auf dem Kopf. Es war auch zu dumm, dass ihm kurz vor dem Ziel ein so peinlicher Zufall in die Quere kam. Er reichte seine kostbare Perücke dem Blinden, der die Geste souverän überging.

«Ich bedaure es aufrichtig, dass unsere Zeit so knapp bemessen ist. Welche Sünden man einander nicht zu beichten hätte! Nachdem wir euch um alles erleichtert haben, was euch sonst noch so belastet, lassen wir euch Exzellenzien selbstredend frei und in unsere glorreiche Metropole Londinium passieren», sagte der Blinde. «Nur den Opa da, den Herrn Großschriftsteller Daniel de Foe» – und er wies mit dem kleinen Finger seiner Rechten auf den Alten, der seit längerer Zeit vor Kälte oder Kühnheit oder Panik unnötig laut mit beiden Füßen aufstampfte –, «den behalten wir, den knöpfen wir uns später vor, den weiden wir aus.» De Foe atmete innerlich auf.

Jetzt erst verstand er den Rätselsatz von Mendez: «Lassen Sie sich von dem Blinden führen.» Er fühlte sich fast unanständig vor Glück. Abraham Mendez hatte Wort gehalten. Dass er dies alles noch einem ganz anderen als Mendez verdankte, dem grausamsten Ungeheuer jener Jahre, kam ihm absurd vor, aber was machte das schon? Für Mr. Daniel de Foe war der Weg nun endgültig frei auf seiner Fahrt in die Grube. Doch wo sie lag, wusste nur Mendez – und die Krähe natürlich. Sie erhob sich, kreiste einen Moment und schwenkte ab, um den anderen davon zu berichten, wie reibungslos die ganze Sache gelaufen war.

2

Enemy of the People

1703

Es war nicht Daniel de Foes erste Flucht gewesen.

Drei Jahrzehnte zuvor, 1703, als er noch gern in den Spiegel blickte und alle Zähne im Mund hatte und alle Haare auf dem Kopf und nicht so recht glauben konnte, dass er die magischen Vierzig überschritten hatte, erließ Queen Anne Stuart in der «London Gazette» einen Steckbrief gegen ihn, «einen Mann mittlerer Größe, hager, braune Gesichtsfarbe, braunfarbiges Haar, trägt aber meist eine Perücke, hat eine gekrümmte Nase, scharfes Kinn, graue Augen, ein großes Muttermal um die Mundpartie, Inhaber einer Ziegelei.» Die Queen setzte fünfzig Pfund auf den Mann mit Ziegelei, Perücke und Muttermal aus – eine Summe, von der eine sechsköpfige Familie gut ein Jahr lang leben konnte. Dann rief sie ihren Staatssekretär Earl of Nottingham zu sich und stotterte ausnahmsweise kein bisschen, als sie den kürzesten Befehl erteilte, den Nottingham je von ihr gehört hatte: Er solle diesen Foe, Erzfeind von Krone und Kirche und Haupt einer Verschwörung, aufstöbern, möge es Krone und Kirche kosten, was so was nunmal koste. Rechne er sich das selber aus.

Thema beendet.

Nichts hatte die Queen seit ihrer Krönung derart in Rage

gebracht wie die Hetzschrift De Foes, die – vorgeblich im Namen der höchsten geistlichen Würdenträger – zur Ausrottung aller religiösen Abweichler aufrief, wie De Foe selbst einer war. Ihre Kirche, die einzig wahre, die Ecclesia Anglicana, mit verstellter Stimme als gewalttätig zu verleumden, war der hinterhältigste Trick, der ihr je untergekommen war. Die Hetzschrift spaltete die Nation, die ihr schon gespalten genug erschien.

Nottingham war ganz hingerissen von der Entschiedenheit Ihrer Majestät und nestelte erregt an seinen Smaragdknöpfen: Verschwörer wie diesen De Foe kreuz und quer durch England und den Kontinent zu jagen, das war nicht die übliche Aktenwälzerei, sondern echte Handarbeit und eine prestigeträchtige Herausforderung. Noch am selben Abend traf Nottingham den Schatzmeister zum Federballspiel, der auch das Budget des Geheimdiensts verwaltete und längst unterrichtet war über das dringliche Bedürfnis der Queen, den Schmähling an den Galgen zu bringen. Unmerklich ließ Nottingham den Schatzmeister mehrere Runden gewinnen, und dieser Geizhals sicherte ihm daraufhin eine derart hübsche Finanzierung zu, dass Nottingham ihn am liebsten umarmt hätte. Er trommelte die tüchtigsten Männer seiner Privatmiliz zusammen: Für Geld hätten sie sogar den Leibhaftigen ausfindig gemacht. Das Netz war ausgeworfen, und den Hecht sah er schon darin zappeln.

Von seinen Fluchtabenteuern erzählte der Hecht später oft und gern und beteuerte, nicht zu übertreiben, zumindest nicht maßlos: Wie er sich in Cádiz, wo er nebenbei mit Portwein und Sherry Handel trieb, zwei Wochen lang im Keller seines Exporteurs verborgen hatte und beinahe verhungert wäre (verdurstet natürlich nicht). Nach einem Schiffbruch setzten ihn maurische Korsaren an der Küste Marokkos gefangen; er nahm zum Schein den muslimischen Glauben an, um nicht als Sklave in die Goldminen Brasiliens verkauft zu werden, und ließ sich von Sultan Moulay Rachid belehren, dass Religion nichts sei als Politik und Maskerade und dass allen Menschen Rechte und Freiheiten zustanden, ob sie Juden waren oder Mauren oder Christen wie er. Solle doch jeder selig werden oder zur Hölle fahren nach seiner Fasson. Die Europäer freilich würden noch viele finstere Jahrhunderte brauchen, bis sie begriffen, dass nicht alles, was sich ihre Fanatiker dachten, auch gut fürs ganze Universum sei: Wenn sie sich bis dahin nicht alle wechselseitig massakriert hätten.

Auf den Hügeln um Tanger, von denen aus man zugleich das Mittelmeer und den Atlantik sah, lernte De Foe den Umgang mit einer neumodischen Handfeuerwaffe von einem schottischen Baron im Exil, MacGregor, der die Queen und ihre Kirche (in drei Sprachen) verfluchte wie die Pocken, hielt die Waffe jedoch ungeschickt wie einen frisch geangelten Fisch, schoss sich in die linke Schulter und überlebte nur, weil der Schotte Sohn eines Chirurgen war.

In Leiden belagerten Nottinghams Halunken einen Gasthof am Rhein, De Foe legte Feuer ans Dach, nutzte das Durcheinander und machte sich mit dem Wirt durchs Ufergebüsch davon.

In Rotterdam entkam er nachts durch ein Fenster, das Gott für ihn offen gelassen hatte, stürzte aber in den riesigen Bottich eines Färbers und ertrank nur darum nicht in der purpurroten Brühe, weil er den angeketteten Papagei fast zu Tode erschreckte, der mit seinem Marktgeschrei die Färberfamilie weckte.

Eine Geheimdepesche, die wochenlang durch die Hände Gleichgesinnter gewandert war, erreichte ihn in Delft: Seine

Tochter Hannah sei an Typhus erkrankt. Auf einem niederländischen Segler flog er unter knirschenden Tauen an die englische Küste, ohne weiter auf die Agenten Nottinghams zu achten. Er fand Hannah wieder halbwegs bei Kräften, floh über Londons bequem ineinandergeschobene Dächer, kam bei Handwerkern unter, die er früher in seiner Ziegelei beschäftigt hatte, und musste bei einem seiner Spaziergänge nur ein einziges Mal einen Passanten mit seinem Degen bedrohen und mit einem Satz, der in die Legenden der Stadt einging: «Wenn Sie mir nochmals begegnen sollten, mein lieber, guter Freund, dann lassen Sie mir bitte eine halbe Stunde, bevor Sie nach den sogenannten Friedensrichtern rufen. Das wäre nett, danke sehr.»

Als Nottingham davon hörte, ließ ihn seine Zuversicht im Stich. Er fühlte sich dünn und allein. Ihm drohte eine weitere Schlappe in seiner Karriere. In jeder Ecke lauerten Kleinminister und Parlamentarier, Höflinge samt und sonders, die sich wichtiger nahmen als er und nach seinem Posten grapschten. Er gehörte nicht hierher. Er gehörte nirgendwohin. Hatte er sich über die Monate schon mehrfach ausgemalt, wie sich der Widersacher bei Verhören in seinen Ketten wand, wie er mit Kleinmädchenstimme bereute, seine Mitverschwörer preisgab und schließlich neben zwei anderen Volksverhetzern in leichter Brise vom Balkengerüst in Tyburn baumelte, so erschien ihm De Foe nun allmählich wie ein Gespenst, körperlos und ungreifbar, zugleich nirgends und überall. Jetzt hieß es, wieder ruhig und klar zu werden im Kopf: Er glaubte doch nicht an Gespenster, er ließ sich doch einzig und allein von unwiderlegbaren Tatsachen leiten. Und so eine unwiderlegbare Tatsache war dieser De Foe.

Der erwachte eines Nachmittags zur gleichen Zeit auf dem

Dachboden eines Schiffbauers mit dem Mund wie voller Erde. Er glaubte sich von Ellbogen gestoßen, atmete in Krämpfen, und unter ihm pochten die Dielen. Er war so durchdrungen von der Angst, das ewige Versteckspiel sei letzten Endes vergebens, dass er schließlich seine Frau Mary bat, Nottinghams hartes Herz zu erweichen.

Aber als Mary mit einem Gnadengesuch bei Nottingham vorsprach, fiel dem Earl nichts anderes ein, als sie drei Stunden in einem Vorzimmer der vielen Vorzimmer warten zu lassen. Dann befahl er sie zu sich und fragte, wo ihr Mann sei.

«Dort, wo er immer ist, in seiner Ziegelei.»

«Da waren wir schon.»

«Das dachte ich mir.»

Nottingham streichelte sein Tintenfass, einen Eulenkopf aus Gold. «Ist Ihnen eigentlich bewusst, dass sich Ihr Mann in Lebensgefahr befindet?»

«Das verwundert mich nicht. Nur ein bisschen anders zu denken als Sie, Sir, bedeutet schon Hochverrat. In einem Staat wie dem Ihren ist keiner sicher. England ist noch recht barbarisch.»

Er musste sich beherrschen, Gelächter stieg in ihm hoch, und um nicht laut drauflosprusten, presste er die Lippen zusammen. Er sah sich inmitten einer Horde zottliger Flachlandschotten am Eingang einer Höhle um ein loderndes Feuer herumlungern.

«Sie sind ein Engel, Mrs. De Foe, der alles vergibt. Das weiß ich, weil ich weiß, dass ihr Mann einer hundsgewöhnlichen Austernverkäuferin in Bristol ein Kind gemacht hat.»

«Diese Verleumdung haben seine Gegner in Umlauf gesetzt, um seinen Ruf zu ruinieren.»

«Das ist er schon.»

«Na dann.»

Hier versagte seine größte Kunst, die darin bestand, seinen Gegner mit Güte zu zwingen, ihn um einen Ausweg zu bitten.

Nottingham blickte zur Decke hoch, als wäre da ein Pfad in den Himmel zu finden, und fuhr sich mit den Fingerknöcheln an die Schläfe. Plötzlich kam ihm sein Hirn vor wie der geblähte Papierdrache seines verstorbenen Sohnes, bereit zum Aufstieg, an ihren Sonntagen im Sommer damals, zu zweit. «Halte den Drachen mit seiner Nase immer gegen den Wind, Sid. Ja, genau so! Toll machst du das. Und jetzt: Lass ihn fliegen!»

Er musste hier raus. Verdrossen machte er De Foe mit schneidigen Worten nieder – «Versager, Staatsfeind, Schafsnase, Bankrotteur, Schröpfkopf, Arschgesicht!» –, verfiel dann in ein anderes Extrem, fasste Mary de Foe an die Brust und schlug mit gönnerhaftem Lächeln einen kleinen Tauschhandel vor, obwohl er bereits an ihrem resoluten Schritt in den Saal herein erahnt hatte, dass eine Frau wie sie einen solchen Handel nie erwägen würde. Sie erwiderte nur: «Exzellenz, was Sie sind, sind Sie durch den Zufall der Geburt. Aber was wir sind, und seien es Schafsnasen, das sind wir durch uns.» Sie strich sich übers Kleid, als wäre es besudelt, warf ihm einen belustigten Blick zu, «und wenn Sie uns hiermit entschuldigen wollen», machte kehrt und ging.

Es dauerte ein Weilchen, bis sich Nottingham von seiner Verblüffung erholt hatte. Leider war an dieser schweren Beleidigung seiner angeborenen Hoheit etwas dran. Andererseits konnte dieses Frauenzimmer ja nicht ahnen, wie viele Intrigen er hatte spinnen müssen, um (Zufall der Geburt hin oder her) die Gunst einer launischen Königin zu gewinnen, die am Tag dreimal ihre Meinung wechselte wie ihre Roben. Und Mary de

Foes dreiste Sätze erinnerten ihn daran, dass sie eine Staatsfeindin war, genau wie ihr Mann. Von nun an nahm Nottingham die Sache noch persönlicher als die Queen. Eigentlich lag am Grund seines Wesens eine kaum erträgliche Schwermut – er weinte nicht selten und mit Genuss, aber heimlich, nach Mitternacht –, doch umso entschlossener wollte er in den Augen der Queen einer Kanone gleichen, die einen De Foe vom heiligen Boden Englands wegpusten konnte.

«Hast du erst seinesgleichen, hast du irgendwann ihn selbst.» Nottingham durchforstete seine schwarze Liste nach politisch verdächtigen Boten, die Manuskripte zu den Druckern brachten. Einer von ihnen entpuppte sich rasch als Gesinnungsgenosse des Widersachers, dem Nottingham mit dem Brandeisen erst gar nicht drohen musste: Der Bote brauchte die fünfzig Pfund, da er gerade eine Dienstmagd geschwängert hatte und aufrichtig verliebt in sie war. Er verriet Nottingham Name und Adresse von De Foes Drucker, doch statt ihm das Kopfgeld zu übergeben, sperrte Nottingham den Boten zur Sicherheit weg. Dann nahm er Drucker Croome ins Verhör, das sich für Drucker Croome so anfühlte, als wäre er von einem Dämon besessen, den er selber loswerden wollte. Nottingham hielt Croome das Brandeisen unter die Nase, der Dämon entwich und spuckte den Stadtteil Spitalfields aus. Endlich war Nottingham auf der richtigen Spur. Schon vor Tagen hatte ein Spitzel in Spitalfields, jenseits der nördlichen Stadtmauer, in einem Mann mit brauner Haut und Hakennase Daniel de Foe erkannt.

Gerade wollte Nottingham der Queen vergnügt von seinem Durchbruch berichten, als per simpler Penny-Post ein unversiegelter Brief eintraf. Er kam von De Foe. Der Brief war schlicht und unverschämt. Er werde sich ausliefern, stand darin zu lesen, wenn man ihm – so erstens – Gefängnis und Pranger erspare und er in der Armee der Queen in den Niederlanden dienen dürfe. Und wenn man – so zweitens – die seinetwegen Eingesperrten, den Boten Bellamy und den Drucker Croome, noch heute freilasse. Nottingham dachte nicht daran. Wenn er sich eine Vorstellung von alledem gemacht hätte, wozu Daniel de Foe noch fähig war: Wie viel Ärger wäre ihm erspart geblieben! Doch als er seinen Fehler erkannte, war es längst zu spät.

Weil eine Durchsuchung des Stadtteils nur für unnötigen Aufruhr sorgen würde, streute Nottingham das Gerücht, schottische Katholiken wollten Spitalfields in Brand stecken, und an einem Samstagmorgen im Mai 1703 schwärmten die Männer seiner Privatmiliz durch die menschenleeren Gassen des Stadtteils und scheuchten verschlafene Katzen auf, bis sie De Foe im Haus eines Seidenwebers fanden, wo er in der Küche saß bei Kaffee und gezuckerten Erdbeeren mit Zimt und, die Hände verschränkt, seine Daumen miteinander verglich. Zu ihrer Verwunderung wehrte er sich nicht. Sie schleppten ihn umgehend nach Newgate Prison.

De Foe wusste, dass sie ihn in Newgate nicht töten würden, auch wenn hier die wenigsten lange genug lebten, um einen Gerichtssaal von innen zu sehen. Man hätte schon am Gestank krepieren können. So scheußlich nach Harn, Kot, nassem Stroh und Rauch von billigem Tabak hatte es nicht einmal in der Korsarenfestung Sala des Sultans Moulay Rachid an der Küste Marokkos gerochen. Doch der zweite Oberaufseher Bodenham Rewse nahm Mr. De Foe derart freundlich in Empfang, als hätte er seit seiner Geburt auf diese Begegnung gewartet. Er eskortierte ihn durch gewundene Gänge und über schmale Stufen zum Press Yard hinauf und formierte sein Haar dabei mit einem Kamm. Der Gestank schlich ihnen hinterdrein, musste bei einer Wendeltreppe dann plötzlich verschnaufen und gab sich geschlagen, als sie den Press Yard erreichten. Von dort konnte man den Innenhof überblicken, wo Schließer zur Mittagspause gerade einen Gefangenen nackt herumhopsen ließen.

Dagegen könne er nichts machen, entschuldigte sich Bodenham Rewse, das habe Tradition hier, «In Schwung bringen», so heiße das Spiel. Vor seiner Zeit hätten sie dem Gefangenen danach die Hoden abgeschnitten.

Wenn das kein Fortschritt sei, bemerkte De Foe.

Zu seinem Ärger war er in der geräumigen Zelle nicht allein.

«Ganz der Ihre», sagte ein braun gebrannter Franzose, der mit gespannter Gelassenheit am Sims des eisenvergitterten Fensters lehnte, die Arme verschränkt, die Beine überkreuz. «Willkommen in der teuersten Herberge Ihrer Stadt. Treten Sie ruhig näher. Ich fresse Sie nicht sofort auf. Das hätte Ihr Vorgänger mit mir am liebsten gemacht, ein Frauenmörder, von Adel übrigens, wäre ich ihm gestern Nacht nicht mit meiner Geheimwaffe zuvorgekommen.»

«Ich hatte bereits Umgang mit Kannibalen im Pazifik», versetzte De Foe. «Aber in diesem Höllenloch bin ich zum ersten Mal.»

Letzteres stimmte.

«Und Sie haben natürlich Ihren Obolus an Bodenham Rewse entrichtet, den Höchstpreis, fünfhundert, nehme ich an? Ansonsten wären Sie nicht hier, bei mir. Offenbar haben Sie die Mittel dazu.»

«Gerade noch und bald nicht mehr.»

«Ärgern Sie sich nicht über unseren Bodenham Rewse. Herrschsucht ist sein geringstes Laster, obwohl die härtesten

Repressalien in seiner Macht stünden. Er hat das Zehnfache des Höchstpreises ausgeben müssen, um seinen Posten zu kaufen und Vizekönig in diesem Reich der lebendig Begrabenen zu werden. Major Bernardi nebenan zahlt noch viel mehr als Sie und sitzt mit seiner ganzen Familie ohne Gerichtsurteil schon ein Jahrzehnt hier herum.» Die Flucht aus Newgate sei noch keinem gelungen, auch nicht für Berge von Gold, und der Ausbrecher müsse erst noch geboren werden, der es durch sechs Gittertore bis zur Kapelle schaffe und von dort dann aufs Dach. «Aber Niederlagen nimmt unser Major Bernardi nicht hin. Ebenso wenig wie Sie. Ich habe Ihren Wutausbruch gegen die Kirchenoberen überflogen. Etwas zu lang geraten, aber gefährlich. Also: nicht schlecht.» Offenbar hatte der Fremde irgendwo aufgeschnappt, dass De Foe zu den «Dissentern» gehörte, und hoffte, dass dies etwas furchtbar Verwegenes und wenig Respektables sei.

Und völlig daneben lag er damit ja auch nicht: Die Dissenter, Dissidenten, Abweichler, Nonkonformisten, ob sie nun Quäker waren, Baptisten oder Presbyterianer wie De Foe, nahmen sich die Freiheit, die Bibel selber, in ihrer eigenen Sprache und nicht auf Latein zu lesen und auszulegen. Sie warfen dem Papst in Rom und der Ecclesia Anglicana ein «Verflucht!» an den Kopf, wenn Papst und Ecclesia dem Volk Bibelpassagen nach Willkür verkürzten und verdrehten und Gott in den Käfig ihrer Interessen sperrten und als gegeben annahmen, Gott höchstpersönlich hätte sie in ihre Ämter befördert. (Außerdem predigten die Papisten und Anglikaner miserabel und schenkten beim Abendmahl vor allem sich selber ein.) Die Dissenter galten als Ketzer, weil sie Kirche und Staat voneinander trennten. Religion war Privatsache. Auch ihr eigener Glaube ging nur sie selbst etwas an. Manche waren nicht einmal sonderlich fromm: Es missfiel ihnen einfach, welch tyrannischen Lauf die Dinge seit vier Jahrzehnten nahmen, von einem Dekret zum nächsten, das man gegen sie erließ, von einer verstümmelten Leiche zur nächsten, die man in die Straßengräben Londons warf, um das jeweilige Dekret zu besiegeln. Viele Dissenter wollten ein vom ganzen Volk gewähltes Parlament, weil frei zu sein und unabhängig von Krone und Kirche für sie ein und dasselbe war.

Der merkwürdige Franzose hieß Antoine de Guiscard. Er nannte sich Marquis, war aber keiner. Dann wieder nannte er sich Abbé de la Bourlie: Was er nicht mehr war. Als Jüngster von seinem Vater zum Priester bestimmt und nach dem Jesuitenkolleg mit den niederen Weihen versehen, habe er sich bei aller Gottesliebe zur Enthaltsamkeit nicht entschließen können.

«Katholiken», brummte De Foe in sich hinein, «vergreifen sich an allem, was durch ihre Sakristeien trabt.»

«Wie?»

«Nonnen», sagte De Foe laut.

Ja, an Nonnen habe er sich auch versucht, lächelte der Franzose. Offenheit schien überhaupt zu Guiscards Charakter zu gehören. Er erzählte, ohne sich Zeit zum Atmen zu lassen, wie er aufseiten der hugenottischen Protestanten in den Cevennen gegen den Papistenkönig Nummer vierzehn gekämpft hatte, den er verächtlich «Louise» nannte, kniete sich nieder und zeichnete mit Kreide jeden Ort seiner Irrfahrten auf den Boden hin, bis der einer wilden Landkarte Frankreichs glich. Doch lebte Guiscard auch von seiner Schlauheit, denn als abzusehen war, dass die Hugenotten scheitern würden, hatte er sich aus dem Staub gemacht. Auf dem Place de Grève in Paris von vier Pferden in Stücke gerissen zu werden, war nicht nach seinem Geschmack. Stand auf, klopfte sich den Kreidestaub von den Hosen und ging zum praktischen Teil seiner Ansprache über, die in einer Lobrede auf seine Geheimwaffe ihren Höhepunkt fand.

Man meide, dozierte Guiscard, zunächst den Fraß aus der Kantine hier, der die Vergehen der hiesigen Küche ins Maßlose treibe. Ferner meide man Bier, Brandy, Gin und das Wasser. De Foes Familie solle ihnen unverdünnten, direkt aus dem Bordeaux importierten Wein bringen (am besten einen Château Trompette), Wachskerzen, Kohle, Schinken, frisch zubereitetes Kalbfleisch, Rinderzunge, Geflügel – und Guiscard hätte sich in die Menüfolge für ein Festgelage hineingesteigert, wäre er sich nicht selber mit einer Bedingung ins Wort gefallen: «Dafür stecken Sie unseren Schließern jeden Tag etwas Geld zu, und wir beide sind fein raus und die besten Freunde.» Der Gin hier, erklärte Guiscard weiter, versenge die Eingeweide und mache schwachsinnig, und im Wasser lauerten dämonische Tierchen, die nur unterm Lichtmikroskop zu erkennen waren und auf Dauer wie Gift wirkten. Als Sohn eines Apothekers war Guiscard mit allen möglichen Giften vertraut, und eines davon war ohne Geruch und Geschmack und hinterließ keine Spur im Körper. Er trug das weiße Pulver stets bei sich. Davor werde sich niemand schützen können, weder ein Frauenmörder von Adel, der Earl of Nottingham noch die Queen.

De Foe nickte nervös.

Vielleicht war nur die Brotsuppe tödlicher, die man denen in den Gewölben ganz unten an den Nachmittagen gelegentlich verabreichte. «Sie sollten sich mal die armen Teufel im Keller anschauen, wie sie auf ihren Bretterpritschen hocken, nur weil jemand von oben beschlossen hat, sie gehörten dorthin. Andere werden in feingitterigen Käfigen gehalten wie Kaninchen, bevor man sie schlachtet. Der Typhus geht dort am fröhlichsten um, nistet in den Läusen und Ratten. Manche essen das Rattenfleisch sogar roh. Erwischt sie der Typhus nicht, kratzen sie alle am Balken von Tyburn ab, ob sie Diebe sind oder Mörder, ob sie zehn Jahre alt sind oder so jung wie wir zwei.» Guiscard träumte von einer längst vergangenen Zeit, da man Steine auf Könige und Parlamentsherrn geworfen hatte, wenn sie sich nicht zu benehmen wussten. Er träumte von einer Welt ohne Satzungen und Urteile und Gnadengesuche und Grenzen.

«Überfliegt man in einem Luftschiff die Erde», warf De Foe ein, «sieht man auch keine Grenzen, nur Äcker, Flüsse, Städte, Wälder, das Meer.»

Luftschiff? Guiscard bedachte ihn mit einem Blick, als hätte De Foe behauptet, er könne Katzen die Kunst menschlicher Sprache beibringen. «Ah ja, genau», stieß Guiscard verdutzt hervor, «ist das nicht herrlich?» Weshalb er sich keinem Land mehr zugehörig fühle. Er habe den Begriff Heimat aus seinem Wortschatz gestrichen. Er würde sich niemals wieder zwingen lassen, einem Staat untertan zu sein, dessen Gesetze nicht die seinen waren. Newgate war für ihn eine Stadt innerhalb der Stadt: Wie hier drinnen dachte sich irgendwer dort draußen unentwegt neue Regeln aus, und hielt man sie ausnahmsweise mal ein, galten sie schon nicht mehr.

So kam es, dass sie in den nächsten Wochen Gerichtsprozesse nachstellten, bei denen sie einander wechselseitig ins Kreuzverhör nahmen. Sie ließen Richter in Widersprüchen herumirren mit Gegenfragen nach Einzelheiten, die den Nachweis eines festen Vorsatzes ins Schwanken brachten – bis Mary sie eines Morgens unterbrach. Selbst Bodenham Rewse, der die Zellentür aufgestoßen hatte, als wollte er sie zertrümmern, stand neben ihr da wie in Trauer. Sie sei heute noch schöner, als es ihr jeder Spiegel sagen könne, und anderes mehr: Diesmal nahm Mary die Komplimente des feierlichen Wichtigtuers von Franzosen nur achtlos hin, weil ihre Nachricht einfach verheerend war – Sir Salathiel Lovell werde beim Prozess gegen ihren Mann den Vorsitz führen. Guiscard setzte einen Zeigefinger wie ein Messer an seine Kehle.

«Scheiße», sagte De Foe.

«Oder so ähnlich», sagte Mary.

«Mit aller Bestimmtheit», sagte Guiscard.

De Foe nämlich hatte öffentlich gemacht, dass Sir Salathiel Lovell Kleinkriminelle hopsgehen ließ, um wahre Verbrecher zu schützen. Sie räumten ihm seine Gegenspieler aus dem Weg, brachen in die Häuser der Reichen ein, und Lovell zweigte einen nicht geringen Teil der Beute für sich ab. Im Austausch kamen seine Handlanger frei, falls jemand es wagte, sie in Newgate einzubuchten. Manche seiner Kollegen folgten, in kleinerem Maßstab, seinem Beispiel. Es lohnte sich, solange man ihm nicht in die Quere kam. Bei seinen Abendgesellschaften konnte Sir Salathiel innerhalb einer halben Stunde ebenso eisig wie herzlich sein, ebenso begriffsstutzig wie schlagfertig, ebenso nörglerisch wie rücksichtsvoll. Man lachte bei seinen Bonmots, bevor überhaupt die Pointe kam; bald lachte man auch, wenn sie ganz ausblieb.

Lovell scharte eine wachsende Runde von Freunden um sich, die alle verstanden, dass man Verbrecher brauchte, weil es ohne sie keine Richter und Justizbeamte geben würde. «Nehmen wir einmal an», argumentierte Sir Salathiel, «wir ließen alle Einbrecher niedermetzeln. Die Schmiede und Schlosser wären arbeitslos.»

War Sir Salathiel böse? Barocke Begriffe wie «Gut» und

«Böse», «Wahrheit» und «Lüge» oder «Richtig» und «Falsch» erlaubte er sich nur vor Gericht. Sir Salathiel gehörte zu jener seltenen Spezies, die sich selbst durchschaut hatte: Andere gaben vor, aus edlen Motiven zu handeln, er aber täuschte niemanden über seine Motive hinweg, ging ohne Heuchelei durchs Leben, das ihm für Heuchelei viel zu kurz erschien, und fühlte sich frei.

Mit seiner Freundesrunde beherrschte er ein kleines Reich, Old Bailey, das Krongericht direkt neben Newgate Prison. Er tat es nach einem Gesetz, das er für das unfehlbarste aller Naturgesetze hielt: Der Mensch wolle bewundert und belohnt werden. Dafür sei Geld doch erfunden worden. Bestechen könne man jeden, und wer anderes glaube, sei hirnverbrannt. Besonders geistreich fand man Sir Salathiels Satz, er verabscheue diesen Sohn eines Schreiners namens Jesus von Nazareth nur darum nicht, weil sich die Bibel seit Erfindung der Druckerpresse weltweit als Massenerfolg erwiesen habe. Ansonsten war ihm diese Maschine an sich schon verhasst. Inzwischen publizierten selbst Kaufleute Flugblätter, aus purer Feigheit anonym, und hatten sich angewöhnt, ihre Empörung als ein Grundrecht zu betrachten; Journalisten gaben Parlamentsdebatten und Gerichtsbeschlüsse unzensiert wie Theaterstücke in ihren Schundblättern wieder und vermerkten (in Klammern gesetzt) noch die schwächsten Scherze der Abgeordneten aus Ober- und Unterhaus. Selbst die Kinder der Ärmsten lernten neuerdings das Alphabet. Wozu? Bücher hielten sie nur von der Arbeit ab. «Und wer von Ihnen», fragte Sir Salathiel die Runde, «will ein Pferd besteigen, das so viel vom Reiten versteht wie Sie?»

Zu seinen größten Verdiensten zählte Sir Salathiel, das Sammeln von Uhren in Mode gebracht zu haben. Er besäße, hieß es, sogar den gebleichten Schädel des Putschisten Monmouth, der vom Henker erst mit dem fünften, zitterigen Axthieb vom Rumpf getrennt worden war, eingefasst in ein gläsernes Uhrwerk mit präzisem Minutenzeiger und Pendel. Solche Geschmacklosigkeiten bestritt Sir Salathiel mit Nachdruck. Auch er hatte Gefühle, und so setzte ihm der Verdacht mächtig zu, er lasse verurteilte Prostituierte vor seinen Augen auspeitschen. Die Böswilligsten raunten, Mitleid gestatte er sich einzig beim chinesischen Porzellan seiner Frau, das er mit einer Umsicht handhabte, als gehörte es der Queen.

«Lovell lässt dir ausrichten», wandte sich Mary in der Zelle an ihren Mann, «er werde Milde walten lassen, wenn du dich schuldig bekennst.»

«Oha», machte Guiscard, der sich gerade in den Eimer in der Ecke rechts plätschernd erleichterte. (Ganz nüchtern war er ja nie.) Das sei doch schon mal was. Bedenken sollte man es. Er zumindest vertraue seit seinem Hugenotten-Abenteuer in den Cevennen seinem Instinkt mehr denn je. «Was sagt Ihnen der Ihre?» De Foe und Mary blickten einander so ratlos an, als sähen sie sich zum ersten Mal.

Am Tag des Prozesses «Die Krone gegen Daniel de Foe» hatten die Diener des Old Bailey in monströsen Vasen Lilien über den Gerichtssaal verteilt, um die Typhusausdünstungen der Gefangenen zu ersticken, und zwischen zwei dorischen Säulen drängte durch die offene Seite des Saals mit dem Graupelregen das Publikum herein, Ausrufer und Gastwirte, Bettler und Türsteher, Tagelöhner, Advokaten und Journalisten. Sir Salathiel litt an jenem Julimorgen unter den schlimmsten Asthmaanfällen und ging auch deshalb auf die einzelnen Punkte der Anklage erst gar nicht ein. Kurz wühlte er in den Akten, stockte, als hätte er darin noch etwas unglaublich Verstörendes übersehen, und blickte verwirrt auf.

Zum Leidwesen des Gerichts, fing er plötzlich an, sei die Hetzschrift bereits stadtbekannt. Infolgedessen werde er sich nicht auf die Seite des Angeklagten und seiner Gesinnungsgenossen und ihrer Verschwörung schlagen und werde den gewissenlosen Inhalt der Hetzschrift auch nicht wiederholen.

«Dann ist dieser Prozess nicht rechtmäßig, Sir», unterbrach ihn De Foe. «Sie vergessen das Gesetz.»

«Ich habe mehr Gesetze vergessen, Mr. Foe, als Sie sich jemals werden merken können.» Seine Beisitzer glucksten. «Ihre Hetzschrift stellt die obersten Ränge der hochherrlichen Kirche als Schurken dar, die alle Abweichler unseres Landes ausmerzen wollen. Ihre Hetzschrift fordert zu Massaker und Bürgerkrieg auf. Wer die Kirche attackiert, attackiert Ihre Majestät. Und wer die Kirche und Ihre Majestät attackiert, der bestreitet, dass Ihre Majestät von Gott zu ihrem Amt erwählt worden ist. Jeder Massenmörder steht besser da als Sie.»

Sir Salathiel hustete auf De Foes Akte, fasste sich und griff nach seinem liebsten rhetorischen Spielzeug. Er verglich De Foe mit einer Rotte wild wütender Schotten, gegen die eine Truppenmacht ungeheuren Ausmaßes aufzubringen war. Fast schon seit Menschengedenken gehe sein Rat dahin, dass die Rechtsprechung alle Mittel der Versöhnlichkeit ausschöpfen solle. Doch mit dem vorliegenden Fall sei ein Tag angebrochen, an dem jede Politik der Nachsicht das Königreich ins Verderben stürzen würde. Hetzschriftverfasser Foe sei, fügte Sir Salathiel wie beiläufig hinzu, nicht einmal mutig genug gewesen, öffentlich die Vaterschaft für seinen Tintenbastard zu übernehmen. «Und wer», Sir Salathiel sah betrübt ins Publikum, «würde diese Missgeburt heute adoptieren wollen?»

«Da haben Sie mich aber vorsätzlich missverstanden.»

«Foe.» Sir Salathiel machte eine Pause, rief seine Bronchien zur Ordnung. «Wollen Sie etwa behaupten, wir könnten nicht lesen? Bleiben wir sachlich. Worauf plädieren Sie?»

De Foe zögerte.

«Schuldig.» Zu Sir Salathiels Verstimmung sprach der Wicht dieses Wort so aus, als meinte er ihn und nicht sich.

Sir Salathiel winkte den Angeklagten mit schlaffer Hand hinter die Schranke zurück und verlas das Urteil, das er schon einen Monat zuvor mit seinen Kollegen ausgehandelt hatte: De Foe werde hundertvierzig Pfund Buße zahlen, am Pranger stehen, sieben Jahre lang schweigen und so lange in Newgate verbleiben, bis Ihre Majestät sich anderweitig entscheide. Weil dem Gericht aber Gnade vor Recht ergehe, dürfe sich der Angeklagte die genaue Stunde aussuchen, in der er drei Tage hintereinander am Schandpfahl seiner unerdenklichen Scham überlassen sei – nur zwischen elf Uhr vormittags und zwei Uhr nachmittags müsse es sein. Das Publikum verlief sich. Draußen kauerte Mary an einer der dorischen Säulen, ein Gerichtsdiener verriegelte den Saal und fand, der Regen stünde ihr gut zu Gesicht.

Bodenham Rewse führte De Foe über die Pförtnerloge in seine Zelle zurück: Das Ganze sei alles in allem doch bestens über die Bühne gegangen. «Schön ist die Aussicht zwar nicht, am Schandpfahl verkrüppelt zu werden. Aber ich habe gehört, dass schon ein Balken in Tyburn für Sie reserviert war. Dem Galgen entronnen, ein zweites Leben gewonnen, wie man bei uns hier sagt. Diesen Piraten, William Kidd, haben sie kürzlich gleich dreimal hängen müssen. Immer riss der Strick. Beim dritten Mal führte er am Strick einen richtigen Tanz auf, strampelte wie ein Säugling. Geschieht ihm recht. Aufgeblasenes Biest. Ein Säftchen wie diesen Trompetenwein Ihrer Frau habe ich übrigens noch nie getrunken. Sie sind mir unter allen meinen Schützlingen der liebste.»

Seine offene Herzlichkeit rühre ihn zu Tränen der Dankbarkeit, versicherte De Foe.

Aber eine winzige Frage wurme ihn noch, gestand Bodenham Rewse: «Lovell lässt überall verbreiten, Sie hätten nicht bloß die Austernverkäuferin Mary Norton geschwängert, sondern auch die Dienstmagd des Seidenwebers vergewaltigt. In der Küche, wo man Sie verhaftet hat. Kann man das glauben?»

«Natürlich nicht.»

Bodenham Rewse zwinkerte zufrieden.

«Dafür kommen Sie mir auch zu sanftmütig vor.» Ob De Foe Domino spielen könne? Jetzt hätten sie beide ja Zeit genug. Wenn Ihre Majestät ihm nicht ihr Pardon gebe. «Nottingham war eben mal hier und hat sich den Franzosen vorgeknöpft. Der sieht in ihm bestimmt einen Spion, der für mehrere Regierungen gleichzeitig rumpusselt. Nottingham sagt, dass die Queen dem Genuss Ihrer Gesellschaft mit rasender Ungeduld entgegensieht. Wann genau, das bestimmen wie immer die Sterne.»

«Oder Gott.»

«Auch der.»

Sein sechster Sinn weckte ihn wenige Tage später verlässlich morgens um vier, noch bevor die Zellentür aufkrachte und ein Offizier – mit einem Trupp Soldaten hinter sich – fragte, ob Mr. De Foe die Güte haben möge, ihm zu folgen? Bis nach Windsor bräuchten sie, bei diesem Morgenverkehr, mindestens drei Stunden. De Foe fuhr in seine saubersten Kleider und die mit einem Öllappen blank geriebenen Schuhe. Schwere Dunstgebilde verbargen den Mond. Guiscard schnarchte gut gelaunt weiter, mit offenem Mund.

Nach dem Prozess hatte De Foe zunächst befürchtet, er werde vor Panik sterben, war in den vergangenen Nächten aber in den tiefsten Schlaf seines bisherigen Lebens gefallen, sicher und albtraumlos.

Anders war es der Königin ergangen.

«Ich werde heute mein Amt niederlegen, damit ich die Jahre, die mir noch verbleiben, im Frieden ländlicher Abgeschiedenheit verbringen kann.» Solche Ansprachen formulierte sie sich im Halbschlummer immer öfter zurecht, seitdem die Gicht ihre Füße rot anschwellen ließ und die Gelenke versteifte und sie keine Feder mehr halten konnte. So sollte niemand erwachen müssen: Sie hatte geträumt, wie Gift aus dem Klee im Schlosspark stieg, in die Kuhställe drang, sich in den Nüstern der Kälber einnistete und von den Küchen aus nach oben kroch, ihren Ehemann George zu Boden schlug, sich in die kandierten Früchte schlich und ihre siebzehn Kinder erwürgte.

Doch die wache Wirklichkeit sah noch entsetzlicher aus: Die Königin war die Waise ihrer Kinder. Sechzehn hatte sie verloren; ihre Privatsekretärin Sarah Churchill hielt bei jeder Fehl- und Totgeburt ihren Arm gepackt, als wären die Kinder die ihren. Eines hatte überlebt, William, war dann aber exakt an diesem Tag vor drei Jahren mit elf an Gott weiß was gestorben, an Scharlach, den Pocken: Die Ärzte stritten sich zischelnd um die Todesursache, strichen ihre Honorare ein und ließen die Königin mit Sarah und der verrenkten, kleinen Leiche in ihrer schwarzen Stille allein.

Die Welt beherrschen wollte in ihrer Familie ein jeder, ihre greise Tante Sophia betete drüben im kümmerlichen Hannover jeden Morgen, die Queen möge krepieren und keinen männlichen Thronfolger mehr in die Welt setzen. «Dass ich nicht lache», lachte Sarah Churchill, inzwischen Herzogin von Marlborough: «Das kriegen wir hin.» Sarah war praktisch veranlagt, widersprach ihr gern und grob, stimmte mit ihr aber darin überein, wie «albern» diese Epoche sei – und bis zum Hirnerweichen albern dieses Garderobengetue am Hof. Desto bescheidener kleidete sie die Königin, damit sie nicht Beute einer Eitelkeit wurde, die sie gar nicht besaß. Ohne Sarah Churchills Hilfe wäre die Königin in jenen Juliwochen nicht aus dem Bett gekommen. Belagert von Nottinghams Spitzelberichten, von Gutachten, Prozessakten, Todesurteilen, Prognosen, die es zu prüfen, die es zu bewilligen, die es zu unterzeichnen oder zu verwerfen galt, verließ sie ihr Bett derart selten, dass Sarah sie liebevoll «unsere Kissenregentin» nannte, die himmelhoch über England dahinsegelte, unsichtbar für ihre Untertanen und dennoch allgegenwärtig wie eine antike Göttin. Welche? Die Queen fragte nicht danach. Ihr gefiel der Vergleich.

«Wieder derselbe Traum? Anne. Dich bringt Gift nicht um», beruhigte sie Sarah Churchill: Seit ihrer Jugend nannten sich Anne und Sarah beim Vornamen, kaum hatten sie den Raum für sich allein. «Bei dem, was du alles isst. Und wenn man dir Arsen in die Suppe rühren würde, wäre dein Gaumen immer noch zu fein, um es nicht zu bemerken. Eine kleine Dosis, sagen die Ärzte, soll übrigens Wunder wirken. Es entgiftet. Du könntest dir ja eine Arsen-Diät verschreiben lassen und Nottingham dasselbe verordnen. Mit einer höheren Dosis, in seinem Fall.» Sarah Churchill konnte Nottingham nicht ausstehen, der mit seinen grotesken Intrigenfantasien dazu übergegangen war, sich als Annes weltkluger Ratgeber aufzuspielen. Für diesen Trottel war Argwohn Staatsräson.

Eine Krähe ließ sich auf dem Sims des Schlafzimmerfensters nieder und steckte ihren Schnabel herein. Die Queen befahl, unverzüglich das Fenster zu schließen. Doch verscheuchen ließ sich die Krähe nicht: Sie trippelte unbeirrt nur etwas zur Seite und beobachtete weiter, was dort drinnen vor sich ging.

«Ein prächtiger Kolkrabe, intelligenter als die meisten von uns», sagte Lady Marlborough.

«Als ich, meinst du wohl.»

«Und mit mehr Humor. Er dürfte ungefähr in deinem Alter sein. Du solltest ihn als Berater in Dienst nehmen. Er fliegt hoch und weit. Sein Gedächtnis reicht Jahrhunderte zurück.»

«Ach», stöhnte die Queen, «wie gebildet man heute wieder ist. Die runzeligen Schnäbel dieser Viecher ekeln mich an. Wo sind in diesem Sommer nur meine Rotkehlchen geblieben?»

«Anne, ich will dich ja nicht drängen», drängte Lady Marlborough, «aber kommen wir noch mal auf den Gegenstand zurück, der dir derzeit die größten Sorgen macht.»

«Du meinst den Widersacher.»

«Der keiner sein muss.»

«Dieses Schandmaul ist mir viel zu nahe getreten. Am Leben bleiben darf er nicht.»

«Das redet dir Nottingham ein. Was wir jetzt am wenigsten brauchen, sind Märtyrer. Tot wäre er gefährlicher als lebendig, während er dir als Untoter von Nutzen sein könnte.»

«Als was, bitte?»

«Es wird ihn geben und dann auch wieder nicht. Du musst ihn nur vor eine Wahl stellen, die ihm keinen Spielraum lässt.»

«Verstanden. Aber sehen will ich ihn trotzdem nicht.»

Was gelogen war. Man hatte ihr so viele widersprüchliche Auffassungen über De Foe und seinesgleichen zugetragen, dass sie neugierig geworden war. Sarah und der Sprecher des Unterhauses Robert Harley sahen in den Dissentern ein Werkzeug, das die anstößigsten Fanatiker ihrer Kirche in Schach hielt – und das hatte einiges für sich. Der treue Nottingham schlug dagegen vor, De Foe bei Nacht und Nebel aus Newgate zu holen und in der Themse verschwinden zu lassen – auch das hatte was für sich. Dann aber wieder war derselbe Nottingham dreist genug gewesen, allen am Hof weiszumachen, Harley hätte die Hetzschrift bei De Foe persönlich in Auftrag gegeben – was Nottinghams Urteilsvermögen nicht im besten Licht erscheinen ließ. Also musste sie den Widersacher selbst in Augenschein nehmen. Zudem wollte sie endlich in Erfahrung bringen, ob er jenes pietätlose Gedicht verfasst hatte, wonach sie ihren Hofchirurgen zum Dank für eine geglückte Geburt mit ihrem linken Bein geadelt haben sollte, weil kein Schwert zur Hand gewesen war.

Sie ließ sich vom Bett in ihren Rollstuhl hieven: Sofort solle man Nottingham und Harley rufen und danach diesen Quertreiber heraufschaffen, dann sei wenigstens das Schlimmste vorbei an diesem jetzt schon verhunzten Tag. Zur Hasenjagd ausfahren könne sie ja vielleicht später noch, das Wetter sei so strahlend wie seit Monaten nicht mehr – und durch die Fluchten der Säle und Galerien eilten die Pagen.

Im Schloss herrschte eine Stille, die vom Lärm der Stadt so unberührt war, dass De Foe fern eine Glocke die achte Stunde schlagen hörte. «Ein paar Minuten haben wir noch», gähnte der Offizier. Sie klirrten soeben durch eine der riesigen Hallen, die leer war bis auf einen Teppich an der Wand, auf dem ein in Gold gekleideter Heiliger Georg unbeholfen seinen Drachen durchbohrte. Ruckartig standen sie still. Der Offizier musterte De Foe: «Ihre Chancen stehen schlecht. Die Wachen haben unten im Schloss sogar ein Wettbüro eingerichtet, und gestern Abend stand es dreizehn zu eins zugunsten Ihrer Majestät. Die Eins bin ich.»

Der Offizier kniff ihm aufmunternd ins Ohr, De Foe erbleichte.

«Unbesorgt, Mr. De Foe, bleiben Sie unbesorgt und gelassen. Blasser, als Sie jetzt schon sind, können Sie kaum noch werden. Aber Ihre Haare, mein Guter, stehen ab wie die Borsten dieser Schweine, die man hier hält, um sie von den Terrassen aus nächster Nähe abzuknallen.»

Er nahm einem Pagen die Perücke vom Kopf und stülpte sie De Foe über.

«Passt doch perfekt. Und jetzt hören Sie mal: Lang, lang ist's her, dass man vor Ihrer Majestät niedersank, mit der Stirn den Boden berührte und auf Knien stillhalten musste wie vor dem Papst. Heute verneigt man sich respektvoll und tief, genau zweimal, und gibt keinen Mucks von sich. Bis Ihre Majestät einen anspricht.»

«Und wenn ich niesen muss?»

Anne Stuart hatte sich ihren Widersacher ganz anders vorgestellt. Auf die Steckbriefschreiber Nottinghams würde man sich in Zukunft nicht mehr verlassen. Was ihr da entgegenschritt, war hoch, sehnig und dürr, das Muttermal stellte sich als Warze heraus, und die Augen waren nicht grau, sondern … schwer zu sagen; egal.

De Foe hüstelte. Er sah sich nach einem Stuhl um, und da keiner vorhanden war, schoss ihm durch den Kopf, er könnte sich auch auf den Parkettboden setzen – «aber Vorsicht!», ermahnte er sich: In Neros Amphitheater dürften die kühneren Apostel auch als Erste von den hungrigen Löwen aufgefressen worden sein. «Warten wir mal ab», dachte er sich, «was Ihre Quatschlichkeit zu sagen hat.»

«Offenheit gegen Offenheit, Foe», begann Ihre Quatschlichkeit. Bewusst ließ sie das französische «de» in seinem Namen weg, mit dem sich De Foe wohl einen aristokratischen Anstrich verpassen wollte.

«Dürfte ich Sie bitten, sich kurz meine Beine anzusehen, vor allem das linke. Finden Sie, dass es als Schwert dienen kann?»

«Diesen dreckigen Schwachsinn von dem Chirurgen und seiner Erhebung in den Adelsstand habe nicht ich verbrochen», kam es aufrichtig empört zurück.

«Wer ist sonst noch an Ihrem Komplott gegen mich beteiligt?»

«Niemand. Weil dieses Komplott nicht existiert.»

Nottinghams Seidenrock gab aus einer Ecke ein entrüstetes Knistern von sich.

«Ich stehe knapp vor dem Bankrott, Eure Majestät, meine Familie wird von Gläubigern umzingelt. Weshalb sollte ich in dieser verzweifelten Lage auch noch das Wagnis eingehen, eine Verschwörung anzuzetteln, die mein mühsam aufgebautes Unternehmen in Tilbury unwiederbringlich zerstören würde?»

«Und wenn ich Ihnen zutraue», beharrte die Königin, «wenigstens ein Glied in der Verschwörerkette zu sein? Genug Eisen im Blut hätten Sie dafür.»

«Dann überschätzen Sie mich, Eure Majestät. Nirgendwo lauert hier irgendwer, außer vielleicht … in den Ecken Ihres Schlosses. Ich und ich allein stehe hinter dem, was Sir Salathiel Lovell eine Hetzschrift genannt hat, die er mit Absicht falsch darstellt. Ich habe den Wahnsinnigen in Ihrer Kirche, die für mich und meinesgleichen eine Bedrohung sind, lediglich Dinge in den Mund gelegt, die sich diese Wahnsinnigen ohnehin von ganzem Herzen wünschen.»

«Und indem Sie diese sogenannten Wahnsinnigen als Tyrannen dastehen lassen, bin ich es jetzt auch. Wissen Sie, dass

Ihr Schmierblatt in Versailles herumgereicht wird wie ein seltener Smaragd? Gratulation! Wir befinden uns seit dem Krieg mit diesem Papistenpack im Ausnahmezustand, der ein solches Hickhack nicht duldet. Sie schwächen die Einheit meines Königreichs. Ist Ihnen das klar?»

Klar sei ihm nur eines, parierte De Foe: In ihrer Antrittsrede hätte Ihre Majestät den Dissentern völlige Freiheit zugesichert. Sie hätte dann aber, noch in derselben Rede, ein paar Zeilen drunter, als Oberhaupt von Kirche und Staat geschworen, Kirche und Staat mit aller Härte zu schützen. Also werde Ihre Majestät wohl oder übel auf das erste Versprechen verzichten müssen, um das zweite Versprechen zu erfüllen. Und seinesgleichen verfolgen. Außerdem hätte sie im Parlament die Einschränkung der Pressefreiheit verlangt. Das nehme er nicht einfach so hin.

«Das nimmt unser Foe nicht einfach so hin», wiederholte die Queen mit gespieltem Erstaunen. Sie fror. Selbst das Engelskonzil beim Jüngsten Gericht würde weniger streng urteilen als der da, und zu Ende geredet hatte er auch noch nicht: Er sei gegen die Papisten wie sie; aber warum wolle sie ihre Untertanen glauben machen, sie könnte mit ihrer Hand Hautkrankheiten wegzaubern wie eine katholische Heilige? «Wollen Sie tatsächlich ein Volk von stummen Frömmlern regieren, das Sie aus den falschen Gründen liebt?»

Die Königin maß De Foe von oben nach unten, so wie ein Chirurg einen Gehängten studieren und sich dabei überlegen mochte, an welcher Stelle er die Leiche zuerst aufschlitzen sollte, als durch eine Tapetentür Robert Harley in den Saal trat. «Da ist er ja, unser Harley», schmunzelte die Queen säuerlich, «und tut wie immer so, als komme er zu spät, obwohl jeder Grützkopf hier weiß, dass er hinter der Tür gelauscht hat, um den richtigen Augenblick für einen seiner berühmten Auftritte abzuwarten.» Nottingham stieß ein leises Lachen aus, das zugleich wie ein Kichern und Knurren klang. Wenn Harley seinen Posten ergattern wollte, war er jetzt weiter davon entfernt denn je. De Foe hielt den Kopf gesenkt: Er war, wieder einmal, zu weit gegangen.

«Foe, ich habe genug von Ihnen.»

Die Queen hielt ihre Hände um die Räder ihres Rollstuhls gekrampft.

«Sie sind für mich Gift, nichts weiter. Niemals werde ich Zugeständnisse machen an Leute der sogenannten Presse, die sich im Namen einer sogenannten Freiheit gesetzlosen Gruppen andienen und fürs Ausland spionieren. Unterbrechen Sie mich nicht. So was wie Sie sollte es gar nicht geben, aber da stehen Sie immer noch. Es fragt sich nur, wie lange. Sie sind wie jemand, der in ein Haus einbricht, um es von innen zu verwüsten. Ich biete Ihnen ein anderes Haus für Ihre Einbrüche an als das meine. Den Pranger erspare ich Ihnen bestimmt nicht. Sie werden jetzt selber auflecken, was Sie ausgespien haben. Aber ich lasse Ihnen die eine Wahl: Entweder Sie setzen Ihre kriminelle, querulante Energie ab jetzt für unsere Seite ein. Oder Sie verfaulen in Newgate bei lebendigem Leib.»

Sie wies nach draußen ins Ungefähre.

De Foe verneigte sich irgendwie und zog rückwärtsschreitend ab.

Sarah Churchill ließ ihren rechten Mundwinkel zucken, was Robert Harley so viel sagen sollte wie: «Geschafft!» Die Queen zog die Stirn in kritische Falten: «Offenbar haben wir in unserer Mitte zwei Verbündete, die beide doch allen Ernstes glauben, diesen Brandstifter für unsere Zwecke einsetzen zu können. Seine Schulden, Harley, begleichen dann aber Sie.»

Sie befahl Churchill und Harley hinaus und winkte Nottingham heran: «Ich weiß, dass dieses Verhör nicht so lief, wie Sie es sich dachten. Lassen Sie Foes Familie nicht mehr in seine Zelle. Und stellen Sie sicher, dass dieser erstklassige Mistkerl noch diese Woche am Schandpfahl steht. Ich kenne mein Volk. Es wird ihn steinigen, mit seinen Ziegeln aus Tilbury.»

Auch De Foe dachte, das dürfte für ihn wohl das Ende sein. Guiscards Rat und Zuversicht hätten ihm nun gutgetan, aber der war, Adresse unbekannt, verzogen und hatte ihm in der Zelle nur ein aus Brot geknetetes Männchen auf dem Tisch zurückgelassen. Was das jetzt wieder sollte? Weglaufen konnte er nicht, sich auch nicht verstecken, saß hier in Newgate gefangen und war dabei absurd exponiert wie eine dieser Schnee-Eulen aus Schweden im Königlichen Zoo. Seine Schulden stiegen mit jedem Tag, den er an diesem Niemandsort tatenlos vergeudete: Man wollte ihn zermürben, ihn zwingen, dass er nicht nur Reue zeigte, sondern im innersten Innern auch ehrlich bereute. Man forderte fügsame Ergebenheit. Vielleicht würde man ihm verzeihen. Doch Gnade zu gewähren bedeutete doch auch wieder nichts weiter als Macht, die umfassendste vielleicht, die man erlangen konnte.

Er musste hier raus, und nur drei Wege standen ihm offen. Wenn er jetzt Schluss machte und sich erhängte, waren Mary und die Kinder gerettet, auf die er in seiner vielleicht doch manchmal schäbigen Eitelkeit seit jeher wenig Rücksicht genommen hatte. Er konnte den Terror der Krone von jetzt an heimlich bekämpfen und seine Schriften durch Bodenham Rewse aus dem Gefängnis schmuggeln, nur um irgendwann erwischt und aufgeknüpft zu werden. Oder er unterwarf, er beugte sich der Queen. Denn alles, was Macht hatte in diesem

Land, unterstand ihrer Kontrolle, sämtliche Behörden, Universitäten und Gerichte und Finanzen, Bischöfe und Kleingeistliche ihrer allein gültigen Kirche, bald auch das geschriebene Wort. Und das geflüsterte? Selbst das noch ungesagte Wort, das so vielen auf der Zunge lag und nur darauf wartete, herausgereizt zu werden? Sollte er sich jetzt zum Späher und Spitzel verdrehen lassen? Sollte er seine eigenen Leute denunzieren? Sollte er jeden Satz, der in Gasthäusern, Kutschen und Gassen fiel, auf Booten, Schiffen und Märkten, und das gallige Missvergnügen der Krone erregte, in Windsor melden und so dem Eifer der Angst vorauseilen, der längst überall umging?

Er schwankte vor Erschöpfung, stolperte wie ein Blinder in der Zelle umher und ertappte sich dabei, wie er halblaut mit sich ins Gericht ging. Es fiel ihm schwer, sich selber zu erzählen, wie sein Leben verlaufen war. Er musste der Versuchung widerstehen, Dinge wegzulassen, die ihn in ein unvorteilhaftes Licht rückten, Entscheidungen, die, einmal getroffen, ihm immer weniger Spielraum gelassen hatten, Dummheiten, Niederlagen statt der Legenden, die sich um ihn gebildet hatten. Und doch war es unvorstellbar, wie ein einzelner Mensch so vielen Gefahren knapp entronnen war, wie ein einzelner Mensch so viele Siege für sich verbuchen, wie ein einzelner Mensch so viele Miseren schultern konnte. Aber er hatte es gekonnt. Er konnte es auch weiterhin. Konnte er es wirklich auch weiterhin? War es notwendig und gerecht gewesen, was er getan hatte? Wann war das alles aus dem Ruder gelaufen? Was sollte er tun?

Zunächst: den Pranger überstehen. Von Kindheit an hatte man ihm eingebläut, dass es genug Leute in der Metropole gab, denen es einfach Freude machte, dann und wann mal einen Menschen umzubringen, und er rechnete damit, am Schandpfahl zumindest verstümmelt zu werden. «Was bist du?», rumorte es in ihm, «Dissenter oder Komödiant, Mensch oder Maus?» Aus jeder Grube führte ein Weg. Er blickte auf Guiscards aufrechtes Brotmännchen, setzte sich an den Tisch mit den wackeligen Beinen und schrieb einen Lobgesang auf den Pranger, nach dem nichts mehr so sein würde wie zuvor.

Als Bodenham Rewse leise in die Zelle trat, um nach einem Fass Trompetenwein für die Schließer zu fragen, hielt De Foe eine um Geduld bittende Hand in die Luft.

3

 Keiner von uns

1660–1703

DANIEL DE FOE SAH SICH ZEITLEBENS als ein Kind der Verfolgung, der Pest und des Feuers. Wovor brauchte er sich eigentlich noch zu fürchten? Man hatte versucht, seine Familie aus dieser Welt zu schaffen, lange bevor er in diese Welt gesetzt worden war. Ihre Feinde belauerten sie sogar in der Nacht seiner Geburt.

Im Herbst 1660, als bei Alice Foe die Presswehen einsetzten, wimmelte ihr Mann James die amtliche Hebamme ab mit den Worten, die er auch bei seinen Handelsgeschäften gern gebrauchte: «Unnötig und unerwünscht!» Die Dissenter hatten damit zu rechnen, dass diese Damen in bischöflichem Auftrag Böses im Schilde führten und ihre Sprösslinge nicht heil ins Leben, sondern zurück ins Dunkel befördern wollten – und die Mütter gleich mit. Sie schmierten die Hände mit Gänsefett ein und stießen sie ihnen in den Leib, um zu fühlen, wie das Kind lag, verletzten dabei die Fruchtblase und erfanden (hieß es) meist eine bewährte Komplikation: Das Kind lag falsch-falsch-falsch, flüsterten sie gereizt und rollten die Gebärende hin und her wie ein Fass, das mit Eisenringen zu beschlagen war. Wenn die Geburtszange dann nicht half, war die Sache erledigt; sie führten einen Haken in die Augenhöhle des toten Kindes und rissen es Stück für Stück heraus.

«Dann ruft eben eine eurer Hexen», schnäuzte die Hebamme James Foe an: «Sie wird das Ding mit der Nabelschnur erdrosseln. Das kriegt der Bischof zu hören», brummte sie noch und trottete davon. «Die machen das Kind doch kaputt.»

Wie abgemacht rannte James zu Hannah de Laune. Vor Erregung rutschte er trotz des Lichts seiner Fackel auf einem Haufen Kohlblätter und Fischgekröse aus. Um ein Uhr nachts unterbrach er die Messe, die Hannahs Mann, der presbyterianische Prediger Thomas de Laune, jede Woche heimlich in seinem Kellergewölbe hielt, packte Hannah am Ärmel, und sie huschten die Mauern der Swan Alley entlang zum vollerleuchteten Haus der Familie Foe. Hannah de Laune schritt mit einem Kribbeln im Magen über die Schwelle: Die Ankunft eines neuen Kämpfers gegen die irdische Finsternis erwartete sie. Und dieser winzige Kämpfer hatte es eilig: Noch nie war Hannah de Laune eine derart rasche und mühelose Geburt geglückt.

Keine zwei Stunden alt, lag der Kämpfer auch bereits, die Fingerchen zu Fäusten geballt, vorm Kamingitter in einem Korb, daneben trockneten eingeknickte, angerissene Stiefel wie zwei desertierte Soldaten, die sich von einer Feldschlacht erholten. Vater James beschnupperte ihn wieder und wieder wie einen Happen Käse, der auf Brot vorm Kamin langsam schmolz: Sein Stern als Kaufmann in Kleiderwaren aller Art ging gerade prächtig auf, und da war er endlich, sein Nachfolger. James durchstöberte seine Gedanken nach allen Rivalen, die sich zwischen den langersehnten Sohn und die Pläne, die er für ihn hegte, drängen könnten. Bloß sein jüngerer Bruder, Henry, fiel ihm ein, dessen Kopf von fantastischem Unfug platzrund geschwollen war. Mit diesem Büchernarren wurde er fertig. Auch war seine Freude über den Sohn zu groß, als dass

James in diesem Moment seine Fähigkeit in Zweifel zog, den Willen der anderen nach dem seinen zu formen. Da klopfte es herrisch an der Hintertür.

«Jetzt schon?», stöhnte James. Doch keiner der Dissenter wies die ein Jahrhundert alte Mother Shipton ab. Unter ihnen machte die (allerdings wenig wahrscheinliche) Geschichte die Runde, die Hexenjäger Hopkins und Stearne wären ihr mit einem Spürhund einst über Monate durch ganz Essex gefolgt, ohne sie zu fassen, bis sie sich den eigentümlichen Spaß erlaubte, nun ihrerseits den Hexenjägern zu folgen: Gott, sagte sie, hätte eine Rechnung mit den beiden Herren zu begleichen und werde sie ein für alle Mal lehren, wer hier wirklich des Teufels sei. Einen dicken Strick, an dem man sie aufhängen sollte, brachte sie zu ihrer Festnahme gleich selbst in die Metropole mit: Was man, erklärte der Bischof von London den verblüfften Hexenjägern und ihrem nicht minder verblüfften Spürhund, auch als Geste einer Heiligen deuten könnte. Sie entkam dem Scheiterhaufen, erzählte sie, weil Gott es das ganze Jahr über regnen ließ und weil der für Omen empfängliche Bischof es schließlich mit der Angst bekam und seine Geduld verlor mit dem ewig nassen Holz.

Mother Shipton trug immer Schwarz. An ihrem verrunzelten Hals baumelte neben dem Bleikreuz ein Medaillon, das ein glotzendes Auge darstellte, als Schutz vor dem bösen Blick. Sie trat ans Körbchen, besah sich mit ihren drei Augen den Kleinen und ließ das Kreuz wie ein Pendel über ihm kreisen. «Er wird ein erfolgreicher Kaufmann und unermesslich reich. In die Zukunft schauen kann er bald auch. Vielleicht wird er darum so reich.» Wie zum Einverständnis fing der Kleine zu plärren an.

«Wir werden ihn jedenfalls Daniel taufen», versetzte James

sachlich, weil er Mother Shiptons Prophezeiungen zwar erfreulich, aber auch lästig fand. Überdies stammten ihre Vorfahren aus Preußen.

«Hosianna und klingeling», kicherte sie hämisch. «Bist du was, dann weißt du was. Wort Gottes, sechstes Buch Daniel, Vers siebzehn. Schon gelesen, schon wieder vergessen? Oder über deinen Hüten, Strümpfen und Miedern ausgeschwitzt? Bimmeln bei dir da nicht die Glocken in der Birne? Damit holst du unsere Verleumder geradewegs her wie gerufen, damit sie den Jungen in Löwengruben schmeißen.»

«Aber steht nicht auch geschrieben, dass Daniel aus der Grube wieder herausgelangt? Vers einundzwanzig?», fragte James kleinlaut nach.

«Vers vierundzwanzig», berichtigte sie ihn, «und Daniel kommt nur raus», blieb Mother Shipton eisern, «weil Gott es lange davor für ihn so vorgesehen hat. Und damit der König Dareios lernt, wo sein Platz ist.» Andererseits sei es die beste Zeit für niemanden, fuhr Mother Shipton in ihrer manchmal verworrenen Sprechweise fort, jetzt erst geboren zu werden, sie habe drei Kometenengel über die Himmel rauschen sehen, der erste sei matt gewesen, trüb und schwer, der zweite flammenrot, der dritte krachend laut und heftig, als donnerten fette Fäuste gegen Fensterscheiben, und was die drei zu bedeuten hätten, müsse sie ihm wohl nicht genauer erläutern: Pest, Feuer, Gewalt.

James wollte schon einwenden, dass Astronomen inzwischen völlig natürliche Ursachen für solche Erscheinungen angeben und sie kaum als Vorboten von Pest, Feuer, Gewalt respektieren würden. Aber da gab es keine Widerrede. In Glaubensscharmützeln war er ihr nicht gewachsen, und so ging er zum Gegenangriff über: Ob er sie bitten dürfe, die Taufpatin des künftigen Löwenfraßes zu sein? Was ihn vielleicht doch ein wenig vor dem Schlimmsten bewahren könnte?

Mother Shipton stand starr vor Staunen. Niemand aus der Presbyterianer-Gemeinde hatte sie jemals zur Taufpatin bestimmt. «Einverstanden», lächelte sie zu ihm hoch: «Dann darf der Zwerg auch Daniel heißen. Aber getauft werden muss er noch heute. Denn morgen bin ich tot.»

Und ob es nun mit Gott zuging oder dem Teufel, diese eine Weissagung Mother Shiptons erfüllte sich nicht: Sie starb erst vier Jahre später an einem Geschwür im Rachen und hatte so eben noch Zeit, dem kleinen Daniel einzuschärfen, dass Krone und Kirche zwar Bedrohungen und Beleidigungen über alle Dissenter verhängten wie Todesurteile; dass jede Bedrohung und Beleidigung jedoch zu ertragen war; und dass Demut bewahrt werden musste, weil man ihnen, den einzig Gerechten und Erwählten des Herrn, zuletzt nichts anhaben konnte. Gott würde schon dafür sorgen, dass kein Vergehen gegen die Dissenter unvergolten blieb. «Aber drüben. Nicht hier.» Gott werde seine Feinde zu Staub zermahlen, lichtlosem Sternenstaub, «und schwups geht's dann ab ins Nirgendwo mit denen», die Übrigen werde der Herr mit einem Mühlstein um den Hals ins Meer toter Seelen werfen. «Sie alle», versprach sie, «kratzen drüben erst richtig ab, verstehst du?» Tolle Aussichten: Es war ratsam, auf Mother Shiptons Seite zu bleiben.

Daniel verstand nicht jedes ihrer Worte, doch bekam er sie zu spüren, wenn er allein durch die Straßen von St. Giles neben der Swan Alley strich und ihn dort Gleichaltrige mit Steinen bewarfen, in die Straßengräben stießen und zwangen, Hundekot zu kauen, langsam und gründlich, bis ein noch wehrloseres Dissenterkind ihnen ein noch kühneres Abenteuer versprach. Bald suchte er unbekanntere Wege, Hintergassen, wo er eines

Januartages 1665 an einer Häuserwand ein riesiges, rotes Kreuz gemalt sah.

Die Farbe am Holz war noch frisch. An der Ecke links schrie ein zum Wachmann abkommandierter Sattlergeselle zu den verschlossenen Fenstern hoch: «Schafft eure Toten raus!»

Daniel brachte das Schreckenszeichen des roten Kreuzes wie mit einem Messer ins Gesicht geschnitten nach Haus.

«Durch unser Viertel wandelt der Tod», verkündete er feierlich.

Noch am selben Abend stritt sich die Familie Foe, ob sie London verlassen sollte oder nicht, und es ging um den Küchentisch derart drunter und drüber, dass noch lange danach niemand genau wusste, wer was wann gesagt hatte.

«Die Heimsuchung kommt mit Sicherheit wieder aus Holland.»

«Wohl eher von den Franzosen. Die planen schon lange, unser Land mit Mann und Maus zu vernichten. Keine Waffe wäre besser geeignet.»

«Woher sie kommt, ist doch egal.»

«Ist es nicht. Vielleicht haben die Matrosen sie eingeschleppt. Dann solltest du mit deinen bunten Fetzen aus den Kolonien einen weiten Bogen um den Fluss machen.»

«Wenn hier bei uns schon eine ganze Häuserzeile mit den Blutkreuzen versiegelt ist, geht sie so schnell nicht weg. Nur darum dreht sich jetzt alles.»

«Und dass man sie vor uns geheim halten wird.»

«Wenn wir bleiben, setzen wir uns nur unnötig der Krankheit aus», sagte James, der bemerkte, wie angesichts seiner eigenen Furcht die Furchtlosigkeit seines jüngeren Bruders wuchs: «Wenn wir nicht ausreißen», Henry schlug auf den Tisch, dass die Zinnteller klapperten, «dann beweisen wir unseren heidnischen Verleumdern, dass wir ungeachtet aller Gegensätze verbunden mit ihnen und auch der Stadt treu sind.»

«Ungeachtet, ungeachtet. Ach was für gewählten Wortplunder unser Henry wieder von sich gibt. Natürlich wird Gott uns als seine Lieblingsjünger gütigst verschonen, weil unser Henry es so will. Du weißt ganz genau, dass man bald nur ein bisschen husten muss, und jeder glaubt, man hätte die Pest.»

«Nicht dieses Wort», warf Alice mahnend dazwischen, «nicht vor den Kindern!»

«Hauen wir ab aufs Land, dann klauen sie unseren Besitz. Bleiben wir, können wir ihn schützen. Wie vor Jahren. Ich denke rein praktisch.»

«Das wäre wirklich das erste Mal. Wenn du Gott deine Gesundheit anvertraust, kannst du ihm ebenso gut deine Waren anvertrauen und dich nach Surrey wegkutschieren lassen.»

«Dann bleibt es sich doch gleich», mischte sich plötzlich Daniel ein, während er weiter barfuß auf den gelb glasierten Fliesen der Küche kauerte, «Mother Shipton hat gesagt, Besitz ist Gott nicht wichtig, nur Gott ist wichtig und ... –»

«... und was?», fragte seine Mutter: «Was hat Mother Shipton sonst noch gesagt?»

Für Alice war die Frist wehleidigen Geplänkels abgelaufen. Sie hatte genug gehört, stellte sich neben ihren Sohn und zupfte an einem welken Efeublatt, das durchs geöffnete Fenster hereinschaute: «Mother Shipton sagte, dass man vor Gott nirgendwohin flüchtet. Jona ist geflüchtet und landete im Bauch eines Walfischs. Dort sind wir schon. Gott wird mit uns überall tun, was ihm beliebt, so oder anders. Wir bleiben.»

James bereute es, Mother Shiptons Prophetien über die Jahre still für sich verspottet zu haben, nur um seinem abgeklärten Temperament zu schmeicheln und der wissenschaftlichen Mode zu folgen, Henry bewunderte wortlos die Klugheit seiner Schwägerin, und früh am nächsten Morgen wuschen sich die Foes von Kopf bis Fuß mit Essig und zogen durch die Märkte, um das Haus mit allem zu versorgen, was sie für Monate am Leben erhalten konnte. Alice bat den Metzger, das Fleisch selbst vom Haken nehmen zu dürfen. Der Metzger blickte beleidigt, lockerte seinen Fischmund dann zu einem Lächeln auf und sagte: «Ich verstehe. Eine Kennerin.»

Doch auch ihm entging bald nicht mehr, dass man in der zweiten Juniwoche über hundert Leichen aus den Häusern von St. Giles karrte und unter ungelöschtem Kalk oberhalb der nördlichen Stadtmauer vergrub. Zwischendurch schrieben sich die Lakaien des Königs an ihren Testamenten die Finger wund. Man lockte Krähen mit Eintagsküken in feinmaschige Gittergehege, weil man sie für die Boten der Heimsuchung hielt. Ein letztes Mal machten sich Hexenjäger auf, um nach Schuldigen zu fahnden, die man dafür aufknüpfen konnte. In Essex wiesen ihnen Bauern mit gutem Gedächtnis den falschen Weg. Im Moor fielen sie wie faules Obst von ihren Pferden. Im Oktober hatte die über London schwebende Pestwolke unbehelligt und unbegreiflich hunderttausend Menschen eingehüllt und erstickt.

In den Kirchen wurden nur noch Totenmessen gehalten, die infizierte Priester der Ecclesia Anglicana mit Gelübden und Fürbitten ausfüllten, damit allen trauernden Familien Gerechtigkeit widerfuhr. Nach den Ärztekollegien war auch der Bischof samt Gefolge aus der Stadt geflohen, und auf einmal durften selbst presbyterianische Prediger wie Thomas de Laune in der Paulskathedrale die Messe lesen. Die Leute fragten nur selten danach, welchem Bekenntnis der Geistliche angehörte, der noch aufrecht dem Totenwagen voranging, auf dem ihre

Familie geschichtet lag. Bald gab es gar keine Bekenntnisse, Fronten, Streitigkeiten mehr. Es gab nur Lebende und Tote, und es gab so viele Tote, dass man sie tagsüber beerdigte, die Nächte reichten nicht aus. Als man zuletzt zu beten begann, Gott möge sich entschließen, die gesamte Stadt auszurotten, schnippte Gott die Wolke vom Himmel: Laut Mother Shipton hatte er ja noch anderes vor.

Von alledem bekam Daniel kaum etwas mit. Vom Fenster aus sah er zuweilen den dicht gedrängten Leichenzügen hinterher, doch was ihm von der Schwarzen Unrast am Ende blieb, war das kehlenzuschnürende Gefühl, eingeschlossen zu sein mit den Eltern, Onkel Henry und seiner Schwester Liz, deren Oberschenkel blaue Flecken zeigten, die so schnell wieder verschwanden, wie sie gekommen waren. Fast ein Jahr war er weggesperrt zwischen flüsternden Wänden in einem verdunkelten Haus. Als er zum ersten Mal wieder allein auf die Straße trat, heulte er vor Erleichterung die Sonne an und freute sich auf einen besonders trockenen Sommer.

Der kam auch, brachte Dürre und den letzten Sieg der Bosheit mit. Am zweiten September 1666 flatterten Tauben um die Balkone und stürzten mit brennenden Flügeln zu Boden. Als Dissenter kannte James Foe jede Straße seiner Stadt und lief, während Henry das Haus bewachte, mit Alice, Daniel und Liz durch die schmalen, dunklen Schleichwege an der Rasiermesserwerkstatt und Garküche vorbei nach Holborn zur Fetter Lane, der Straße der Obdachlosen, und stieg den Turm der dortigen Backsteinkirche empor. «Hier sind wir fürs Erste sicher», keuchte er.

Der Nachthimmel war von einem flackernden Flammenbogen erhellt. Eine neue Sonne irrte mit dem Wind donnernd von Dach zu Dach, hob neugierig Stroh und Gebälk, blickte hinein, fand die verbliebenen Möbel zum Bersten langweilig, doch das Geschrei der Kinder ganz amüsant.

Bücher setzten Bücher in Brand. Das Rathaus war aus solider Eiche und hielt sich ärgerlich lange; zum Ausgleich schmolz das Bleidach der Paulskathedrale und rann die Fleet Street hinab. Das mit lederiger Haut bespannte Skelett eines drei Jahrhunderte alten Lordkanzlers kippte aus seiner Gruft in die Krypta der Kathedrale und fauchte, den Kopf zur Seite gedreht, kurz auf, als atmete er noch. Wer konnte, hatte sich mit allem, was aus den Häusern zu retten war, samt Spinett auf Ruderboote und Segelschiffe in die Themse gerettet.

«Jetzt geht es uns an den Kragen», war das Einzige, was James in den Sinn kam, Alice krallte ihre Finger in die Hand ihrer Tochter.

Fünf Tage später kam das Feuer ausgerechnet in der Straße der Ärmsten zum Stehen, der Fetter Lane, und auch dort staksten Krähen über die schwarze Erde, stießen heisere Schreie aus und schubsten verkohlte Bretterstümpfe um.

«Was machen die Vögel da?», fragte Daniel seine Mutter auf dem Heimweg.

«Sie suchen nach ihren Kindern.»

«Warum sind sie so staubig?»

Der Bischof kehrte zurück und nahm die Stadt mit seinem begütigenden Lächeln wieder für sich ein, als hätte er das Feuer von Holborn bis zum Tower aus der Ferne mit flüchtigen Handzeichen persönlich im Zaum gehalten. «Das wird schon wieder» – seine Zuversicht steckte an. Er ächtete Thomas de Laune, der wieder jede Woche in seinem Keller predigte, um drei Uhr nachts diesmal. Das Gerücht breitete sich aus, die Dissenter hätten sich mit den Juden und Jesuiten verschworen und das Feuer bei einem Bäcker des Königs entfacht, um sich der Stadt zu bemächtigen, und Seine Majestät King Charles sah sich gezwungen, die Dissenter umgehend aus allen öffentlichen Ämtern zu entlassen.

Eine Menschenmenge versammelte sich abends in St. Giles und belagerte das Haus der Familie Foe, als wollte sie davor Wurzeln schlagen. Es waren im Grunde vernünftige Leute, denen es einfach nicht in den Kopf gehen wollte, warum sie Pest und Feuer höheren Gewalten ankreiden sollten. Die meisten hatten anstelle ihrer Häuser nur Schutt und schwelende Trümmer vorgefunden: Wie kam es dann, dass gerade das Haus der Familie Foe vom Feuer unversehrt geblieben und darin auch keiner an der Pest gestorben war?

«Seine Majestät King Charles hat gesagt, über der Stadt liegt ein Fluch», brüllte einer aus der Menge, «aber dieser Fluch seid ihr. Kommt doch mal raus und erklärt uns gefälligst, wieso es euch nicht erwischt hat.»

Doch die Brüder Foe hatten das Haus im Jahr der Schwarzen Unrast bis auf zwei Fenster uneinnehmbar vermauert. Sie lauschten und schwiegen. Schon fror der Menge an den lumpenumwickelten Zehen. Einer blickte betreten seine verbogene Mistgabel an und seufzte. Was es da zu seufzen gäbe, wollten die anderen wissen und umschlichen hüstelnd das Haus. Die Luft wurde seltsam feucht und schwer, und den Leuten fiel ein, dass sie ihre Habseligkeiten in den Baracken ungeschützt zurückgelassen hatten: Das Ende der Dissenter konnte man, wie das Ende der Welt, auch gut auf später verschieben.

«Man muss diese armen Teufel verstehen, es geht ihnen viel schlechter als uns», sagte Onkel Henry zu Daniel und Liz. «Sie haben Angst, dass ihnen noch immer Schlimmes bevorsteht, nur was, das wissen sie nicht genau. Sie werden kommen und gehen, aber nicht der Herr, der uns beschützt hat, und ihr zwei werdet jetzt seine Lehrlinge. Danach zeige ich euch die Weite der Welt in meinen Heldenbüchern, der Geschichte Englands und meinen Atlanten.» Zur Überraschung seines Bruders gab Henry den Kindern auf, jeden Satz aus ihrer Bibel abzuschreiben, weil man sie ihnen vielleicht schon morgen wegnehmen würde. Selbst als Daniel zum letzten Buch Mose vors Heilige Land gelangt war, begeisterte ihn noch immer der Schöpfungsanfang, wo dieser Kraftmensch von einem Gott nur etwas zu sagen brauchte, und schon war es getan: «Es werde Licht.» So musste man es machen: Ein paar Sätze, schmucklos und klar, und alles Durcheinander war in Ordnung gebracht.

Als Daniel elf Jahre alt war und Liz zwölf, erblindete ohne Vorwarnung ihre Mutter Alice und geriet unter die Räder eines vorbeifahrenden Wagens vorm Haus. James empfand den Verlust, den seine Kinder erlitten, schmerzlicher als seinen eigenen. Er spürte, wie in seinem Sohn ein Weltmisstrauen wuchs, das ihn selber sogar sonntags früh zur Arbeit trieb. Er verrichtete sie leise, wie im Geheimen, um keinen Neid zu erregen. Sein Handel lief nach Pest und Feuer besser denn je: Aus Furcht, das Haar der Perücken könnte vom Kopf eines Pestopfers stammen, kaufte man sie bei James Foe. Als King Charles allen Hofleuten und Abgeordneten des Parlaments ein schlichtes Gewand aus schwarzem Tuch vorschrieb (mit weißer Seide gefüttert), bestellten sie ihre neue Elsterntracht bei James Foe. Stieg er nachts die Treppe zu Daniel hoch, sah er ihn beim nervösen Licht einer Kerze noch immer über Henrys Folianten grübeln. Kein Zureden half: Daniel las um sein Leben, weil er glaubte, die Blindenkrankheit von der Mutter geerbt zu haben. Aus Furcht vor der drohenden Dunkelheit trieb er wie ein Schiff ohne Steuermann durch diese Buchstabenmeere, durch Memoiren, Reiseberichte und Romane von Turnieren und Schlachten, die ihm sagten, dass Krieg eine Kunst sei und Soldat zu werden groß und ehrenwert. Die Bibel lag vergessen auf dem Fensterbrett.

Daniel wurde hellhörig, doch verschwiegen, mürrisch und kurios; er magerte ab. Wenn James ihn fragte, wo in seinen Gedanken er gerade unterwegs war, bekam er zur Antwort, in diesem Haus müsse man bei allem immer selber dahinterkommen, und erzählte, er wäre als Kind von der irischen Piratenkönigin Grania geraubt worden und im Königreich Kandy auf Ceylon gewesen an der Seite von Captain Knox; er wäre den Spuren des jüdischen Weltreisenden Eldad ans Tote Meer gefolgt, wo es Gold gab, das Riesenechsen bewachten; er hätte gesehen, wie der Weiße Ritter Tirant Byzanz von den Mauren befreite, hätte nach drei Jahren auf einer einsamen Insel im Pazifik ein englisches Kaperschiff dazu überredet, ihn nach London zurückzuschaffen. Da sein Vater ihn nicht weiter in den verrückten Fluten seiner Fluchtfantasien versinken lassen wollte, sandte er Daniel mit Liz auf Botengänge durch die Stadt, als wäre sie der sicherste Ort des Königreichs: Einmal verlor sie ihn aus den Augen, spähte die Straßen hinauf und hinab, neben ihr feilschte eine Frau lauthals um den Preis eines zerbeulten Siebs; ein Menschenstrom riss sie wie bei einem Volksaufstand mit, und Liz wollte schon aufgeben, als sie ihren Bruder zwischen drei abgerissenen Gestalten eingequetscht sah. Sie stellte sich ihnen in den Weg: «Was wollt ihr mit dem Jungen?»

«Dich Schlampe geht das gar nichts an.»

«Das ist mein Bruder!» Liz zerrte Daniel in ihre Arme mit einem Schrei, der die drei Kinderdiebe stutzen ließ, und stürzte los. Sie flohen, die Herzen in der Kehle, geduckt die Themse entlang, richteten sich auf, begannen zu schreien vor Freude, den drei Bestien entronnen zu sein, die sie nach Barbados verkauft hätten, und rannten, rannten, als hätten sie eine Wette darüber abgeschlossen, wer schneller zum Tower-Kai laufen konnte, wo sich der Nordwind an einem gehenkten Schmuggler austobte, er war über und über mit Pech bestrichen, schwang nach rechts, schwang zurück, zappelte und schüttelte sich, als eine Meute Krähen ihr Gefieder um ihn schloss. Liz bezähmte ihr Entsetzen: «Danny, schau weg. Die Vögel fressen ihn auf.»

«Das ist nicht wahr. Sie wollen ihn vor dem Wind schützen und schaffen es nicht.»

Wie zwei Ausgesetzte, die herausfinden wollten, ob ihre Familie sie vielleicht nicht doch wieder aufnehmen wollte, kamen sie nach Mitternacht durchnässt und zerschunden in der Swan Alley an. James und Henry warteten vor der Tür: Die beiden hatten die launischsten Gassenwinkel nach ihnen abgesucht, als wäre London ein verwachsener Wald, in den kein Licht mehr drang. Der Wind warf einen letzten Brocken Schnee vom Dach und beruhigte sich, als hätte er mit der Heimkehr der beiden Kinder sein Ziel erreicht.

Schlimmer konnte es kaum kommen, dachte sich James, doch an einem Sonntag, als das Viertel noch verkatert und still in der Kälte des Frühlings lag, stahl Daniel eine Jungdohle aus dem Nest in einem verfallenen Nachbarhaus. James hatte es nach dem Tod seiner Frau in der Selbstbeherrschung so weit gebracht, dass er jeden Unmut für sich behielt; aber das war zu viel. Die Dohle müsse weg, befahl er. Ob Daniel schon ein Quäkerkind gesehen hätte, viel jünger als er? Die Eltern hungerten in ihren Verstecken, die Kinder verrichteten die niedrigsten Arbeiten, nur um dafür am Schandpfahl krummgepeitscht zu werden. Und was tue er? Aasvögel verhätscheln? James wandte sich ab und ließ den Sohn scheu vor Schmerz in der Kammer allein. Die Dohle gab ein «Kja» von sich.

Da habe der Junge einigen Mut bewiesen, erklärte Henry laut und fröhlich: In der Bruchbude drüben spuke es doch. Dort herrsche Nebel selbst im sonnigsten Sommer. Die alte Veal gehe darin um, da man sie schon zu Lebzeiten vergessen hätte.

«Der einzige Ort, an dem es wirklich spukt, Henry, ist dein Kopf. Der Junge ist vor nichts gefeit. Du hast mit deinen erlogenen Büchern einen Flauskopf aus ihm gemacht.»

«Also mir ist der kleine Mann zielstrebig genug.»

«Weil er sich zu wichtig nimmt. Ein Kaufmann investiert alle Kraft gezielt in Arbeit und Ausdauer. Meine Pläne sterben mir unter den Händen weg. Daniel wird nie tun, was er eigentlich tun könnte.»

«Weil er's vielleicht nicht will.»

«Und worin besteht der Unterschied?»

«Nur weil du keine Freude mehr hast, heißt das nicht, dass die Freude in der Alchimie des Lebens nicht vorgesehen ist.»

«An Lebensfreude glaubt nur ein Narr wie du. Ich frage mich oft, warum ich ihn überhaupt gezeugt habe.»

«Das ist leicht geklärt», erwiderte Henry verschnupft: «Weil du davor nicht wissen konntest, was dabei herauskommt. Du hast den Burschen ja auch nicht gefragt, ob er von dir gezeugt werden möchte.»

James nahm seinen Bruder scharf ins Auge: Er dulde in seinem Bienenkorb prinzipiell keine Drohne, die er noch mit siebzig durchfüttern müsse. Faule Adelige gebe es genug, die sich gerade mal die Mühe machten, geboren zu werden. Falls das so weitergehe, tauge sein einziger Sohn vielleicht noch zum Geistlichen, und er werde die Peinlichkeit ertragen müssen, Daniel zu enterben und für Liz einen Ehemann zu suchen, den er als Nachfolger … –

Auf der anderen Seite, unterbrach ihn Henry, sei Daniel wegen seiner draufgängerischen Natur zum Unternehmer geradezu geschaffen, und so stimmten die Brüder wenigstens darin überein, dass der Stammhalter mehr von der Welt sehen müsse, meinten aber ein jeder etwas ganz anderes damit: Henry dachte an eine Tour über den Kontinent, Paris, Marseille, Rom, Neapel (seine Lieblingsroute), und freute sich schon darauf, als Reisebegleiter fungieren zu dürfen. Damit er das Verträumte aufhole, schickte James seinen Sohn jedoch auf die Musterakademie der Dissenter praktisch um die Ecke, wo sich Daniel fünf Jahre lang nur einfügte, weil die Lehren des Akademiedirektors seine einsamen Lektüren übertrumpften.

Zahlen lagen ihm zunächst nicht, Shakespeare dafür umso mehr, und dass jeder Mensch ein von Natur freiheitsliebendes Wesen sei und gleich wertvoll und gleich vor dem Gesetz und dass jedes religiöse Bekenntnis mit seinen Anhängern und ihren Verbündeten immer Politik sei und manchmal Revolte, hielt ihn in Bann. Warum ließen sich so viele Leute in die Irre führen, obwohl sie wussten, dass man sie belog? Die meisten Prediger neigten dazu, erregte sich der Direktor, mit eleganten, aber undeutlichen Wendungen um sich zu werfen. Oft drückten sie sich nur so verworren aus, um die Schlichtheit ihrer Gedanken zu vertuschen. Sie verliehen sich den Anschein großen Wissens und gaben ihren Zuhörern das Gefühl, dümmer zu sein als schwarze Ziegen bei Frost. Keine Wahrheit dürfe eine andere beherrschen.

Dieser Shakespeare sei ein betrunkener Wilder, ein Papist und kein wahrer Brite gewesen, und dass Gott vor der Erschaffung der Welt schon fixiert habe, wer erlöst und wer verdammt sei, bringe man ihnen auf der Akademie also nicht bei?, erkundigte sich James bei einem der Heimverhöre, die Daniel immer häufiger über sich ergehen lassen musste. Stets, wenn er auf Besuch aus der Akademie in die Swan Alley einbog, geriet er wie vor einer unruhigen Küste innerlich ins Schlingern, war aber dennoch entschlossen, es mit den steil ragenden Klippen väterlicher Frömmigkeit aufzunehmen: «Erlöst» und «verdammt» seien doch bloß Worte größter Verwirrung irgendeines Zwingel weit weg in der Schweiz, der meine, etwas von Gott zu verstehen. Gott kenne doch keiner. Vielleicht meine der es gar nicht so gut mit den Menschen, vielleicht sei er mit anderen Sternen beschäftigt, vielleicht nur der Einbildungskraft entsprungen. Wenn Gott schon im Vorhinein wisse, wem seine Gnade zuteilwerde, während er für den Rest eine grässliche Überraschung geplant habe, könne man diese «Gnade» ebenso gut vergessen und sich um seine eigenen Angelegenheiten kümmern und um den Lauf der Ereignisse in dieser Welt.

«Geld statt Gott, o-oh. Euer Hochwürden erlaube mal: Lautet so das neue Evangelium Ihrer Generation?»

Geld, schüttelte Daniel den Kopf, sei an sich nichts und bedeute noch weniger; Geld hätte seine Mutter nicht vor der Blindenkrankheit bewahrt; aber wenn die Presbyterianer ihren Leuten einschärften, aus Selbstlosigkeit und ohne Aussicht auf Belohnung Gutes zu tun – weshalb seien sie dann nicht bereit, die lausigen siebenundsechzig Pfund zusammenzukratzen, um Hannah und Thomas de Laune und ihre zwei Kinder aus den Kerkern der Stadt herauszuholen?

«De Laune ist nur einer von vielen. Wir sind jetzt alle in Gefahr. Der König glaubt, dass wir ihm an den Kragen wollen wie lauter kleine Oliver Cromwells. Ich weiß ja nicht, ob dein Onkel Henry wirklich zählen kann. Aber er behauptet, es sitzen schon achttausend Dissenter in den Gefängnissen des Landes.»

«King Charles folgt nur dem alten Tyrannenprinzip», gab Daniel summarisch einen Vortrag des Akademiedirektors zum Besten. «Er bittet jeden um seine Meinung, aber weil er sich für gotterwählt hält, ist nur seine Meinung von Gewicht. Geht es nach ihm, müssen wir unbedingt Angst haben: Sobald wir uns nicht mehr fürchten, haben wir nur noch den Wunsch, selber Angst zu verbreiten und alle geschlossen zum Widerstand aufzuwiegeln.»

«Dann hör auf, mir ein schlechtes Gewissen zu machen. Wenn einer von uns die siebenundsechzig Pfund für die De Launes bezahlt, plündern sie sein Haus leer und lochen ihn ein wie Hannah und Tom. So, und wie viel» – James wechselte das unliebsame Thema rascher, als Liz die Scheite im Kamin umschichten konnte – «kostet eine Armlänge Stoff aus fein gesponnener Wolle? Lehrt man euch auf der Akademie wenigstens das?»

«Bring doch du es mir bei.»

Abgemacht; in einer Dezembernacht 1680 ließ James am Haus in der Swan Alley im Licht eines Kometen, dessen Schweif sich über den halben Himmel erstreckte, eine Tafel aufhängen, «Foe & Sohn», weithin sichtbar und so hoch, dass sogar ein Riese von einem Lieferanten mit seinem Pferdewagen leicht darunter hindurch die Seide aus dem Hugenottenviertel ins neue Warenlager nebenan schaffen konnte. Nie war in jenen Jahren davon die Rede, wie gut die alten Zeiten gewesen wären: Mit «Foe & Sohn» drängte auch die Stadt wieder empor, aus Stein diesmal statt aus Holz. Baumeister, Maurer und Ziegelbrenner stampften ganze Straßen und Backsteinhäuser aus dem Boden, rückten sie wieder eng zusammen, sprengten die letzten Trümmer der Paulskathedrale und errichteten eine andere nach dem Grundriss eines griechischen

Kreuzes. Und als einer verkündete, diese Kirche sei für die Ewigkeit, erwiderte ein Spötter, nichts werde länger Bestand haben als Newgate Prison, neuerdings fünf Stockwerke hoch und ausbruchssicherer denn je.

Bei «Foe & Sohn» ging es geregelt turbulent zu, doch oft friedlos. Denn gegen den allzu ausdrücklichen Willen des Vaters und darum aus noch hartnäckigerem Trotz und zu Ehren der De Launes und weil er Aufträge und Rechnungen der Kürze halber mit «D. Foe» unterschrieb, nannte sich der junge Teilhaber eines heiteren Tages Daniel de Foe. «Vertraue keinem und tu, was du willst», unter diesem Motto, das gewiss nicht in seiner besonnenen Familie lag, handelte «Daniel De» neben Kleiderwaren bald auch mit Tabak aus Virginia (den er, Apotheker von Welt, als gesund anpries), mit Käse und Austern, Port und Sherry aus Cádiz und Wein von den Kanaren. Er wusste, wie viel ein seriöser Kabeljau wog (fünfzig Kilo, hundert Pfund), wusste, dass sein Port die Kunden nach dem zweiten Glas zu störrischen Schlaumeiern machte, wusste, dass sein Weißwein sie aber fidel und liebenswert stimmte. Für ihn besaß der Handel die Magie des Glücksspiels, allerdings ohne dessen moralische Ehrlosigkeit: Wohlstand war mit natürlichem Tatendrang zu erreichen, sein Gewissen verschachern musste man nicht dafür.

Niemandem fühlte er sich verpflichtet, und am wenigsten dem Königreich: Über seine Verträge gebeugt, wähnte er sich als Beherrscher der Kontinente und Meere, gab in den Pubs an der Themse Runden aus und unterhielt sich mit Matrosen und Soldaten, die sich ihr Grauen, ihr Holzbein, ihr Heimweh schöntrinken wollten. Gespannt hörte er zu und vergaß kein Wort von dem, was sie ihm von Feldzügen und Seeschlachten erzählten, war aufs Beste unterrichtet über neu gezogene Ländergrenzen und darüber, mit wem Handel zu treiben war und mit wem gerade mal nicht, und hatte bald schon fast mehr zu erzählen als diejenigen, die dabei gewesen waren.

Wer es mit ihm zu tun bekam, gewöhnte sich das Wundern ab. Nichts beunruhigte ihn mehr als die Ruhe der anderen. Wer sein Leben öde fand, war selber schuld: Man musste nur entschlossen genug sein, sein Leben um jeden Preis zu verändern, und jene papierdünnen Wände zerreißen, die jeden umschlossen. Entweder man nahm es mit der ganzen Welt auf und schuf, hatte er entschieden, Spektakuläres ohne Kompromisse, oder man ließ es bleiben – und war ein Versager.

Dabei machte er auf die meisten zunächst einen eher schüchternen, wenig selbstbewussten Eindruck, sprach stockend, geriet dann aber in Schwung und erzählte von großartigen Projekten, ohne seinen Zuhörern mit vereinfachenden Erklärungen über ihre Verlegenheit hinwegzuhelfen. «Der hat sie doch nicht alle», schreckten manche vor ihm zurück. Es fehlte bald nur noch, dass er die ganze Swan Alley in eine Fabrik verwandelte, in der Hunderte von Menschen um eine Vielzahl bizarrer, silberglänzender Maschinen herumschwirrten, die auf dem Meeresgrund fahren, die sich in die Lüfte erheben würden. Ließ er sich auf ein Risiko ein und machte es sich bezahlt, gewann er daraus neue Energie und neues Geld für das nächste, und er erfrischte sich an immer weiteren Risiken, denen er seine Reichtümer aussetzte. Er investierte sogar in eine teure Tauchmaschine, um nach dem Wrack einer Brigg zu suchen, die vor Jahren in der Bucht von Plymouth mit Gold, Elfenbein und chinesischem Porzellan gesunken sein sollte. Die Brigg fand sich nie.

«Vertraue keinem und tu, was du willst», sagte er einfach weiter vor sich hin. Er stand schon wieder auf seinen zwei Beinen wie eine Katze auf ihren Pfoten, die vom Dach gefallen war, und streckte seinen Rücken durch. James zog sich erkältet und dürr vor den Kamin zurück und wurde nur noch einmal vors Haus gebeten: Als ein gewisser John Tuffley unangekündigt eine Ladung Fässer voll Rotwein mit Wucht von seinem Karren auf die Swan Alley poltern ließ, ohne dass die Eisenringe zersprangen und die Fässer platzten.

Ob sein Herr Sohn so gemacht sei wie seine Fässer, fragte John Tuffley und sah James klein, breit, pausbäckig und finster an. James nickte ratlos.

«Ich mache nur Spaß, Foe», platzte es aus Tuffley heraus, «ich kenne Daniel De.» Aber der Gute werde mit seiner Tochter Mary so viel aushalten müssen wie ein Tuffley-Fass. Sie sei mit ihren zwanzig keines der Mädchen, die sich von einem Mann viel sagen ließen. Ganz schön verguckt hätten sich die beiden ja ineinander – überschlug sich John Tuffley in einem Redeschwall –, Daniel De sei die Sache noch energischer angegangen als seinen Handel in diesen Briefen an Mary über gleichberechtigte Frauenbildung und so und gegen die angeborene Lüsternheit der Damen, über die man zwar streiten könne, er aber nicht, außerdem sei jetzt auch nichts mehr zu machen, und warum sollte es auch, wer wisse schon, wie weit die beiden schon gegangen seien miteinander, und wer wolle es wissen, bei ihm sei es gleich gelaufen, ein Mann habe nur ein Schicksal und nicht zwei und darum auch nur eine Frau im Leben und die bis zur Sperrstunde, und Daniel De gehöre nicht zu den Jammerlappen und Krämerwieseln und den protzigen Lateinschülern von der Dissenterakademie, mit denen er sich sonst herumschlagen müsse, und Schluss jetzt: Er gebe seiner Mary dreitausendsiebenhundert Pfund in die Ehe mit ... – ließ James keine Zeit zum Staunen, sondern ein Fass ins Haus rollen, schlug es auf und ging erst wieder, als es geleert war.

Kennengelernt hatten sich Mary Tuffley und Daniel de Foe im strengsten Winter aller Zeiten auf der zugefrorenen Themse beim Schlittschuhlauf: Über einem Feuer briet man Ochsen am Spieß, Verleger druckten Flugblätter als Souvenirs, Krähen hockten zwischen den Trinkzelten und Marktständen und schauten den Londonern schweigsam zu, wie sie sich durch Händeschütteln und Zutrinken aneinander wärmten. «Sie werden sich daran gewöhnen müssen, das Weltwetter wandelt sich», bemerkte Daniel De unbeholfen sachlich, verliebt, wie er in Mary schon war (und überrascht darüber), und sie küsste ihn zuerst, bei ihrer Fahrt in einer Kutsche über den Fluss, und küsste ihm damit die Schüchternheit weg. Zu Fuß folgten sie den Laternenanzündern, zwei Lichterreihen blitzten entlang der Swan Alley auf, die länger und länger wurden, bis sie in der Ferne miteinander verschmolzen und sich verloren. Mary zog sich ganz aus, Daniel De gefiel ihre Unbefangenheit, und er tat es ihr nach. Er hielt sie überall, sie sagte, «fester», drehte sich um und suchte seine Augen, seinen Hals. Später legte sie ihren Kopf auf sein knochiges Schlüsselbein, er zählte ihre Rückenwirbel, sie löschte die Kerze und versprach ihm, dass sie eines ihrer Kinder Hannah taufen würden, nach Hannah de Laune, die mit ihrer Familie in einem unerleuchteten Kellerverlies von Newgate verhungert war.

Doch manchmal wusste Mary de Foe nicht mehr, wer ihr Mann eigentlich war, als lebte sie mit einem Fremden zusammen. Zwar war er höflich, zuvorkommend und schlug niemandem eine Gefälligkeit aus, konnte aber missmutig werden, wenn man ihn mit einer Frage bedrängte, die nicht seinem Handel galt. In Gedanken immer woanders, fühlte er sich beengt im Haus. Auf einer seiner Geschäftsreisen durch Somerset blieb er derart lange weg, dass Mary fürchtete, Daniel De gehöre zu Monmouths Rebellen, die man entlang der Hauptstraße bis hinunter zur Bucht von Lyme Regis aufknüpfen ließ. Schon hatten die Schauprozesse begonnen, kam ihr zu Ohren, bei denen ein Beisitzer namens Salathiel Lovell dem Lord Oberrichter riet, er solle jeder künftigen Witwe auf ihr Flehen, ihren Mann zu verschonen, einfach erwidern: Nein, das könne er nicht – jenen Körperteil ausgenommen, der ihr der liebste gewesen sei.

«Köstlich, Lovell, inpayablée», sagte der Lord Oberrichter in seinem lupenreinen Französisch, «aus Ihnen wird noch was.»

King Charles hatte zuletzt ohne Parlament regiert, obwohl das Gesetz die Einberufung von Ober- und Unterhaus mindestens einmal alle drei Jahre vorsah. Als man Charles nach einem Schlaganfall mit Aderlässen, Schröpfköpfen, Klistieren ins Jenseits gedoktert hatte, forderte sein Bastard Monmouth den Thron für sich. Auf einer Triumphtour durch die Dörfer Somersets sammelte Monmouth gegen seinen katholischen Onkel Cromwell-Veteranen, Liberale, Söldner, Bauern, Landarbeiter ein, versprach den Dissentern Freiheit und Souveränität und dem Parlament, dass er es niemals auflösen werde, wenn es ihn zum König machte. Als sei er in scharlachroter Uniform direkt aus Henrys Büchern geklettert, schloss sich Daniel De ihnen an. Zwischen Orchideenkraut schossen die beiden Armeen in fußhohem Morast, Regen und Dunkelheit zwei Stunden aufeinander ein, Daniel De kam aus dem Schauen nicht heraus, einfach weil er gar nichts sah, galoppierte davon, verbarg sich auf einem Friedhof, wo ein Chor von Fröschen sein Spätabendprogramm besonders vergnügt absolvierte, und las auf einem der Grabsteine den Namen «Crusoe». Auf der Route zurück erkannte er drei seiner Mitstudenten aus der Dissenterakademie wieder, an Kreuze genagelt.

«Erbsen», sagte er, als er sich in der Swan Alley vom Sattel schwang, denn von Erbsen auf den Feldern hatte er sich tage- und nächtelang ernährt; und im Stehen schlafen könne er von nun an auch. Doch zur Ruhe kam er selbst nachts nicht mehr. Er verspekulierte sich hoffnungslos, und da er sich aufs Verheimlichen verstand, versteckte er seine Schuldscheine in einem Buch über die Syphilis. Aber raus musste es irgendwann doch. Als Mary erfuhr, dass sich ihr Gatterich von der Mutter Geld geliehen hatte, um es in Moschusparfum zu verschleudern, ging ihr die Luft aus: Sie sei ihm nicht böse, aber wütend bis dorthinaus. Ob er unter «Buchführung» die Erweiterung seiner Bibliothek verstehe?, fing sie an.

Sein Stuhl ächzte qualvoll: Daniel De beugte sich im Kontor soeben tief über Geschäftsbriefe, als wären es Geheimbotschaften, trommelte auf den Tisch, und sein Diamantring am kleinen Finger der Linken beschloss jedes Stakkato mit einem rastlosen Klackern.

Er nehme alle Schuld auf sich, antwortete er zerknirscht.

Das sollte er auch, Schuld komme nun mal von Schulden.

Obwohl sein finanzieller Genickbruch – in Summe – nicht allein seine Schuld sei: Einen Großteil der siebzehntausend Pfund hätten die Franzosen – urkundlich belegt! – mit seinem Frachtschiff «Desire» versenkt. Auch habe ihm seine Bank zu hohe Kredite gewährt. Aber Handel sei eben kein Spiel, wenn man dabei nicht auch verlieren könne.

Einen Augenblick erlaubte sich Mary de Foe, so zu tun, als hätte sie sich verhört, und sprach dann wie über ihn hinweg: Exzess sei sein größtes Kapital und sein größter Fehler. Warum er ihn nicht für seine Brandreden gegen Krone und Kirche verwende, an denen er nebenher kritzle auf Teufel komm raus? Krone und Kirche seien bekanntlich nicht ganz bei Trost und hätten ihn bitter nötig. In jedem Fall aber könne er die nächsten Wochen auf dem Klohäuschen im Garten verbringen, mit seiner Lektüre über die Freuden der Syphilis, wenn er nicht sofort – «Und jetzt widersprichst du mir nicht!» – seinen Stallknecht samt Gestüt und drei, vier, fünf ihrer fünf Dienstmädchen entlasse und seine eisernen Nerven auf die Ziegelei beschränke (die Paulskathedrale baue sich ja auch kaum von selbst wieder auf), um mit dem Gewinn aus Tilbury seine hundertvierzig Gläubiger zu vertrösten. Daniel De gab, einsichtig geworden, klein bei.

Aber als die Konservativen mit einem Gesetzesantrag drohten, den Dissentern jedes Gewerbe zu verbieten, das dem Aufbau der Stadt zugutekam wie seine Ziegelei, wurde ihm schwindlig vor Rachsucht und Angriffslust: Er wollte London tüchtig einheizen, wollte seine Stadt noch einmal brennen sehen, doch diesmal ihren Verstand. Und wie es sich die Leute nach Pest und Feuer einst selbst eingeredet hatten, war der Brandstifter nun in der Tat ein Dissenter, war er.

Anfang Dezember 1698 schlug Daniel de Foe ein Flugblatt, mit «D.F.» unterzeichnet, an das Tor der Paulskathedrale. Wieder zogen sie – ging ihm dabei durch den Kopf – für ihren Zeremonien-Klimbim und Oblaten-Zauber solche Paläste hoch wie drunten in Rom, obwohl das gedruckte Buch sie längst verdrängt hatte, die Bibel in allen Sprachen, die alle verstanden, und nicht in Latein. Aber als Plakatwand taugte das Tor der Kathedrale allemal. Für ihren Bau hatte er immerhin persönlich eine Wagenladung seiner feinsten Ziegel aus Tilbury in die Paternoster Row gekarrt.

De Foes Flugblatt griff rasch um sich. In ihm stand zu lesen, dass kein Dissenter sei, wer in den Kirchen der Ecclesia Anglicana wie der Paulskathedrale zum Schein einmal im Monat aufs Knie falle, nur um nicht seines Amtes enthoben zu werden. Einmal Dissenter, immer Dissenter, und wer anders denke, sei ein Knilch, sagte er auch, als man ihn nach Einbruch der Dunkelheit in Papa Tuffleys Werkstatt berief.

Und da hockten sie, als wäre ihnen das Mark in den Knochen geronnen, auf kleinen und großen Fässern wie Zwerge und Riesen, der gesetzestreue Lawless, der abstinente Hickey, der überhastete Middleton, der scharfsinnige William Colepeper, die Sauertöpfe Mott Morris, Stan Gumpwright, Johnlittle Paul – und Dumbarton Douglas natürlich, den die anderen seiner diplomatischen Weisheit wegen wie einen Schutzengel verehrten und der eigens aus Edinburgh angereist war. «Du hast deine Stimme gegen deinesgleichen erhoben», wollte Dumbarton Douglas schon ergriffen verkünden – sie alle hier hätten wohl, kam De Foe Dumbarton Douglas zuvor, den größten Schock ihres frommen Daseins erlitten, das so fromm eben ganz und gar nicht sei. Sie täten wehrlos, als wären sie von Weihrauch benebelt: Statt endlich zu sich zu kommen, gerieten sie unsinnig außer sich. Neu sei das zwar nicht; doch ein großes Aber läge ihm doch auf der Zunge.

«Und das wäre?» Dumbarton Douglas lauerte aus seinen Augenwinkeln.

«Wenn wir zusammenhalten, wird uns niemand so einfach niedermachen können.» Sie alle seien Bürger und gleich vor dem Gesetz und hätten sich vor niemandem zu beugen. Eine Wertvorstellung sei so gut wie jede andere, solange sie sich wechselseitig nicht in die Quere kämen. Dafür brauche man nicht einmal Christ zu sein. Verletze ein Jude etwa seine Nachbarn, wenn er nicht an das Neue Testament glaube? Ihn trage der Drang nach Duldung jeglicher Meinung, nur der unduldsamen nicht. Sie redeten hier alle immerfort taub und hohl von «Gott» daher und seiner «Ehre» und meinten am Ende alle nur sich. Eine Spur mutiger, wehrhafter, unberechenbarer sein, das wäre doch schon mal was.

«Du bist eben keiner von uns», stieß Stan Gumpwright hervor, und Johnlittle Paul, der immer Gumpwrights Meinung war, weitete vor Zustimmung seine Augen wie ein Lemur.

«Ja-nun, wenn es sonst nichts zu klagen gibt», verabschiedete sich De Foe aus diesem Sodom der Feigheit und verbot es sich, einen Blick zurückzuwerfen. Zur Salzsäule erstarren wollte er nicht. «Kirchenmäuse und Komödianten», murmelte er.

«Der wird nicht weit kommen», sagte Hickey, schluckte krampfhaft und riss einen Splitter vom Fass, auf dem er mehr zappelte als saß.

«Das soll er auch nicht», erwiderte Dumbarton Douglas. «Er will uns zu Außenseitern machen, weil er selber einer ist. Mag er von nun an unter eigener Flagge segeln.»

Auch James war dermaßen empört, dass er seinem Sohn zum Geburtstag eine Rechnung überreichte, in der aufgelistet war, wie viel ihn Daniel seit seinem ersten Schrei gekostet hatte. An den Schluss der erbrachten Leistungen hatte James den Posten «Sorgen» gesetzt, mit einem Querstrich daneben: Die waren für ihn umsonst gewesen. Sein verlorener Sohn, ahnte er, hatte die volle Absicht, verloren zu bleiben.

Immer mehr Flugblätter kursierten in London: De Foe wetterte gegen alle, die meinten, das Königreich sei die größte Macht des Guten in der Welt, dulde aber lediglich waschechte, reinrassige Engländer und keine Einwanderer wie die Hugenotten, obwohl die heutigen Engländer – stichelte er – von Britonen, Schotten, Römern, Sachsen, Normannen, Angeln herstammten, von Ausländern allesamt. Sie hätten daher kein Recht, Ausländer zu verabscheuen. Sie trügen ihre Nasen rümpfend zu hoch, hielten sich für etwas ganz Außerordentliches, das den Kontinent nicht bräuchte? Er fühle sich, mit einem Schuss Duero und Loire in den Adern, in Cádiz ebenso wohl wie in Châpel-en-le-Frith, Derbyshire. Man sollte nie auf den anderen herabblicken – es sei denn, um ihm aufzuhelfen, wenn er gestürzt sei. Er wetterte gegen Minister und Staatssekretäre, die sich ihre Ämter erkauften, gegen Aristokraten, die auf ihren Pachtgütern herumfaulten und Kaufleute als Wucherer verlachten, gegen die Lords und Sirs, die landauf, landab Freibier ausschenkten, um ins Parlament gewählt zu werden. Namentlich wetterte er gegen «Earl Trübsal» of Nottingham, der überall Komplotte witterte, da er unablässig selber welche anzettelte, und immer von den Galgen Tyburns träumte wie Gesündere von den Gefilden des Himmels. Gegen den Justizverräter Salathiel Lovell, der noch die stichhaltigste Verteidigung eines Unschuldigen mit genießerischem Spott so verdrehte, dass ein Schuldspruch dabei herauskam – und weil De Foe auch unter den Leuten in den Gassen nicht stillsein konnte, nannte er Lovell eine Kreuzung aus Esel und Kröte, dem nur seine violette Robe ein menschenähnliches Aussehen verlieh. Ob ihnen nicht wie ihm zum Speien sei? Er genoss es sichtlich, dass seine Flugblätter bald auch auf dem größten Markt des Skandals, im Parlament, regen Absatz fanden und den Sprecher des Unterhauses Robert Harley in heitere Unruhe versetzten.

«Du gehst schon sehr weit», sagte ihm Mary eines Abends, «und bist noch immer nicht weit genug gegangen.» Nachdem sie die kleine Hannah zu Bett gebracht hatten und James vorm

Kamin eingenickt war, gestand sie ihm, sie sei eine Lunarierin. Irgendwann müsse er es erfahren, ansonsten sei ihre Ehe in Gefahr.

Was denn eine Lunarierin sei?, fragte Daniel De vergnügt.

Sie komme ursprünglich vom Mond. Dort betrachte man das britische Königreich durch ein magisches Teleskop, das die Dinge zeige, die einem auf der Erde entgingen.

«Weil einem die Dinge hier unten zu nahe sind.»

«Genau.» Fern von dem ganzen Rummel, in dem man sich täglich hin- und hertreiben lasse, könne man vom Mond aus klar erkennen, dass es den anglikanischen Extremisten am liebsten wäre, wenn die Dissenter gar nicht existierten. Wenn es sie nie gegeben hätte und dass es sie künftig nicht geben sollte. Man müsste in einer listigen Predigt einmal ihre Ansichten zu Ende denken, in ihrer borniertenen Rhetorik verfasst und ganz in ihrem Sinn, jedoch nur auf den ersten Blick, um ihnen damit vorzuführen, was für eine entmenschte Schauergesellschaft sie seien.

De Foe schärfte gleich vier seiner Gänsefedern und machte die übrige Nacht zum Tag. Man hätte, schrieb er, schon vor über einem Jahrhundert die ersten Dissenter ausrotten sollen. Jedes Gesetz, das Freiheit für die Dissenter garantiere, trete die einzig wahre Kirche mit Füßen. «Wenn ihr die Nachwelt von Zwietracht und Rebellion befreien wollt, so ist jetzt der richtige Zeitpunkt dafür! Dies ist die Stunde, die ketzerische Wurzel des Aufruhrs auszureißen, die den Frieden stört.» Warum nicht ein paar Dissenter kreuzigen, um den Rest in Reih und Glied zu zwingen? «Lasst uns die Kirche auf der Vernichtung ihrer Feinde wiedererrichten!»

Kaum hatte De Foe seine Kampfschrift veröffentlicht, den «Kürzesten Prozess mit den Dissentern», trat er in eine veränderte Welt hinaus. Die Scharfmacher der Hochkirche begeisterte der Vorschlag, den Abweichlern den Garaus zu machen. Dann erkannten sie mit einem Mal, dass De Foe ihre Predigten nur auf die Spitze trieb, um sie als tollwütige Verrückte zu verurteilen, die eher in eine Klapsmühle wie Bedlam gehörten als ins Parlament, auf Kanzel und Thron. Sogar seine wohlwollenden Gegner rieten ihm öffentlich, ans andere Ende der Welt zu flüchten und dort zu bleiben, was aber gar nicht so einfach war: Wo auch immer er sich verborgen hielt, ob in Cádiz, Leiden, Rotterdam, Tanger oder bei den ehemaligen Handwerkern seiner Ziegelei, musste er auf der Hut sein, weil viele Dissenter über den «Kürzesten Prozess» entrüstet waren und ihn vielleicht nur versteckten, um ihn an Nottinghams Miliz auszuliefern. Dass er sich ausgerechnet in der Korsarenfestung Sala des Sultans Moulay Rachid außer Gefahr empfand, war geradezu grotesk.

Lediglich in Soho und Spitalfields fühlte er sich am Ende noch sicher, wo Juden, Mauren und Hugenotten hausten, die man fürchtete und mied: In ihren Straßen fand sich keiner zurecht, und fragte man nach dem Weg, überfielen einen Sätze, die sich aus hundert Sprachen zusammenzusetzen schienen.

Als Nottingham ihn Anfang Mai 1703 noch immer nicht geschnappt hatte, ließ er die Flugblätter De Foes vor dem Palast von Westminster verbrennen und stierte freudlos durch den Scheiterhaufen hindurch. Ohne Perücke und mit kahlgeschorenem Schädel, in einen Kittel aus Sackleinen gehüllt, den ein simpler Strick zusammenhielt, stand De Foe mitten im Menschengedränge und sah dem Spektakel befriedigt zu. Wenige Wochen nachdem er in Newgate eingesperrt worden war, erschien ein Raubdruck seiner gesammelten Schriften, und wer sie bislang nicht gelesen hatte, las sie jetzt: Auch Sarah Churchill, die Herzogin von Marlborough, wendete in Windsor an ihrer Schreibkommode aus Nussholz Blatt um Blatt des sorgfältig gebundenen Bandes. Als sie den «Kürzesten Prozess mit den Dissentern» zu Ende gelesen hatte, stürzte sie ein Glas Portwein hinunter und goss sich ein neues ein.

«Es wird sich doch etwas für ihn tun lassen», empfing sie tags darauf den Sprecher des Unterhauses Robert Harley in ihrer Bibliothek.

«Warum denn das?», stellte sich Harley naiv.

«Wegen Earl Trübsal of Nottingham.»

«Ach dem.»

«Tun Sie nicht unbeteiligter, als Sie es sich leisten können», wies Sarah Churchill Harley zurecht.

«Und Sie nicht aufgewühlter, als Sie es sein müssen.»

Wer sich am Hof der Queen bewege, pflegte Harley zu sagen, bewege sich immer unter Feinden, die sich als Freunde tarnten, und sie beide, Harley wie Churchill, verfügten über ihr eigenes Agentensystem: Sie bespitzelten sich wechselseitig und hatten erfahren, dass sie beide – getrennt voneinander – versucht hatten, die Queen und den Earl of Nottingham zu überreden, De Foe Kerker, Schauprozess und Pranger zu ersparen. Und so wenig sie einander leiden mochten, so waren sie sich über Nottingham einig, der ihnen wegen seines unbeherrschten Temperaments für delikate Aufgaben noch ungeeigneter erschien als Queen Anne. Harley konnte ihn geradezu vor sich sehen, wie er in einem unbequemen Lehnstuhl und im schwachen Licht einer Kerze bis zum Morgengrauen trotz seiner dreizehn Kinder seinen toten Sohn Sid betrauerte, um seine Trauer tagsüber an anderen auszulassen: Wer ein solches Leben fristete, fand es nicht schwer, anderen das Leben zu nehmen. Dem Mann fehlte es einfach an Takt und Selbstdisziplin. Harley hatte es stets gleichgültig gelassen, dass Nottingham seit Jahren sein geschworener Feind war und keine Gelegenheit verpasste, ihm Schlechtes nachzusagen: Nottingham fand einen Schuldigen für jedes Missgeschick, das ihn traf. Auch ein noch so harmloses Gespräch, das man mit ihm führte, besaß etwas zwanghaft Dringliches, etwas verdruckst Ängstliches. Es war, dachte Harley oft, Nottinghams Kardinalproblem, sich um die falschen Dinge Sorgen zu machen, und zu diesen Dingen zählten Dissenter wie Daniel de Foe. Harley wäre jede Wette eingegangen, dass er den Drangsalierer als Staatssekretär spätestens im nächsten Jahr ablösen würde, und musste immer ein Kichern unterdrücken, wenn er laut «Nottingham» sagte, aber «Earl Trübsal» dachte. Ohne Zweifel war dieser De Foe recht amüsant.

«Und wie sollte unserem wackeren Jüngling noch zu helfen sein?»

«Unser vierzigjähriger Jüngling sitzt seit Wochen in Newgate», erwiderte Sarah Churchill, «und sein Kopf dürfte mittlerweile brodeln wie ein Hexenkessel kurz vorm Überlaufen. Vergleicht er sich in einem seiner Flugblätter nicht selber mit dem Teufel, der über eine Schar von Dämonen gebietet?»

«Unser Name ist Legion, denn wir sind viele», zitierte Harley, der als Dissenter erzogen worden war und die Bibel auswendig kannte. «Markus-Evangelium, Kapitel fünf, Vers neun. Vulgär und einfallslos.»

«Ganz London kennt den Satz.»

«Der Teufel lässt sich nicht bekehren.»

«Aber in Dienst nehmen.»

Harley zog den Kopf ein, wie immer, wenn er Gewinn, Kosten, Risiken einer Idee überschlug. «Allerdings haben wir in unseren Reihen keinen, der so schreiben kann wie er», stimmte er zu. Sich in Bibelpassagen zu verständigen sei ihm sympathisch. Doch beziehe De Foe die Sentenz aus dem Vaterunser, «Dein Wille geschehe», wohl doch allzu oft auf sich? «De Foes Wille geschehe» treffe es besser.

«Dass ihm sein Eigensinn über alles geht, macht ihn gerade so kostbar für uns», widersprach Sarah Churchill. «Seine Sätze können Dinge wahr werden lassen, auch wenn sie es gar nicht sind. Er kann jede Stimme imitieren, spricht die Sprache der Konservativen wie der Liberalen und der allerpfäffischsten Pfaffen sowieso. Er ist perfekt!» – und das letzte Wort brach aus ihr mit solchem Nachdruck hervor, dass Harley fürchtete, es würde in ganz Windsor zu hören sein.

«Lady Marlborough, ich habe nur eines der Ohren Ihrer Majestät. Nottingham hat das andere. Sie haben beide. Also raten Sie ihr, De Foe vor ein Ultimatum zu stellen: Newgate oder wir. Es ist ein Angebot, das er auf Dauer nicht ausschlagen kann.»

Die Queen stellte das Ultimatum.

Doch war De Foe, fand Harley, vor Ihrer Majestät zu patzig aufgetreten (wie er hinter der Tapetentür gehört hatte), und es bestand wenig Hoffnung, dass «Unser Name ist Legion, denn wir sind viele» den Schandpfahl überleben würde: Nottingham hatte drei Haudegen seiner Privatmiliz dazu bestimmt, sich unter die Menge zu mischen und seinen Widersacher mit Pflastersteinen zu erledigen, sollte das Volk nicht aufgebracht genug sein. Was war mit einem halbtoten Krüppel noch anzufangen? Harley hielt sich aus allen Querelen heraus, griff nur ein, wenn es sich wirklich lohnte, und dann über hundert Ecken und Umwege, und die Sache hier schien ihm durch Nottinghams geltungssüchtige Unbesonnenheit von vornherein verloren. Doch aus Mitgefühl und weil er Sarah Churchill nicht unnötig enttäuschen und Nottingham eins auswischen wollte, betraute er seinen begabtesten Spitzel mit dem Fall.

Smite.

Bei Smite genügte ein Satz, und Smite wusste Bescheid: Er solle sich doch ein wenig um die De Foes kümmern. Smite schlenderte, seinen Stockdegen unter den Arm geklemmt, einem der Schließer über die Korridore und Treppen Newgates hinterdrein ins Wärterhäuschen, mit dreißig Pfund und der Bitte, die schwangere Mary einen Tag vor der Pranger-Demütigung für zehn Minuten zu ihrem Mann in die Zelle zu lassen.

«Fünf Minuten. Für vierzig Pfund», feilschte Bodenham Rewse, der gerade in Gefangenenakten mit der Aufschrift «Betragen» kramte und Smite nicht kannte.

Smite blinzelte bloß wie ein auf Ratten abgerichteter Terrier, den man krault, weil man ihn mit einem Schoßhündchen verwechselt hat: Sofort ließ Bodenham Rewse vom Feilschen ab. Eine Minute hätte allerdings auch genügt, damit ein paar eng beschriebene Blätter von einer Hand in eine andere gelangten.

So kam es, dass ein redlicher Beamter der Krone, Mr. Bodenham Rewse, unwissentlich an einem klar umrissenen Plan mitwirkte, der sogar über die Vorstellungskraft Robert Harleys ging: So gewagt war der Plan und gefährlich und so böse konnte er enden für Daniel de Foe. Aber der war es schließlich auch, der ihn ausgeheckt hatte. (Dass damit ein neues Zeitalter in der wechselhaften Geschichte der Redefreiheit angebrochen war, fiel selbstverständlich erst viel später auf.)

Am neunundzwanzigsten Juli 1703 war ganz London schon morgens ein schmelzender Hochofen. Während Schreiner unter einer barbarischen Sonne den Pranger neben der Königlichen Börse errichteten, rumpelten Mary und Onkel Henry nach Spitalfields. Der einzige noch verlässliche Drucker, der De Foe eingefallen war, nannte sich Jan Alanguisse, ein Hugenotte, der den Behörden auch unter anderen Namen ein Rätsel und trotz seiner fünfundzwanzig Jahre schon weißhaarig war, als hätte er Schlimmes hinter sich. Jan Alanguisse packte ihren Wagen mit den Flugblättern voll. Mary und Henry erreichten, von Smite mehr beschützt als beschattet, unbehindert eine der Gassen neben der Börse. Dort hatten sich zwölf Zeitungsjungen versammelt, rauchten und rissen die Flugblätter an sich, als wären es Goldmünzen.

Punkt fünf Minuten vor zwölf bahnte das Militär einem Eselskarren den Weg durch das erstickende Menschengewühl zum Pranger. In ihm kauerte Daniel de Foe. Er sah geblendet zu den Fenstern hoch, in denen sich Zuschauer zwängten. Jeder Rahmen war von Köpfen gefüllt. Auf Balkongalerien erwarteten Damen und Herren von Stand mit flatternden Fächern die Hinrichtung des Staatsfeinds durch das gemeine Volk: In Eingängen duckte es sich, als rollte mit blitzendem Donner ein Gewitter daher. Selbst auf den Dächern hockte es und winkte wie zum Hohn dem Delinquenten zu. Wolken segelten, ahnungslos wie immer, über sie hinweg.

«Respekt», sagte der Henker zu De Foe: Er mache sich bestens bezahlt, manche hätten sich für die eine Stunde einen Fensterplatz für zwölf Pennys gemietet. «Ihr Elend hat bald ein Ende», flüsterte er, als er ihm behutsam die Klötze um Hals und Handgelenke schloss, ihm das Papier mit dem Urteilsspruch zwischen Daumen und Zeigefinger drückte und sich wie sein persönlicher Leibwächter neben ihm aufpflanzte. So war es gedacht: Der Schuldige hatte sein Vergehen und die Gerechtigkeit der Krone zu bezeugen, indem er sie, seine Verurteilung in der Hand, geständig zur Schau stellte.

Nottinghams Privatmiliz umringte das Podest des Prangers. Zwei Militärtrommeln schlugen ihre Wirbel. De Foe stand auf den Zehenspitzen, blickte um sich, so gut es ging, und stöhnte. «Der hat's ja bequemer als wir», spottete jemand knapp vorm Podest und spuckte aus. Ein Trupp Betrunkener nahm den Spötter unversehens in die Mitte, traktierte ihn mit Rippenstößen und Fußtritten und grölte De Foe prostend zu: «Gut gemacht, weiter so!» Einer aus dem Trupp, den die anderen mit «Eure Lordschaft» ansprachen, gab ihm aus seinem Krug lauwarmes Bier zu trinken, De Foe verschluckte sich und spie das Gebräu über den Stützpfosten. Brennender Schweiß verschleierte ihm die Augen, sodass er in «Seiner Lordschaft» Antoine de Guiscard zu erkennen meinte. «Natürlich ist er's nicht», besann sich De Foe, und der Trupp war wenige Augenblicke später auch schon wieder verschwunden.

Kirchenglocken schlugen halb eins. Das war das verabredete Signal: Die Zeitungsjungen eilten mit Armen voller Flugblätter aus den Gassen und verkauften De Foes neuestes Werk, den «Lobgesang auf den Pranger». Einer warf sogar zwei, drei Blätter über die Köpfe der Menge. Irgendwer fing eines der Blätter auf, erklomm die Schultern des Riesen neben sich, begann, daraus laut vorzulesen, und sein schottischer Zungenschlag klang in De Foes halb tauben Ohren wie nach Dumbarton Douglas. Natürlich war er es nicht: Dumbarton Douglas saß irgendwo sicher in Edinburgh und säuselte Geistvolles daher.

Es wurde unglaubhaft still. Niemand rührte sich. «Sei mir gegrüßt, du symbolischer Apparat des Staats», deklamierte der Mann, «gemacht, um die Fantasie zu bestrafen!» Er, Daniel de Foe, stehe hier – las der Mann weiter – an Stelle all der Politiker und Würdenträger, die unfähig seien, dieses Land zu regieren, und unfähig, Schuld an ihm zu finden, die in nichts anderem bestünde, als die Wahrheit zu verkünden. An ihm werde ein Exempel statuiert, damit ein jeder in diesem Land Angst davor habe, sich offen auszusprechen.

Nottingham schluckte. Als er seinem Scharfschützen befahl, den Schotten abzuknallen, trat ein Fremder zu ihm heran und gab ruhig zu bedenken, dass sich in der Menge Leute aus Stadtrat und Adel befänden. Wenn sein Schütze einen von denen träfe – ob Earl Trübsal die Verantwortung dafür auf sich zu nehmen bereit sei? Ungeduld und Gewalt verpfuschten doch immer alles, hatte das nicht schon der große römische Komödiendichter Statius gesagt?

«Statius wer? Wie können Sie es wagen, wie ...», stotterte Nottingham, «wer sind Sie überhaupt?»

Aber Smite hatte sich in Luft aufgelöst.

De Foe schloss die Augen und schnitt Grimassen, um die Fliegen abzuwehren, die sich über ihn hermachten wie über einen Klumpen Zucker. Frauen durchbrachen den Milizkordon. Statt der üblichen Steine, Fischreste und faulen Eier bewarfen sie den Pranger mit Hortensien und Heckenrosen, Nelken und Gladiolen, die Milizionäre drängten sie mit Kolbenstößen zurück. Zwei besonders ruchlose Elemente kletterten gewandt zu den Balkongalerien empor, um den Ladies und Lords dort droben den Silberpuder aus ihren Perücken zu klopfen, die Ladies und Lords klappten ihre Fächer zu und machten sich davon. Ein Drängen kam in die Menge, dumpfes Gemurmel, dann Murren, Raunen und solcher Tumult, dass Nottingham mit einer Schnarrstimme, die ihn selbst erschreckte, dem Schauspiel vor der Zeit ein Ende setzte. Um ihn drehte sich der Platz. Falls er sich Hilfe von seiner Miliz erhofft hatte, bekam er keine: Wie die Menge schien sie von De Foes Worten angesteckt zu sein, verwirrt und mitgerissen, und für sein Leben gern hätte Nottingham ein Rudel Metzgerhunde auf sie alle gehetzt.

In Windsor empfahl Robert Harley der Queen, De Foe nicht noch ein zweites und ein drittes Mal an den Pranger zu stellen, da es wohl kaum im Sinne der Krone sein dürfte, dass sich ein solches Ereignis wiederhole; De Foe hätte mit seinem «Lobgesang auf den Pranger» auch noch Geld verdient; «Der kürzeste Prozess» und eine Neuausgabe seiner Schriften samt neuem Vorwort fänden seitdem reißenden Absatz. Neben majestätsbeleidigendem Kohle-Gekritzel habe er auf der Fahrt hierher nicht erst heute Schmähschriften De Foes zur Kenntnis nehmen müssen: Sie klebten an zu vielen Mauern der Stadt. Ihn erneut durch die Straßen zu fahren, wenn der Mob auf seiner Seite sei, würde einen Rettungsversuch geradezu herausfordern – oder, schlimmer noch, einen Aufstand in Newgate Prison. Über die dortigen Haftbedingungen wäre übrigens zu diskutieren: Neue Strafgesetze müssten her.

Zu alledem schüttelte Queen Anne nur stumm den Kopf, und nach noch zwei glücklich überstandenen Tagen je eine Stunde am Pranger legte Daniel de Foe, tropfnass, zitternd und derart schlaff, als wäre er von einer Weltumsegelung zurück, in seiner Zelle eine gelbe Nelke neben Guiscards Brotmännchen und weinte.

Zunächst vor Erleichterung. Anfangs setzte er sich jeden Morgen in sauberem Hemd an den Tisch und schrieb mit einer Hast, als sei er der Leser seines eigenen Buches, der atemlos vor Erregung die anarchischen Zeilen gegen die gottgegebene Autorität der Krone überflog. Anfangs brachte ihm Bodenham Rewse täglich neue Federn, Tinte, Papier. Anfangs plauderte er in der Kantine mit Gefangenen und den Schließern im Innenhof. Anfangs hatte er seine jugendliche Freude an einer Krähe mit rotem Schnabel, die durchs Fenstergitter höflich seine Käfer, Spinnen und Tausendfüßler entgegennahm, bis sie auf einmal wegblieb: Was er, obwohl er an Omen nie geglaubt hatte, als Wink von unten deutete. Böses kündigte sich an.

Woche für Woche zögerte Robert Harley seine Entlassung hinaus, die Queen versagte ihm ihr Pardon, und im fünften Monat seiner Haft begann eine andere Zeitrechnung: Die Zeitrechnung von Newgate begann. Die Tage kamen ihm wie Nächte vor und das fahle, spärliche Licht, das durch das Fenster fiel, wie ein unnatürlicher Irrtum des Weltenraums, der dunkel war und bedeutungslos. Er versäumte die Geburt seiner Tochter Martha. Zwei Backenzähne bröselten, brachen weg. Seine rechte Hand begann zu zittern, gehörte ihm nicht mehr. Allmählich verschwand er in sich selbst. Er konnte nicht glauben, dass man ihn hier vertrocknen lassen wollte – aber man wollte, man konnte, man durfte, man tat's.

Wie sehr er es bereute, vor dem Gericht der verlogenen Eselskröte Lovell auf schuldig plädiert zu haben! Und da hätte er bei der Audienz Ihrer Quatschlichkeit Queen Anne gleich die globalste Verschwörung der Geschichte vorflunkern können, etwa so: Eines Nachts hätte er Hugenotten, Dissenter, Juden und Jesuiten auf dem Friedhof Bonehill Fields zusammengerufen, um auf eine Republik hinzuarbeiten mit allen Freiheiten, Gedankenfreiheit, Gewissensfreiheit, Meinungsfreiheit, Redefreiheit, Pressefreiheit, Handelsfreiheit. Dafür würde Ihre Majestät natürlich beseitigt werden müssen, mit Gift ohne Geruch und Geschmack, «dort drin, nur zum Beispiel, in Ihrer heißen Schokolade», De Foe lenkte in Gedanken den bestürzten Blick Queen Annes auf die Tasse neben ihr, «dort könnte es auf Sie warten. Aber wie soll ich das jetzt noch wissen, Eure Majestät? Probieren Sie mal, einen Schluck nur.

Oder besser nicht? Nein? Die Wahl steht Ihnen frei. Laut der Statuten unserer Geheimgesellschaft liegt die Ausführung des Großen Plans mit meiner Festnahme nicht mehr in meiner Hand. Namen kann ich Eurer Herrlichkeit auch keine nennen, wir bleiben untereinander anonym. Ich bin machtlos», und er breitete betrübt die Arme aus und ließ sie resigniert sinken, «so machtlos. Und ohnmächtig vor Reue. Aber, Meine Majestät: Zu spät. Uuups. Tut mir leid.»

Vielleicht hätte er solcherlei sagen sollen. Doch hätte die Quatschlichkeit vermutlich auch dann nicht erkannt, welchem Wahn sie mit ihrer Furcht vor den Dissentern verfallen war.

Die auch nicht viel besser waren als die Queen. Die Dissenter hatte er mit dem «Kürzesten Prozess» vor dem Schlimmsten gewarnt, und nun ließen sie ihn alle im Stich, so wie sie sich einst von den De Launes abgewandt hatten. Doch gemessen an Hannah und Tom war er kein Held, der für diese Memmen den Tod auf sich nahm. Nur ein einziger Weg führte aus dieser Löwengrube heraus. Solange er keinen denunzierte, bloß um sein erbärmliches Leben zu retten, fiel das moralische Verbrechen, das man ihm abnötigte, kaum ins Gewicht – vorausgesetzt, er stellte sich schlau genug an. Er würde lügen, verheimlichen, sich verstellen, das konnte er ziemlich gut; und konnte noch besser, konnte perfekt werden darin. Wozu sollte er hier verrotten? Wozu sieben Jahre den Mund halten, sich eingeschüchtert wegducken, seinen Arbeitern beim Brennen der Ziegel in Tilbury zuschauen? Schämen konnte er sich später immer noch. Alles schien ihm auf einmal so unbedingt und schlicht in seiner Offensichtlichkeit: Wäre er aus Newgate entlassen, würde er eben mit dem Wenigen weitermachen, das von ihm noch übrig geblieben war. Keine Niederlage sei die letzte, lautete einer der überschwänglichen Weisheitssprüche Onkel

Henrys. «Ach ja? Schon mal in Newgate gewesen? Komm rein und sieh dich um in der teuersten Herberge unserer Stadt, die dich gegen Aufpreis das Aufgeben lehrt.»

Zorn fegte alle anderen Gefühle beiseite. Er zerrieb die schimmeligen Krümel von Guiscards Brotmännchen zwischen den Handflächen, so wie er früher die Qualität seines Tabaks aus Virginia geprüft hatte. Morden war gerade mal wieder en vogue, und er wünschte sich – warum nicht? – einen Sturm herbei, der über England niederfuhr, bis nichts mehr da war, woran man Fortschritt bemaß, kein Parlament, kein Palast, Backsteinhaus, Gericht, Garten, Acker, Pflug und Korn, kein Portwein und Buch, kein modisches Seidengrün, kein Brillenglas, Mikroskop, Teleskop, Tennis und Federballspiel, kein Papierdrachen, kein Zeitungsblatt aus der Grub Street mehr, kein Geld, Kredit, Gin, Bier, Club, Pub, Gasthof, Kaffeehaus, Bordell, aber auch kein Plündern von Häusern unter dem Vorwand der «Aufdeckung verbotener Versammlungen», kein Adelsprivileg und Schimpfwort mehr, «Abweichler!», «Papist!», «Judendreck!», kein Kerker für Dissenter, kein Strick, mit dem man Leute erhängen, aber auch kein Mittel wie Laudanum mehr, mit dem man Zahnschmerzen lindern konnte, alles hin und vorbei und aus dem Gedächtnis der britischen Menschheit getilgt, bis im Wirbel aus Staub und Schutt auch er selber verflüchtigt war, der sich arrogant und dümmlich für einen wahren Dissenter gehalten hatte. Er war ein Feigling wie jeder. Aber zurückschlagen würde er. Irgendwann.

Eine Tür knarrte und fiel in ihr Schloss zurück. Mary stand über ihm. Seit zwei Tagen dämmerte er auf dem Boden, malte sich die Verwüstung des Königreichs an der Zellendecke aus und hatte Mary im Getöse des ersehnten, des eingebildeten Sturms nicht gehört.

«Das ist es doch nicht wert», sagte sie wie aus der Ferne.

«Ich muss arbeiten. Die Sintflut ist noch nicht vollendet. Komm morgen wieder.»

Sie bückte sich und legte ihm ihre Hand auf die Stirn, die er sich an den Mauern der Zelle wund geschlagen hatte.

Da erwachte er ganz. Sie beugte sich immer noch über ihn, mit ihrem grünstichigen Schultertuch, das an den Kanten ausgefranst war. Er zog sich wie an Marionettendrähten empor und spielte ihr sein Letztes an Haltung vor; er wäre nicht er, wenn er sich auf das erpresserische Angebot einlassen würde. «Ich wäre auch nicht mehr der Mann, den du geheiratet hast.»

Fast jeden Tag war sie bei ihm gewesen, doch kein einziges Mal hatte seine Stimme derart unterirdisch geklungen, wie durch die hohlen Knochen in einer Gruft gewispert. Seine Haut war gelblich verfärbt und unterschied sich in nichts mehr von den Wänden, die für sie beide immer schwerer, immer enger geworden waren in Newgates wirren Rinnsalen von Zeit.

«Was du daherredest, Danny De. Ich, ich, ich, denkst du nur an dich? Es gibt für mich keine tristeren Orte auf dieser Welt als diese Zelle und unser leeres Bett daheim. Pass jetzt gut auf. Du musst zurück zu mir und den Kindern. Viele Dissenter halten immer noch zu uns. Lawless, Middleton und Colepeper haben einen Teil unserer Schulden bezahlt. Und den Rest», erklärte sie, habe wer aus dem Parlament beglichen. Eine Herzogin am Hof der Queen, die namentlich nicht genannt werden wolle, lasse ihnen heimlich Geld zukommen mit der Nachricht, man sei über seine Not unterrichtet und könne ihm helfen.

«Eine andere Wahl habe ich auch nicht mehr, Mary, ich weiß. Ich bin fertig. Auch mit mir selber. Wille, Vorsatz, Hoffnung, alles weg. Ich bin verpfuscht, geschlagen, haltlos, Mary, kaputt und zu nichts mehr zu gebrauchen wie ein aufgesprungenes Fass.»

Plötzlich schlug es ihnen von der Zellentür kalt und feucht entgegen. Auf der Schwelle rührte sich was. Ein Schatten löste sich aus den Schatten, verfestigte sich, war groß und so dünn wie sein Stockdegen, schlug die Tür zu und schob sich neben Mary wie eine von unsichtbarer Hand geführte Schachfigur.

«Das waren nun aber sehr viele Worte für jemanden, der sich erledigt fühlt», sagte der Fremde: «Ihr Vokabular nimmt sich für ein verschüchtertes Häufchen Elend recht stattlich aus.»

De Foe zuckte zusammen: «Wer sind denn Sie?» Marys Herz machte einen Sprung nach vorn.

«Tja, wer?» Smite rieb an seiner Narbe zwischen den Stecknadelaugen, als wüsste er das selber nicht so genau. «Danach hat sich Earl Trübsal auch erkundigt. Meiner Namen sind viele, Mr. D. F., Foe, De Foe, Daniel De, Danny De, wie die Ihren. Und sie werden, berufsbedingt, mit jedem Tag mehr.»

De Foe gab sich eine kräftige Ohrfeige. Doch es war kein Traum.

«Und wie sind Sie hier hereingekommen?»

Smite hielt mit der Linken einen kolossalen Schlüsselbund hoch, der leise klirrte.

«Mr. De Foe. Das Angebot der Queen gilt noch immer, obschon Sie das arme Mädchen mit Ihrem Pranger-Streich ganz schön durchgerüttelt haben. Foe ist zwar Foe, doch bei allem Respekt, du nimmst aber auch gar keine Rücksicht, mein Junge! Unsere Annie brachte zwei Tage im Bett zu und blutete, diesmal zum Glück nur aus der Nase, und sie erstand denn auch wieder, am dritten.» Der Fremde ging in die Hocke, stützte seine Hände auf den Knauf seines Stockdegens und dann sein Kinn auf die Hände: «Was willst du, das ich für dich tue?»

«Wie bitte?»

«Was willst du», beharrte Smite, «das ich für dich tue?»

De Foe atmete tief durch und erinnerte sich. Da war doch einmal ein blinder Bettler vor Jericho, der Christus zurief: «Hab Erbarmen mit mir!» Christus wandte sich um und fragte: «Was willst du, das ich für dich tue?» Was hatte der Bettler erwidert, dieser Bankrotteur, wie er einer war, was sollte Christus für ihn tun?

«Mach, dass ich das Licht des Tages wieder erblicken kann», sagte De Foe.

«Auf Treu und Glauben?»

«Auf Treu und Glauben.»

«Auch wenn Danny De dann tun muss, was man ihm sagt?»

«Ja Mensch, wollen Sie's schriftlich?» Der Fremde solle den Bogen nicht überspannen. Und mit Vornamen angesprochen wolle er, Daniel de Foe, im Übrigen auch nicht von ihm.

«Ja dann, ja dann, es werde Licht! Gnadenlos bewilligt und stattgegeben! Hiermit hat Daniel de Foe eine Legion von Feinden verloren und einen Freund fürs Leben gewonnen», Smite packte ihn unter den Armen und stellte ihn wie ein Kleinkind auf die Beine, «und bereits eine erste Lektion für die Zukunft gelernt: Wir sprechen nichts direkt aus. Ihr Freund Harley liebt es, wie Sie, sich in Sätzen aus der Bibel auszutauschen, wenn die Arbeit möglichst diskret und geräuschlos vonstattengehen soll.»

«Und welche Arbeit wäre das?»

Smite öffnete die Zellentür. «Gehen wir? Wenn ich die Wahl habe zwischen Austern und Champagner, entscheide ich mich immer für beides. Und Sie?»

Kein Bodenham Rewse mit seiner ewigen Fragerei nach Aufenthaltsgebühr und Botenlohn in Münzen und Wein ließ sich blicken. Smite führte sie vom Press Yard aus über Treppen und Korridore immer tiefer hinab durch schmale, geheime Gänge und Tunnel, bis die drei durch eine niedrige, schwarze Tür zu einer Gasse hinausschlüpften und in einem verschwiegenen Winkel – auch das noch! – vor dem Haus der Rechtsgelehrten nahe der Paulskathedrale standen. Wind kam auf und tastete sie hungrig ab.

Gewünscht war gewünscht: Siebzehn Tage nach Daniel de Foes Abschied von Newgate fiel Ende November 1703 ein Orkan über den Süden des Landes her, entwurzelte grölend die Wälder, zerwühlte die Erde, rupfte Mohnblüten, pfiff Schornsteine von den Dächern, riss Fenster aus ihren Angeln, zertrümmerte Grabsteine und Kreuze, Kirchen und Bibliotheken, zerfetzte die Türen und Türrahmen und Leintücher an den Wäscheleinen und die Kinderschaukeln in den Gärten und die Geheimnisse in den Kellertruhen und -kisten. Rußige Finsternis verschlang das für diesmal verhasste Land und jagte die Menschen aus den krummen Gassen in ihre Häuser hinein. Pferde brachen mit brennenden Mähnen zu Hunderten aus den Ställen von Essex frei. Das unparteiische Meer tat, worauf es sich am besten verstand, zerschlug Fischerboote, ertränkte Matrosen, zerrte die Anker der Schiffe aus seinem Boden, wischte ein Geschwader der britischen Flotte vom Ärmelkanal an Norwegens Küste; überflutete die große Stadt; und die Mauern der Ziegelei in Tilbury brachen ein.

«Schwarze Jahre stehen bevor», hatte De Foe gesagt, als er mit Mary und Smite spätabends bei Champagner und Austern saß. «Werden wir nicht übermütig», hatte Smite ihm erwidert – und sich auf seinem Stuhl zurückgebogen und geräkelt dabei, als wäre er gerade aus einem hundertjährigen Schlaf erwacht –, «Sie haben ja keine Ahnung, wozu wir fähig sind.»

Auf diesen Satz hin hätte De Foe noch in derselben Nacht mit seiner Familie England verlassen sollen.

4
Fake News

1704–1720

Es wurde nie bekannt, unter welchen Umständen Horatio Peregrin Smith, genannt «Smite», Geheimagent Ihrer Majestät Queen Anne, am achten Februar 1708 ums Leben kam. Manche glaubten lange, der Secret Service hätte seine Akte vernichtet, andere, man halte sie verschämt unter Verschluss – bis sein Fall fast völlig in Vergessenheit geriet. Erst als ein absonderlicher Privatgelehrter die Biografie eines berüchtigten Politikers jener Jahre, Thomas Wharton, zu schreiben begann, fand er nebenher die Wahrheit heraus. Sie war ihm eine längere Fußnote wert; doch starb er, bevor er die Biografie vollenden konnte.

Smite war nicht immer Smite gewesen: Ein Witwer und kinderlos, hatte er an einer jener ersten großen Reisen von Liverpool aus zu den Sklavenhäfen an der Westküste Afrikas teilgenommen, als Aufseher unter Deck, der dafür sorgte, dass die Sklaven unbeschadet auf Barbados anlangten, um dort unter den Besitzern der Zuckerrohrplantagen versteigert zu werden. Wann immer er sich danach zur Ruhe zwingen wollte, arbeitete sein Gehirn manisch weiter und hörte erst recht nicht auf, als er zu Smite geworden war. Das Leben, dachte er, währte gerade lang genug, damit man wenigstens in einer Sache zur

Perfektion gelangen konnte, und Smite gewann aus der Loyalität zu seinem Dienstherrn und Gönner Robert Harley und seiner Profession mit ihren reizvollen Finten die Rechtfertigung seiner Existenz. Er sah Gefahren und Konspirationen voraus und verfiel endgültig dem Fluch der Schlaflosigkeit, bis er dem eigenen Tod als Erlösung entgegensah.

Denn seit man ihm Godbolts Laborapotheke empfohlen hatte mit ihren Zaubertöpfen und Lederfolianten in den eichenen Regalen, glaubte Smite fest daran, dass er früher zu kleinmütig über den Tod gedacht hatte und dass seine Seele nur in jenes Land zurückkehren würde, aus dem sie gekommen war. Er hatte sogar hin und wieder von jenem Land träumen dürfen und vom Weg dorthin: Ohne diese verteufelte Angst zu empfinden, die ihn würgte wie eine Nabelschnur, sammelte er in den Gassen der Metropole Nebelschwaden um sich, sog sie ein wie Tabakrauch und erschreckte – ein Körper aus Nebel – Gruppen angeblicher Gentlemen, die einem Bordell in der Drury Lane entgegeneilten. Dann wurde Nebel-Smite zu einem Fuchs, der in die Häuser der Bürger drang und die Stühle verrückte, nahm die Gestalt eines Lachses an, genoss kurz den Frieden im kühlen, wogenden Gräsergrund der Themse, durchbrach mit einem Sprung die Glasplatte des braunen Flusses, verwandelte sich in einen Reiher, umkreiste die Paulskathedrale, schwang sich höher und höher hinauf über das Schachtelwerk der Dächer und die Schornsteine und den Wald von Schiffsmasten auf dem Fluss und verschwand in sein Land vor der Zeit, in sein Land ganz ohne Zeit und ohne Nächte und ihr boshaft unerleuchtetes Dunkel und ohne die Schwere der Traurigkeit.

Am Morgen des fünften Dezember 1705 fuhr um vier ein Blitz in seinen Jenseitstraum: «Ich hab's Ihnen gestern dreimal schwören müssen, Sie aus'm Bett zu kriegen», flüsterte eine Mädchenstimme. Smites Augen öffneten sich, doch wach werden wollten sie nicht. Sein Blick irrte zu seinem Stockdegen mit dem eingravierten Spruch: «There are more things», Midge kauerte neben ihm, ihr Gesicht harmlos und hager, ihr linkes Auge schielte leicht; sie musste, riet Smite, so um die dreizehn Jahre alt sein, und er wusste von ihr kaum mehr, als dass sie aus einem Kohlerevier an der Küste von Wales geflohen war, weil ihr Halbbruder ein allzu handgreifliches Interesse an ihr entwickelt hatte. Midge Crane war das Mädchen für alles hier in diesem Laden mit all dem Zeug, das «die Alte» von überallher in der Stadt zusammengetragen hatte. Obwohl Smite seit Wochen in der Kammer zum Garten hinaus bei ihr wohnte, hatte er den Namen der Alten schon in jenem Augenblick vergessen, als sie ihn zum ersten Mal ausspuckte und er zusehen musste, wie sie den Ramsch in ihrem Laden – ausgestopfte Kolkraben und Möbelkadaver und Heiligenfiguren aus aufgelassenen Klöstern – im Vollrausch zerschlug, nur damit Midge den Ramsch am nächsten Morgen flickte, so gut das eben ging.

Einmal hatte Smite der Alten daraufhin den Kopf zurechtgerückt, indem er ihr mit langem Finger über die Wange strich und murmelte: «Ich hatte eine schöne Kindheit, immer wenn ich Spielzeug zerbrach, sagte meine Frau Mutter, es sei ein Zwerg im Schrank meines Schlafzimmers, der mir die Zehen, die Finger und die Ohren wegknabbern würde für jedes einzelne kaputte Ding.» Die Alte seufzte tief, verzerrte ihren wunden Mund zu einem unterwürfigen Grinsen und stammelte eine Entschuldigung. Dann trank sie weiter. Ohnehin würde er sich aus Sicherheitsgründen bald eine neue Bleibe suchen müssen.

Smite schlich durch den grämlich verkrauteten Garten und

die Lücke im Zaun zur Straße hinaus. Der Halbmond machte sich, von bauchigen Wolken geschubst, für seinen Abgang zurecht. Smite hustete; die rauchgeschwärzten Häuser neigten sich seitwärts, blickten angewidert auf ihn herunter und wisperten in der Stille darüber, welches Unheil der heutige Tag für ihn bereithielt. Übelkeit kam in seiner Kehle hoch und lenkte ihn von seiner Vorsicht ab, die gebotener war denn je: Spione aller Parteien observierten sie; vorbei waren die Zeiten der Geheimkonferenzen in Harleys Haus, nach dreimaligem Klopfen an der Hintertür. Sie hatten ihr heutiges Treffen bereits mehrfach verschieben und stets an einen anderen Ort verlegen müssen, bis Smite endlich eines seiner ältesten Schlupflöcher eingefallen war, das Pub «Royal Oak» an einem Anlegeplatz der Themse. Dort hatte er nach seiner Rückkehr von Barbados einst Zuflucht gefunden: Die Wirtin des «Royal Oak» warf sich im Dachgeschoss frühmorgens erschöpft zu ihm ins Bett, er legte seinen Arm um sie und schlief endlich ein. Warum war er nicht bei ihr geblieben?

Smite schwenkte in eine schummerige Nebengasse ab, als ihm ein Kerl entgegenwankte, der vielleicht nur betrunken tat. Er hörte Schritte hinter sich, die kein Echo der seinen waren, das stand für ihn fest. Also duckte er sich in einen leeren, abbruchreifen Gasthof hinein, um den Verfolger abzuschütteln, kletterte im dritten Stock durch ein zerbrochenes Fenster, warf sich auf einen mit Kartoffeln beladenen Karren, erreichte die Whiskybrennerei der Brüder Holland, kämpfte ein aufsteigendes Panikgefühl nieder, eilte weiter; und hörte nichts mehr hinter sich.

«Meine Schutzengel fliegen heute tief», sagte er sich und schnellte mit beschwingter Schwermut die Treppe hinab zu einer Wildnis zusammengedrängter Holzhütten, dem Dörfchen der Schiffshandwerker und Fischer, Limehouse Hole. Das brackige Wasser am Ufer saugte gurgelnd an den Kieseln. Graureiher klagten. «Ganz meine Meinung», erwiderte Smite. Die Augen vor einem eisig aufwehenden Wind zusammengekniffen, kam es ihm einen Augenblick so vor, als hinge das «Royal Oak» knirschend über der Themse und hätte große Lust, sich ins Wasser zu stürzen.

Im «Royal Oak» saß Daniel de Foe ganz hinten beim Kamin mit dem Rücken zur Wand, den rechten Fuß angewinkelt aufs linke Knie platziert, den Blick auf den Eingang geheftet, drehte seine Daumen umeinander und rauchte vor sich hin. Smite lächelte ihm zu. Vier Monate lang waren sie inkognito täglich sechs Stunden durch ganz England geritten. Sie waren eine Weile zum Spaß sogar jener Route gefolgt, die vor Jahrzehnten die Hexenjäger Hopkins und Stearne genommen hatten, um sich dann abends in einer immer anderen Stadt mit Harleys Agenten, Geschäftsfreunden De Foes und Presbyterianern zu treffen, sich nach dem Essen beim Kartenspiel in den Pubs zum Schein über die Qualität von Rindern und Getreide zu unterhalten und Journalisten am Nebentisch auszuhorchen – und nachts hatten sie geschrieben, De Foe an Mary und Smite chiffrierte Dossiers an Harley, am selben Tisch in derselben erbärmlichen Kammer in einem erbärmlichen Gasthof aus demselben Tintenfass, wie Freunde. Waren sie das? Da er De Foe beim dritten Krug Bier nach Mitternacht in Leeds von seinen Träumen erzählt hatte, sah es ganz danach aus.

Staatssekretär Robert Harley kam wie immer zu spät. Als er sich gegen halb sechs klein und breit wie Vater Tuffley und mit gesenktem Kopf durchs Gedränge gähnender Fischer beim Morgenkaffee zum Innenraum des «Royal Oak» hindurchgezwängt hatte, war er, in schäbigem Mantel und einen Hut aus Biberfell tief in die Stirn gezogen, kaum zu erkennen. «Ach, das sind Sie?», scherzte Smite, Harley sah zum Fenster hin, gegen das sich der Frühnebel presste, und gab ein verärgertes Keuchen von sich. Rasch schob Smite ihm einen Stuhl ans Kaminfeuer, die Wirtin schnippte mit den Fingern, und ein Junge brachte einen Teller Lammwurst und in Butter zerstampfter Kartoffeln mit drei Gläsern und Port.

«Ist es dafür nicht noch etwas früh?», versuchte De Foe auf gut Glück.

«Aber nie und nimmer», erwiderte Nottinghams Nachfolger, als sei er über diesen Einwand entzückt, «und besonders nicht für mich, der ich schon fürchten musste, Sie beide hätten sich irgendwo dort oben in …» – Harley konnte ein heiseres Kichern nicht unterdrücken – «… Nottinghamshire verirrt.»

«Ihr gehorsamster Geheimdiener», sagte Smite, goss die drei Gläser voll, und Harley hätte sich fast verschluckt, als De Foe von seinem Schwarzen Kabinett berichtete, das er im vergangenen Jahr im Königreich und dann von Cádiz aus auf dem Kontinent aufzubauen begonnen hatte: Viele Dissenter seien ihm wieder gewogen, Harleys Agenten keine bloßen Statisten mehr, ob in Bristol, Liverpool, Cambridge oder dem geliebten Nottingham. Die Leiter der großen Postämter habe er seit Herbst dieses Jahres in seiner Hand – nur das in Brüssel fehle noch –, neue Angestellte öffneten die Briefe der wichtigsten Politiker des Königreichs, versiegelten sie wieder mit einem perfekt gefälschten Stempel und schickten sie dann an jene weiter, für die sie ursprünglich bestimmt gewesen waren. Wenn Harley Staatssekretär zu bleiben und vielleicht der Erste Minister Ihrer Majestät zu werden gedenke, müsse er auch über jeden im Bilde sein. «Wir kümmern uns zunächst um alle Dinge, die uns angehen, und dann um alle Dinge, die uns nichts angehen, weil sie uns künftig angehen werden.»

De Foe reichte Harley ein Bündel Briefe.

«Zeigen Sie sie nur nicht Ihrem schottischen Sekretär, dem ist nicht zu trauen», sagte Smite und rieb sich seinen Kahlkopf, als jucke ihn was; De Foe verbarg sich im eigenen Tabakqualm. Die Leute im Pub lachten schrill, als meinten sie ihn, doch kannte er dieses Lachen von früher her, als er hier an der Themse Runden ausgegeben hatte an Menschen, die glücklich darüber waren, überhaupt noch am Leben zu sein.

Harley kaute endlos.

Er hatte eine gelassene Ader, liebte die Wohligkeit, die ihm ein schwerer roter Bordeaux verschaffen konnte, und einmal war er während der Lektüre einer besonders gehässigen, gegen ihn gerichteten Schmähschrift eingeschlafen. Aber dass ein Schwarmgeist wie De Foe so etwas auf die Beine stellen konnte, machte ihn unruhig und sprachlos.

Weil Harley zwischen den Konservativen und den Liberalen stets den Ausgleich suchte in einem Getümmel ständig wechselnder Fronten innerhalb dieser Parteien, war er ein leichtes Ziel für die Angriffe der Extremisten und blieb ständig in Bewegung, ständig auf der Hut. Schon als er mit zwölf vom Internatsdirektor in den Cotswolds genötigt worden war, seine Kommilitonen zu bespitzeln, hatte er die größte natürliche Gabe des Menschen entdeckt, die Fantasie: Fünf Jahre hindurch tischte er beiden Fronten Lügen auf und war derart geschickt darin, dass Direktor Greyfriar irgendwann davon abließ, seine Zöglinge (pünktlich sonntags ab vier) mit einer Reitpeitsche zu züchtigen. Doch die Brutalität von Leuten wie Greyfriar, die zu Christus am Kreuz beteten, um andere dann leiden zu machen, vergaß er nie; und nie blickte er hinterher wieder zu jemandem auf.

So hatte Harley sein Lebenslatein gelernt: Versetze dich in

den anderen hinein, lass ihn jedoch über deine Absichten immer im Unklaren – ohne ihn damit unnötig zu verwirren. Er liebte Geheimnisse über alles, konnte jedem vormachen, er sei der offenste und aufrichtigste Mensch auf Erden und vertrauenswürdig bis in die Knochen. Nur Sarah Churchill – Lady Marlborough – nannte ihn sarkastisch «den ehrlichen Robin» und wollte in ihm den Täuscher schlechthin erkannt haben.

Doch nicht einmal sie hatte herausfinden können, wie es Harley gelungen war, De Foe auf sich einzuschwören. Und von Smite hatte sie nie gehört.

Diese Viper behielt recht, dachte Harley: De Foe war sein Gold wert, das ihm der Schatzmeister vorläufig auch noch reichlich zukommen ließ. Zudem hatten ihm seine Spitzel, die De Foe und Smite überwachten, zugetragen, Lady Marlborough unterstütze die Familie De Foe mit zweihundert Pfund im Jahr, und auch Charles Montagu trage sein Scherflein dazu bei. Da war sicher was dran. Hätte sich Gott nicht den aparten Scherz erlaubt, Lady Marlborough in einen weiblichen Körper zu verpacken, hätte sie mühelos die Flotte ihres Generalsgatten gegen Frankreich dirigieren können. Sie wurde ihm allmählich zu gefährlich, weshalb er seine Cousine Abigail Hill in die Gemächer von Windsor Castle eingeschleust hatte mit dem Auftrag, Lady Marlborough in der Gunst der Königin den Rang abzulaufen.

«Schwarzes Kabinett, sehr gut, weiter so und mehr davon, Wissen ist nie zu kostspielig», brachte Harley schließlich heraus. Aber, «nur ein kleiner Einwand, kaum der Rede wert», De Foe solle in seiner Zeitung weniger über den Krieg gegen die Franzosen schreiben: Flottengeneral Marlborough werde mit denen schon fertig, dazu brauche er keinen De Foe. Feinde gebe es genug im eigenen Land, und die gingen ihm gehörig gegen den Strich. Harley machte ein Gesicht, als schmerze ihn höllisch der Kopf: «Die Überwachung der Herren Charles Montagu, Edward Russell, John Somers und Thomas Wharton übernehmen Sie», wandte er sich an Smite: «Dass Sie von denen beschattet werden, wird Ihnen nicht entgangen sein. Diese Herren schießen auf jeden, der ihren Plänen im Wege steht. Nur zielen sie nicht alle gleich gut. Aber sie machen nicht einmal davor halt, ihre Gegner vorsorglich umzubringen.»

Smite starrte mit verglasten Augen ins Feuer, sein Unterkiefer zuckte: «Am schlussendlichen Schluss gibt es natürlich und philosophisch besehen gar keine Unterschiede zwischen den genannten Herren als lediglich graduelle Unterschiede zwischen unterschiedlichen Graden des Unterschieds.»

«Wie bitte?», wollte De Foe schon fragen und sah überrascht auf. Was war mit Smite nur los? Schon den ganzen Morgen verhielt er sich gespenstischer als gewöhnlich, und das wollte was heißen. Andererseits hatte Smites abstruser Satz durchaus seinen Sinn: Die vier Liberalen, Montagu, Russell, Somers und Wharton, bildeten einen verschworenen Kreis für sich. Sie teilten die Welt in drei Schichten ein, in die Kämpfer, die Lauen und die Verräter, und Verrat war das Ärgste. Sie hielten so dicht zusammen, dass sie nicht gegeneinander aufzubringen waren, und drängten durch Intrigen jeden aus dem Parlament, der ihnen nur von fern wie ein Gegner vorkam. Glaubte man ihren Todfeinden, nährten sie bei jeder Gelegenheit den Unmut ihrer Wählerschaft über die Obrigkeit (zu der sie selbst gehörten) und kamen damit besser an als der umsichtige, kompromissbereite Harley; gaben die unhaltbarsten Versprechen ab; logen laut und eloquent und charmant und aus Leidenschaft. «Stell dich so dumm», lautete ihre unausgesprochene Devise, «wie es deine Zuhörer sind, damit sie glauben, sie wären so intelligent wie du.» Sie verbreiteten die schlimmsten Dinge über andere und machten sich nichts daraus, wenn andere die schlimmsten Dinge über sie verbreiteten. Die meisten Leute wussten doch nicht einmal, was sie vor der Öffentlichkeit eigentlich alles verbergen müssten. Diese vier jedoch wussten es und verbargen gar nichts. Gegen wilde Radikale, denen es gleichgültig war, was man von ihnen dachte, ja die sich für ihre drastischen Verfehlungen bewundern ließen, hatte Harley keine Chance.

Aber Gedanken lesen konnte er, offenbar: «Schauen Sie mal, wer sich alles erlaubt, gegen den erlauben auch wir uns alles», raunte Harley De Foe zu. «Lernen Sie, so zu denken wie die, so zu sprechen wie die, und geben Sie ihnen in Ihren Artikeln nach außen hin derart übertrieben recht, dass sie als die lächerlichsten Lumpen dastehen. So in der Art. Wenn Sie nichts Abträgliches über dieses Populistenpack herausfinden können, erfinden Sie eben was. Verwandeln Sie Ansichtssachen in Tatsachen. Können Sie besser lügen als die Wahrheit? Das ist die Frage, De Foe. Wo die Wahrheit endet, die Lüge anfängt: Wer weiß das schon?»

Harley schloss und öffnete, schloss und öffnete seine Linke, als knetete er was.

«Die Welt wirkt zumindest auf mich oft wie ein Tollhaus, in dem alles, was einem richtig erscheint, vermutlich falsch ist. Was hätte geschehen können, das ist geschehen, wenn man es auf dem Papier geschehen lässt. So in der Art. Selbst die Geschichte wird immer nach dem Augenschein geschrieben, nicht wahr, ist durchsetzt von Märchen und Legenden. Shakespeares Macbeth hat sich als wirklicher erwiesen als der historische Macbeth, den es vielleicht gar nie gegeben hat.» (Smite nickte heftig.) «Immer triumphiert zuletzt die Fiktion, sehen Sie sich nur mal die verheuchelten Memoiren unserer Staatsmänner und ihrer Gattinnen an.» (Smite schüttelte sich, als hätte er sie alle gelesen.) «Man sagt sich doch oft, dies oder jenes sei einfach unglaublich – und schon ist es wahr.»

Harley hielt einen Moment inne, zog seine Augenbrauen zu einer borstigen Linie zusammen, aus einer Ecke hatte sich knurrend die junge Dogge Gundee des «Royal Oak» erhoben, Harley ließ ein Stück Wurst auf den Boden fallen, und die Dogge kehrte mit der Beute zufrieden an ihren Ehrenplatz zurück.

«In Montagus Verslein fürs Theater werden Sie wenig Staatsfeindliches finden, was aber nicht heißt, dass man sie in Ihrem Blatt nicht dazu erklären kann. Russell hat Gelder Ihrer Majestät veruntreut, um seine Ländereien und Fuchsjagden zu finanzieren – daran sollte man mal wieder erinnern. Somers, dem wirft man noch immer seine einträgliche Liaison mit Captain Kidd vor. Und da wäre noch Tom Warzen-Wharton, der Oberrebell und Unberechenbarste der vier.»

In Harleys Miene lag herablassende Belustigung.

«Schauen Sie mal, der Witz ist doch der, dass unsere Landsleute deftige Skandale lieben und sich gleichzeitig in ihrer Moral gekränkt fühlen. So in der Art. Das nutzen wir aus. Mittlerweile dürfte Whartons Ruf in den letzten Zuckungen liegen. Er hat auf einen Altar uriniert. Er hat sich über einer Kanzel in der Paulskathedrale entleert. Er scheißt auf Gott. Er hat seine erste Frau durch die Syphilis ins Grab gebracht. Er treibt es praktisch mit jeder. Gesetzt sei nun der Fall, dass er seinen Zinken auch gern in Männer steckt, und wäre es nur in Ihrer Zeitung, was, Mr. De Foe, sehe ich da vor mir?»

Harley machte eine grimmige Pause.

«Das Tor von Newgate, wie es sich hinter ihm schließt, sanft, majestätisch, für immer. Genau dort nämlich gehört die ganze Viererbande hin», Harleys Hände schlossen sich um einen unsichtbaren Totenschädel, «mitsamt ihren Lakaien, Neffen, Cousins» – und Harley stieß den leeren Teller angeekelt von sich. (De Foe sah schon das halbe Parlament in Newgate sitzen.) «Nach Ihnen, meine Herren. Es wäre wenig ratsam, dass wir gemeinsam gesehen werden, nicht wahr? Sie gehen zuerst, ich plaudere noch ein wenig mit unserer Wirtin und drehe dann meine Morgenrunde in den Kaffeehäusern, um dort an den Gerüchtetöpfen zu schnuppern.»

Smite schwankte beim Aufstehen, De Foe hielt ihn an der Schulter fest. Grußlos verließen sie das «Royal Oak» und gingen durch den Schneeregen dicht nebeneinander die brüchigen Holzstufen von Limehouse Hole hinauf. «Ein Mann kann täglich sagen, er werde sein Leben ändern», dozierte Smite mit finsterer Feierlichkeit, als stünde er als Ankläger im Gerichtssaal des Old Bailey, «und lamentiert dann derart lange über sein unverändertes Leben, dass er es fortführen kann.»

Smite stolperte.

«Ich indessen beklage schon längst nicht mehr, was nicht zu ändern ist. Aber, De Foe, ich bitte Sie, helfen Sie mir, zu ändern, was ich dennoch inständig beklagen muss, inständig», und das Wort «inständig» war das Letzte, was Smite sagen konnte, bevor er auf der obersten Stufe zusammenbrach. Aus einer Ecke starrten hohläugig Katzen zu ihnen hoch.

De Foe brachte Smite zu Mary in das neue Zuhause in der Church Street, Stoke Newington.

Während der langen Kutschenfahrt in diesen ländlichen Außenbezirk der Metropole war Smite mit einem schweren Atemzug wieder zu sich gekommen und sah eine etwas schiefe, rote Backsteinvilla vor sich, die mit ihren vielen Türen und Fenstern zu seiner Erleichterung genug Fluchtmöglichkeiten bot. Als ihn De Foe ins kleine Hinterzimmer im obersten Stockwerk schleppte, schien es Smite jedoch, die Decken und Wände würden sich um ihn zusammenziehen und das Geländer bräche unter seiner Hand ein.

«Wie Judas», sagte De Foe mehr zu sich als zu Mary, während er sein Arbeitszimmer aufräumte und in Schubladen und Regalen wühlte, «der sich nicht aufhängen will. Genauso fühle ich mich. Ich arbeite im Auftrag Ihrer Quatschlichkeit, die ich früher bekämpft habe, und bekämpfe jetzt Leute, die doch irgendwie auf unserer Seite stehen wie Russell, Montagu oder Tom Wharton.»

«Schlimme Vögel.»

«Aber vielleicht auch nicht schlimmer als Harley. Aus dem wird keiner schlau.»

«Dann mach dich schlau. Wharton und Konsorten findet jeder ja so was von großartig, der gegen Adel, Kirche und Krone ist. Weißt du, dass Harley einmal ein wirklicher Dissenter war und bei Weitem liberaler als du?»

«Ach ja? Und dann rollt ihm unsere Anne in ihrem Thron auf Rädern mit offenen Armen entgegen, beruft ihn zum Staatssekretär und engsten Vertrauten, und trara – paktiert er mit den Konservativen. Also was jetzt? Wofür steht er wirklich, hm? Die einen behaupten, die Queen hätte ihn förmlich anflehen müssen, sich zum Staatssekretär ernennen zu lassen, die anderen, er sei von Ehrgeiz und Herrschsucht zerfressen und hätte seinen Widerwillen nur geheuchelt.»

«Wäre ein viel zu primitiver politischer Winkelzug für einen Menschen wie ihn.»

«Du scheinst ihn ja bestens zu kennen.»

«Das war vor deiner Zeit. Seine Eltern haben uns auseinandergebracht. Sohn eines Landadeligen und Tochter eines Fassmachers, das schickte sich nicht.»

Mary wollte ihn aufheitern, traf aber den Ton nicht ganz: Daniel De genoss sich offensichtlich gerade in der Rolle eines ahnungslosen Zivilisten, der in ein Feuergefecht zwischen zwei Armeen geraten war.

«Mary, ich finde mich in diesem ganzen verfluchten Wirrwarr einfach nicht zurecht. Wenn mir nicht zum Heulen zumute wär, würde ich losbrüllen vor Lachen.»

«Das tust du bereits. Du machst dir mit deinem Netzwerk von Spionen und der Zeitung doch einen Heidenspaß daraus. Versprich mir nur, dass du nicht so verkommst wie dieser Dämon dort oben.»

Erst am fünften Tag wagte es De Foe, wenigstens einen kurzen Blick auf den geplagten Dämon im Zimmer mit der Geranientapete zu werfen, und schloss die Tür sofort wieder: Smite warf sich im Bett hin und her und bewegte lautlos die Lippen, als spräche er zu tausend kreischenden Stimmen im Kopf.

«Was gibt Smite denn so von sich?», fragte er Mary.

«Jede Nacht so um zwei wälzt er sich aus den durchgeschwitzten Laken auf den Boden und behauptet, er müsse Harleys Sekretär Gregg im Keller dabei belauschen, was der gegen ihn aushecke.»

«Dann hat Smite den Verstand noch nicht ganz verloren. William Gregg stand schon einmal unter Anklage, wegen Falschmünzerei.»

«Ihr macht mir Angst. Schon wieder erzählst du mir Dinge, die mich nichts angehen. Ich weiß sowieso viel zu viel. Es wäre mir lieber, du hättest Smite nie hierhergebracht. Mir fällt es schon schwer, die Kinder darüber zu belügen, was du so treibst und was diese Schattengestalt bei uns verloren hat. Wenn du zumindest unseren Kobold Benjamin nicht dauernd für Botengänge einspannen würdest. Er ist seit zwei Tagen verschwunden.»

«Der taucht schon wieder auf.»

«Oder auch nicht. Ganz Sohn seines Vaters.»

«Beschuldigungen helfen hier nicht weiter.»

«Mir schon.»

De Foe gab sein Es-gibt-Wichtigeres-Grummeln von sich. «Was ist mit Smite los?»

«Hach, nichts Besonderes, ein bisschen Brechdurchfall hie und da», lachte Mary rau. «Also wirklich, da bist du eine Ewigkeit mit ihm unterwegs gewesen und hast nichts bemerkt? Danny, er ist opiumkrank. Er bittet ständig um Laudanum in Brandy. Als er hierherkam, lag seine tägliche Ration bei ungefähr hundert Tropfen, jetzt ist er bei zwanzig. Nüchtern hält er jedenfalls sein Handwerk nicht aus. Wenn er die Kurve kratzen sollte, behältst du ihn bitte für dich.»

Einen Monat später trank Smite nur noch Brandy, und De Foe kam ein würziger Artikel über die Qualen der Opiumsucht für die nächste Nummer seiner Zeitung in den Sinn.

Nachdem er mit Smite und Mary Newgate entronnen war, hatte er als «Daniel de Foe» zwar verlautbaren lassen, den «Kürzesten Prozess mit den Dissentern» zu bereuen und den «Lobgesang auf den Pranger» auch: Er werde dem Gerichtsbeschluss gehorchen, sieben Jahre lang zu schweigen. Dann aber hatte er anonym und mit menschenunmöglichem Eifer die «Review» herausgebracht, taschenbuchgroß, dreimal die Woche, vier eng bedruckte Seiten lang. Sie täuschte vor, eine ganze Legion von Journalisten wäre darin am Werk, obwohl De Foe sie unter wechselnden Pseudonymen ganz allein bestritt: Als Mr. Evil oder Mr. FF, als Fello de Se oder Mr. D.D.F. (aus Gent), als Sir Timothy Caution, Villain Bourdelle, Doktor Proudie, Rogue Hyde, Vero Nerdini oder als eine Mrs. Penelope Fireband. Die «Review» gab sich bald neutral, bald regierungsnah, bald regierungskritisch. Sie sprach sich – ganz nach Harleys Geschmack – für eine Versöhnung zwischen den gemäßigten Liberalen und den gemäßigten Konservativen aus und war dennoch so eigenwillig, dass niemand sie für sich vereinnahmen konnte. Vielen Liberalen war sie zu konservativ, vielen Konservativen zu liberal, und da ein gewisser Claude Guignol darin mehr Freiheit für die Katholiken gefordert hatte, meinten manche, sie stehe heimlich im Dienst des Papstes.

Ihre mörderischsten Kritiker hielten die «Review» für das Organ einer anarchischen Geheimgesellschaft von Verrückten, wollte sie doch die Piraten Madagaskars begnadigt sehen und die Irrenhäuser des Landes schließen lassen, da sie lediglich dazu bestimmt seien, missliebige Personen wegzusperren, Ehefrauen allen voran; sie wollte eigene Akademien für das weibliche Geschlecht eröffnet sehen, das dem männlichen von Natur aus überlegen sei. De Foe fügte Statistiken und, auf Shilling und Penny, Kalkulationen bei, um die Machbarkeit all dieser Projekte nachzuweisen und Einwände von vornherein zu entkräften. Im Übrigen schwor die «Review», nur der Wahrheit verpflichtet zu sein und die Falschmeldungen aller anderen Wochenzeitungen zu berichten. Sie versprach, sich kurz und klar zu halten, statt mit windigen Erwägungen und verschlungenen Sätzen Verwirrung zu stiften, alles von der menschlichen Seite anzugehen und mit Gefühl.

«Doch Unterhaltung muss sein», meinte De Foe, und so fanden sich – neben allerlei Klatschgeschichten – Nachrichten darin, die derart haarsträubend unwahrscheinlich wirkten, dass sie stimmen mussten: Innerhalb einer Stunde, schrieb er einmal, sei die Vulkaninsel St. Vincent nach dem Ausbruch des gewaltigen Soufrière im kochenden Wasser der Karibik versunken. Als ein Konkurrenzblatt diese Neuigkeit bezweifelte, setzte die «Review» noch einen drauf: Eine Sturmflut hätte gleich alle Westindischen Inseln in den Meeresschlund gerissen. De Foe druckte neben Reklame für Syphilis-Medikamente angebliche Heeresberichte ab und gab fingierte Schlachtpläne Marlboroughs preis: Manche Höflinge in Versailles wussten zuweilen nicht recht, wer hier eigentlich gegen wen Krieg führte, Frankreich gegen England oder England in der «Review» gegen sich selbst.

Doch am liebsten verfasste De Foe Leserbriefe, in denen sich jemand darüber beschwerte, in der «Review» stünde zu viel über die erwartete Union mit Schottland, ein anderer, seine Ehe gehe in die Brüche, weil er ein Liberaler, seine Frau dagegen aufseiten der Konservativen sei, ein dritter, sein Sohn glaube nicht mehr an Gott. In der folgenden Nummer beantwortete De Foe die Leserbriefe natürlich selber: Wenn es nicht zur Union mit Schottland komme, würden sich die schottischen Papisten mit den Franzosen verbünden und gemeinsam über London herfallen; ein Liberaler, der seine konservative Gattin nicht von ihrem Standpunkt abbringen könne, müsse insgeheim selbst ein Konservativer sein und solle sich mal was schämen. Und dem um die Seele seines Sprösslings besorgten Vater versicherte er, an keinen Gott zu glauben sei immer noch besser, als sich für einen erwählten Diener des Herrn zu halten wie dieser Dissenter und Presbyterianer Daniel de Foe mit seinen hochgestochenen Tiraden, der zum Wohle des Königreichs mundtot gemacht worden sei.

«Jetzt fehlt nur noch», bemerkte Mary, «dass du einen Nachruf auf dich selber schreibst. Und danach stellen wir im Garten einen Grabstein für dich auf.»

Morddrohungen gegen diesen «Mr. Review» gab es bereits – und es wurden zusehends mehr, und sie kamen von allen Seiten, von den Radikalen unter den Konservativen und den Radikalen unter den Liberalen, als ruchbar wurde, «Mr. Review» sei Daniel de Foe. Doch wen auch immer De Foe ins Visier nahm, Robert Harley war es willkommen, da die «Review» so nicht in den Verdacht geriet, unter seiner Schirmherrschaft zu stehen.

Den Leserbrief über das Laudanum-Übel hatte sich De Foe für Mitternacht wie ein entspannendes Nickerchen zwischendurch aufgespart. Er lockerte Schultern und Handgelenke. De Foe wollte immer wissen, welcher rastlose Geist was zuerst entdeckt und ausprobiert und wer demnach aus der hübschen, roten Mohnblüte den Opiumsaft gedrückt, getrocknet und zerkaut hatte, durchstöberte seine Enzyklopädien und schrieb im Namen einer Mrs. Wobble einen Leserbrief an die «Review», in dem Mrs. Wobble die Opiumsucht ihres Mannes beklagte und bei der Zeitung nachfragte, was dagegen zu unternehmen sei. Unter dem Pseudonym «Doktor Andrew Sufferer» schrieb De Foe Mrs. Wobble einen Leserbrief zurück. Er sei als Arzt selbst dem Opium verfallen gewesen. Zunächst hätte er damit nur hin und wieder seine Zahnschmerzen lindern wollen, entdeckte dann, dass er beim Besuch in der Oper die Musik noch herrlicher fand und den Anblick seiner ärmsten Patienten leichter ertrug. Er begann, von einem Himmelsapotheker zu träumen, der in einer Sondermission zu ihm herabgesandt worden war, um ihn mit mehr und immer mehr Laudanum zu versorgen – bis er sich von Bewohnern des Mondes mit bösen Plänen beobachtet glaubte und seine Experimente ergaben, dass eine zu hohe Dosis zum Atemstillstand führe. Er hätte Kollegen bekämpft, die das Laudanum als Allheilmittel anpriesen und so auch schuld seien am Leid ihres Mannes. Wogegen nur helfe, die Dosis alle drei Tage zu verringern und Mr. Wobble so der Sucht zu entwöhnen. Zum Trost sei ihr armer Gatte nicht allein: Selbst ein hochverdienter Staatsmann wie Thomas Wharton könne seit vielen Jahren die Bürde seiner politischen Ansichten ohne die Einnahme von Laudanum nicht ertragen. Mochte Wharton – und damit schloss De Foe alias Doktor Andrew Sufferer seinen Kummerkasten für heute – seine einfallsreiche Hinterlist manchmal dem Geist des Opiums verdanken, so hätte er dafür seine Raubtierseele an den Teufel verpfänden müssen. Ohne den Beistand des Leibhaftigen laufe bei Wharton gar nichts mehr.

«Das glaubst du doch selber nicht», kicherte De Foe in sich hinein und strich glättend über die Blätter, befriedigt wie ein Kater, der einer Maus einen spielerischen Tatzenschlag versetzt hat: Niemals würde Wharton diese Verleumdung widerlegen können in Zeiten, da die meisten Mütter ihren kleinen Schreihälsen Laudanum ins Zuckerwasser mischten. Man würde sie in den Pubs und Kaffeehäusern derart oft wiederholen, bis sie so gut wie wahr klang und sich Whartons vierzig getreue Anhänger in Ober- und Unterhaus überlegten, ob sie einem Dauererbenebelten wie ihm weiterhin vertrauen sollten.

Plötzlich wurde die Tür von einer eintretenden Gestalt verdunkelt. Smite stand auf der Schwelle, von Kopf bis Fuß in Schwarz.

«Hat sich Herr Schlafmohn wieder auskuriert?»

Smite fächelte sich mit einem Zettel Luft zu, verriegelte hinter sich geräuschlos die Tür, steckte den Wisch zwischen die glimmenden Scheite im Kamin und richtete sich zu seiner Strichfadengröße auf, als wäre er ein Offizier, der Flottengeneral Marlborough eine Order der Queen überbrachte: «Mit einem Weitblick gesegnet, der Reiche verbindet, machen sich der Fünfte und der Zwanzigste nach Galiläa auf.»

«Markus, Kapitel fünf, Vers zwanzig», gähnte De Foe. «Ich wusste gar nicht, wie viel an Geheimbotschaften Harley aus den Evangelien herausquetschen kann, und dann auch noch aus dieser Passage mit dem blinden Bettler vor Jericho. Nur damit ich nicht vergesse, welche Hand mich füttert.»

«Selbstmitleid steht Ihnen nicht», ermahnte ihn Smite. «Sie sind die Fünf, ich bin die Zwanzig, und wir müssen am fünfundzwanzigsten Januar bei den Gälen sein. Die Queen will Schottland um jeden Preis.»

«Dumm nur, dass viele Schotten die Queen nicht wollen. Ich habe in Tanger», De Foe griff sich an die linke Schulter, «einen Baron aus dem Clan der MacGregors getroffen, der die Queen nicht einmal als Hilfsköchin einstellen würde. Untereinander zerstritten sind sie auch. Wie sollen wir da eine Union mit ihnen zustande bringen?»

«Wer morgens zaudert, ist in unserer Welt der Erste, der abends stirbt. Schottland steht kurz vorm Bankrott, und wen sehe ich hier sitzen? Einen Mann, der sich im Geschäftemachen bestens auskennt. Treiben wir doch Handel mit ihnen.»

«Handel ist die Hure, in die ich vor langer Zeit leider mal vernarrt gewesen bin. Aber ein Schurke war ich nie.»

«Dann werden Sie einer.»

Noch schlief der Frühnebel auf den Feldern zu beiden Seiten der Hauptstraße nach Edinburgh, Schafe steckten ihre Köpfe in den Schnee und suchten was knusprig Süßes, das doch irgendwo in der Erde versteckt sein musste, als sich die beiden unter den Decknamen Alexander und Oliver Goldsmith bereits in Glasmanufakturen und Schiffswerften Edinburghs einkauften. In Glasgow gab sich Smite (etwas ungeschickt) als Fischgroßhändler aus, die Kaufleute sahen einander an und sagten sich einmütig, schon wieder komme so ein ignoranter Trottel aus dem eingebildeten Süden daher, um sich von ihnen übers Ohr hauen zu lassen. Die Lügen De Foes jedoch glaubte jeder, weil es De Foe gelang, selbst an sie zu glauben. Mittlerweile war er wie ein Schauspieler, der den Hamlet selbst dann noch gab, wenn er nicht mehr auf der Bühne stand. Er hatte sich mitunter sogar einreden können, dass er Harley und Queen Anne die Entlassung aus Newgate und seine Freiheit verdankte, die eine Freiheit auf Kredit war: Ein Federstrich der beiden genügte, um sein Haus plündern und ihn wieder einsperren zu lassen, und nicht unbedingt im Press Yard diesmal.

Als sein Vater James einen Blutsturz erlitt, hinterließ er ihm keinen Penny, weil die Geschäfte seines nichtsnutzigen Sohnes – laut Testament – nur Schulden auf Schulden häufen würden. De Foe weigerte sich, während der Beerdigung seines Vaters auf dem Dissenter-Friedhof Bonehill Fields in London auch nur ein Wort zu sagen, selbst das schlussendliche «Amen» sprach er nicht mit; und kaum war er im Frühjahr 1707 wieder bei Smite in Edinburgh zurück, erzählte er jedem, er sei vor Gläubigern in London auf der Flucht, denen er gar nichts schulde. Die Edinburgher bemitleideten ihn. Er werde sich nächstens, erzählte er, mit seiner zehnköpfigen Familie in Edinburgh niederlassen, das London weit überlegen sei. Die Edinburgher waren stolz auf sich. Er arbeitete so nebenher an einer «Geschichte der Union» – erzählte aber, er schreibe einen Essay «Über die Unmöglichkeit eines Ausgleichs de facto und de jure zwischen der Krone von England und den schottischen

Freiheitskämpfern, belegt durch die Kirchenväter, die Heilige Schrift und allerhand Kontroversen seit der Unabhängigkeit im Jahre 843» – und auch diesen Schwachsinn nahm man ihm ab.

Auf ihren Wegen kreuz und quer durch den Norden, von den Hochmooren hinab zu den Tälern und hinein in die Wälder von Glen More, atmeten die beiden Geheimdiener reine Luft wie zum ersten Mal in ihrem Leben, als wären sie soeben aus dem Keller, der Kloake, aus jenem Riesendarm befreit worden, der London für sie auf einmal geworden war. Sie schauten sich die Augen aus dem Kopf und verspürten ein Kribbeln an den Haarwurzeln. In einer Lichtung, die weder Ruß kannte noch Ascheregen noch den Gestank von Kot, Urin, Erbrochenem, Alkohol, Schlachtabfällen, Fisch und Hammelfett, wurden sie von Pfauenaugen umzingelt, und Smite wagte den Vergleich, Schmetterlinge seien die Schneeflocken des Spätsommers. «Wer hätte geahnt», wollte De Foe schon grummeln, «dass Sie so gefühlselig sein können, Smite», blieb aber in der Stille ganz still: Sie atmeten leichter hier.

Was ihnen den Atem aber bald wieder nahm, waren die vielen englandfeindlichen Gestalten, mit denen sie ins Gespräch kamen – Pächter und Steuereintreiber und Viehhändler und Geistliche und ein junger Offizier, der ausgezogen war, um Soldaten für den erhofften Einmarsch der französischen Armee anzuwerben. So tüftelten sie eine Nacht lang eine Depesche an Harley aus, für die ein geradezu wahnwitziger Code vonnöten war, da die Depesche bis hinunter nach London durch so viele Hände gehen würde und auch durch die Hände von Harleys Sekretär William Gregg: Sie verwendeten gleich drei Geheimtextalphabete, sprangen zwischen ihnen hin und her, ersetzten zudem Wörter durch willkürlich gepaarte Buchstaben, dann Buchstaben durch Zahlen, wechselten zu dreiundzwanzig Symbolen über, die (unter Auslassung von «j», «v» und «w») für die Buchstaben des Alphabets standen, nur um zu fragen: «Was sollen wir tun?»

Harleys Codebrecher bissen sich bei der Dechiffrierung fast die Zähne aus; doch die Antwort kam prompt und war mit den Geheiminitialen der Queen unterzeichnet.

De Foe erwarb daraufhin die einflussreichsten Zeitungen des Landes, bestach Abgeordnete des schottischen Parlaments, damit sie für die Union stimmten, und wer sich nicht fügte, wurde in den Zeitungen widernatürlicher Neigungen bezichtigt. Doch weil De Foe hoffte, die Queen werde ihm für seinen heroischen Einsatz ihr Pardon geben, und die Unionssache deshalb nach dem Prinzip «Ganz oder gar nicht» betrieb, ging ihm bald das Geld der Regierung aus. Er verschuldete sich. Er verschuldete sich unbekümmert, maßlos, mit Übermut, weil ihn sein Geschäftstrieb von dazumal packte, der sich um die Folgen nicht scherte, und handelte mit Bordeaux, Austern und Pferden. Und war, sagte er sich später, zu lange in Aberdeen geblieben: Er hätte das Gerücht vielleicht ernst nehmen sollen, wonach die Schotten ein erstklassiges Gemetzel zu schätzen wüssten.

Denn gerade als die Union mit Schottland unter Dach und Fach war, stampfte ein Friedensrichter in den größten Gasthof von Aberdeen und grölte, hier logierten zwei Großspione, die für die englische Regierung konspirierten. Zu später Stunde versammelte Friedensrichter Markham alle Gegner der Union um den runden Tisch im Schankraum wie Kinder um ein Feuer, als hätte er ihnen eine besonders grauenvolle Geistergeschichte zu erzählen, und Smite, der in einer dunklen Ecke noch bei einem Glas Brandy saß, hörte aus dem gälischen Kauderwelsch nicht zum ersten Mal den Namen des Schreckgespensts heraus, «De Foe», um den sich die Geschichte drehte – und freute sich. Endlich gab es Handfestes für ihn zu tun.

Am nächsten Morgen warf Friedensrichter Markham, den alle «den borstigen Eber» nannten, De Foe durchs offene Fenster des Gasthofs auf die Straße hinaus. De Foe fühlte, wie Blut seine Schläfe hinunterlief. Ein Stein hatte ihn getroffen. Er sah sich von Leuten mit Messern umringt, die ihn angrinsten, weil es jetzt ans Eingemachte ging, Markham packte seine Nase, zerrte sie nach oben und setzte sein Messer an. De Foe griff in die Klinge. «Schluss!», rief wer wie aus einer anderen Welt und fasste De Foe am Handgelenk. «Leih jedem dein Ohr, Richter des Friedens, aber wenigen deine Stimme, wie der gute alte Will Shakespeare schon wusste», zischte Smite und schnitt Markham mit seinem Stockdegen die Kehle durch, sauber und schlicht. Markhams Hals spie Blut, und die Menge wich zurück, die beiden stürzten zu ihren Pferden und ritten nach Süden davon.

Jetzt heiße es, in kaum erträglicher Wehmut Abschied zu nehmen von einem Land, das ihm zur zweiten Heimat geworden sei, sagte Smite.

Ihre Pferde zerrten am Zügel, «Feierabend», sollte das heißen, «genug geschuftet für heute».

Ob es wirklich nötig gewesen sei, dem Friedensrichter gleich den Garaus zu machen, fragte De Foe, als sie am einunddreißigsten Dezember 1707 in einem Nest am River Tweed eine Rast einlegten und die Leute ihre Türen und Fenster aufrissen, um die Fremden zu begaffen: Hier kannte sie wenigstens keiner.

Undank hasse er vielleicht mehr als jedes andere Laster, entgegnete Smite kühl, aber bitte sehr: Vielleicht wäre es

Mr. De Foe ja lieber gewesen, an die Schweine verfüttert zu werden. Er wisse seit Langem, dass großartige Arbeit meist nur mit großartigen Beleidigungen entlohnt werde. Jetzt habe die Queen immerhin ihr Schottland, damit ihr Großbritannien und Commonwealth beieinander, und seine Schuld sei beglichen: De Foe könne sein Köpfchen mit heiler Nase bald wieder in den Schoß seiner Frau Mary betten. Die sei übrigens mehr wert als er.

De Foe blickte streng in Smites verengte Pupillen.

«Und Sie, mein Lieber, sind für Harley mehr wert als jeder andere. Also geben Sie besser auf sich acht.»

«Der arme, anständige Harley», Smite rieb seine Narbe an der Nasenwurzel, «den hat Wharton ganz schön in der Zange, und wenn er mit ihm fertig ist, wird Harley als Verbrecher und Verräter in die Annalen unseres geistig umnachteten Landes eingehen. Er hätte auf seinem Schreibtisch eben mehr Ordnung halten sollen. Warum vertraut er auch immer den falschen Leuten? Gewarnt habe ich ihn oft genug.»

«Da gibt es also Dinge, die ich nicht weiß. Sie sind besser unterrichtet als ich.»

«Bin ich das nicht immer?»

Zweifellos. Mitte Dezember hatte – so kam bald heraus – ein gewissenhafter Angestellter im Postamt von Brüssel Geheimdokumente abgefangen, die an den französischen Kriegsminister gerichtet waren mit einem Begleitbrief, der leicht erraten ließ, dass er von Harleys Privatsekretär William Gregg stammte. Diese Sendung setzte Harley dem Verdacht aus, seit Beginn des Krieges aufseiten der Franzosen gestanden zu sein und sich mit Gregg gegen das Commonwealth und die Queen verschworen zu haben. Doch Gregg beharrte darauf, Harley hätte nichts davon gewusst, und Gregg blieb standhaft, auch als man ihm den Press Yard in Newgate verweigerte und ihn in ein fensterloses Loch im ersten Stock sperrte. Am siebten Februar 1708 platzte die vom Parlament eingesetzte Untersuchungskommission unter dem Vorsitz Tom Whartons mit Somers, Russell und Montagu in Newgate hinein, als hätten die vier Herren eine ihrer Festivitäten aus den Bordellen in der Drury Lane hierher verlegen müssen. «Wir wollten uns nur rasch eure Achtjährigen im Keller zu Gemüte führen», spaßte Wharton, und Bodenham Rewse verbeugte sich im Wärterhäuschen so tief, dass er den Halt verlor und umfiel.

«Harley soll stürzen, nicht Sie oder Sie oder Sie oder Sie», rief Wharton durch die Gänge jedem Schließer zu, als Bodenham Rewse die Schwadron zu Greggs Zelle führte. Er verwünschte sich dafür, Gregg geraten zu haben, Reue zu bekunden und demütig zu sein. Inzwischen nahm Wharton wieder Haltung an wie immer, wenn er die Rolle des Staatsmanns ausfüllen wollte: Selbstsicher, jovial und eitel nur, insoweit sich diese Eitelkeit durch seine Nähe zum Volk rechtfertigen ließ – und durch die Siege, die er für dieses Volk zu erringen gedachte. In ihm sollten sich, gängigen Vorstellungen entgegen, Machtwille und Wohlwollen vereinen. Ohne dass er es wusste, glich er darin allen Politikern vor und nach ihm und so auch seinem Erzfeind Harley. Doch mindestens eine kuriose Winzigkeit gab es, die ihn von Harley unterschied: Wharton fürchtete sich seit seiner Kindheit vor Hühnern, egal, ob man sie in ein Gehege sperrte oder unbesonnenerweise frei herumlaufen ließ.

«Ich muss ehrlich um Verzeihung bitten», Wharton machte eine Aschermittwochsmiene, «dass wir uns die Freiheit nehmen, Sie in Ihren Gemächern zu belästigen, Mr. Gregg.»

Im Verlies roch es nach Plutos Heimat, Erde, Fäulnis, Feuchtigkeit. Wharton setzte sich auf die Lehne des einzigen

Stuhls in der Zelle und stellte seine Füße auf den Sitz. William Gregg blickte, verkrümmt und verdreckt und in seinen Fußeisen eng an die Mauer der Zelle gekettet, so schuldig drein, wie er war. Zu bereuen, betonte er sofort, gebe es für ihn gar nichts.

«Nach Ihrer Reue fragt auch keiner. Es sieht in jedem Fall sehr, sehr böse aus für Sie. Doch werden Sie uns nicht weismachen wollen, Sie hätten ohne Mitwissen Harleys gehandelt?»

Aber so sei es, beteuerte Gregg. Schon sein Herr Vater hätte ihm gesagt, er tauge zu nichts und werde es, auch wenn er noch so fleißig sei, zu nichts im Leben bringen, und daher … –

«Wie bedauerlich!» Wharton sah traurig zu Gregg hinab, ließ den Sessel flink nach hinten kippen, erhob sich zu seiner massiven Größe: «In meiner Welt existieren nur zwei Sorten von Wesen, Hühner und das, was man Menschen nennt. Gregg gackert. Kann er auch anders? Er würde seinem Vaterland ein einziges Mal von Nutzen sein, wenn er versuchen würde, so zu tun, als könnte er Menschengestalt annehmen. Um uns in der Sprache der Menschen zu beichten, wer sonst noch dahintersteckt.»

Lord Wharton, erwiderte Gregg, könne ja reden und reden von Hühnern und Menschen, soviel er nur wolle, damit er nicht hören müsse, was die Wahrheit sei.

«Die da wäre?»

An die weise Voraussicht seines Vaters hätte er sich gehalten und keine großen Hoffnungen an irgendeine Karriere geknüpft, selbst als er zu Harleys Sekretär avanciert war. Er hätte die Unordnung in Harleys Amtsräumen lediglich genutzt, um sein lächerlich geringes Gehalt mit ein wenig Geheimniskrämerei aufzubessern. Mehr sei da nicht. Man möge ihn jetzt in Frieden lassen. Er wisse, dass man ihn in Tyburn hängen werde. Ihm sei es recht. Er müsse sich aber noch mit seiner Frau und Gott darüber beraten, was für sein Seelenheil zu tun sei.

Wharton blickte mit gequältem Gesichtsausdruck zu der von Kerzenruß geschwärzten Decke empor.

«Sie sind wie der Hofzwerg Harley nicht einmal Manns genug, um Verachtung zu verdienen», rief er aus und drehte eine Pirouette, die er tags zuvor von seinem Tanzmeister James Sykes gelernt hatte: Da habe man die Engländer, wie sie leibten und verfaulten, eine Nation übellauniger Egoisten mit dem Hang zum Selbstmord und Gott als Ausrede. «Ihr Seelenheil geht mir am Arsch vorbei. Sie werden nichts sein als ein toter Klumpen Fleisch. Aber was Ihnen an Ihrem seelenlosen Arsch nicht vorbeigehen sollte, ist –»

Wharton stockte, weil er jäh an seinen einschüchternden Vater denken musste, der als Republikaner und Günstling des Königsmörders und Lordprotektors Oliver Cromwell im Tower gesessen hatte. Montagu füllte die Pause mit einem «Genau!», Somers kämpfte dagegen an, wegen des Gestanks in der Zelle sein Mittagessen erbrechen zu müssen, und Russell säuberte sich in einer Ecke die Fingernägel mit einem silbernen Zahnstocher und genoss im Nachhall die Stimme und Sprechweise Whartons – so tief, so entschieden und so ausgesöhnt mit sich klang sie, Wharton in Hochform, ganz er selbst. «Gregg, genau, ich hatte schon fast vergessen, dass Sie noch existieren», Wharton hatte den verlorenen Faden wiedergefunden, «also was Sie jetzt kümmern sollte, ist nur, ob man Sie in Tyburn halb ersticken lässt, dann vom Balken nimmt, aufschneidet, Ihnen die Eingeweide rausschlingert und Sie dann wieder aufhängt, Ihnen den Kopf abhackt und dieses grämlich grimassierende Etwas in Westminster auf einem Pfahl zur Schau stellt. Wir hier sind befugt», log Wharton, «Ihnen diese Tortur zu ersparen, wenn Sie uns sagen, wer Ihnen bei Ihren Machenschaften geholfen hat.»

Gregg scharrte mit den Füßen auf dem Boden und schwieg. Wharton packte ihn am Genick. «Haben Sie Mitleid mit Ihren Henkern, die Sie sonst ausweiden müssen wie Federvieh. Haben Sie Mitleid mit Ihrer Gattin, die dabei zusehen muss und nicht einmal den Mut aufbringen wird, Ihre Eingeweide zu braten, um sie an Ihre hungrigen Halbwaisen zu verfüttern.» Wharton schmatzte dramatisch, kam mit seinem Gesicht ganz nah an das Gesicht Greggs heran und war mit seinem Mund an Greggs Ohr: «Ein Name … genügt.»

Gregg fürchtete, dass die vier Lords seine Zelle nie wieder verlassen würden, und flüsterte einen Namen in Whartons Ohr. Er hatte Horatio Peregrin Smith, diesen misstrauischen Juden von der Moldau, der seine Herkunft hinter einem falschen Namen verbarg, ohnehin nie gemocht.

Am nächsten Tag, den achten Februar 1708, machte sich ein Reiher gerade westwärts über den erheiterten Himmel davon, als De Foe von Wapping aus die Straßen der Docklands längs der Themse nach Smites neuer Bleibe abklapperte und dabei über Matschklumpen sprang. Er wollte mit Smite die Freude darüber teilen, dass Gregg im Schauprozess an demselben Morgen Robert Harley entlastet und ihn für seinen Verrat um Vergebung gebeten hatte.

Er fand Smite im ersten Stock eines verkommenen Hauses im Quartier der Hafenarbeiter auf dem kahlen Fußboden hingestreckt, mit erloschenen Augen neben einem erloschenen Kamin. Eines der runden Fenstergläser fehlte, die Bleifassung war mit Lumpen gestopft. Der bittere Geschmack von Opium hing in der Luft.

De Foe kniete nieder, ergriff Smites Hand und ließ sie lange nicht los.

«Horatio», erstmals sprach er ihn mit Vornamen an, «Mary

und ich, wir hätten dir doch helfen können.» Jetzt aber war Smite längst über die Stadt hinweggeflogen und in sein Land verschwunden, das Land ohne Zeit, ohne die schlaflosen, finsteren Nächte, ohne die Mühsal der Traurigkeit.

Auf dem zerschundenen Schreibpult fand sich kein Umschlag zwischen den Papieren, der an ihn oder Harley adressiert war, kein Schnipsel, kein noch so kleines Zeichen in der ganzen Kammer, nichts, das verriet, weshalb sich Smite mit einer Überdosis Opium das Leben genommen hatte. In den Wochen seit ihrer Tour durch Schottland war Smite bei den Geheimkonferenzen mit Harley vom Opium befreit erschienen, nüchtern, aufgeräumt, immer ganz bei sich; der ständig beschwipste Harley wusste vor Selbstvorwürfen nicht ein noch aus, und Smite hatte sich zu dem Satz hinreißen lassen, Harley sei derart unschuldig in der ganzen Affäre, dass er alle Engel des Himmels auf seiner Seite sehe.

Etwas war hier nicht richtig.

«Ein sauberer Selbstmord», diagnostizierte ein Arzt, der mit den Mietern aus den anderen Stockwerken in Smites Kammer hereingedrängt war. De Foe deckte Smites Leiche zu. «Ein Verbrechen», setzte der Arzt hinzu, «dürfte wohl auszuschließen sein.»

Das glaube, wer könne, erwiderte De Foe, nahm Smites Stockdegen an sich, zahlte Mr. So-und-so die ausstehende Miete und ging.

Zwei Tage später, am Morgen des zehnten Februar 1708, überreichte ihm sein Gärtner einen Brief, der so von Erde verschmiert war, als hätte ihn der Gärtner gerade unterm neuen Rosenbeet vergraben gefunden. Robert Harleys Brief war derart mit Siegellack verkleistert, dass ihn Mary mit ihrem schärfsten Küchenmesser an allen Ecken und Enden aufschlitzen musste. Zwischen belanglosen Zeitungsausschnitten fiel ein Zettel mit nur einer knappen, verschlüsselten Nachricht aus dem Umschlag: Die Queen bitte dringlichst um eine Unterredung en privé.

Nachmittags ließen die Wachen De Foe unbewegt und stumm durch Windsor passieren, als ginge er hier seit Jahren täglich ein und aus. Er traf einen sichtlich erregten Harley in der Halle mit dem inzwischen leicht sonnengebleichten Wandteppich, auf dem der Heilige Georg noch immer nicht gelernt hatte, wie man einen Drachen ordentlich durchbohrte.

«Idiot», murmelte De Foe.

«Was, bitte?»

«Ich meinte den Georg da, du gütiger Himmel.»

Ihre Majestät werde – hastete und haspelte Harley voran – gegen die Parlamentsbestien einen wahren Georg brauchen, er nämlich, Harley, habe ausgedient, auch um Ihre Majestät stehe es schlechter als vor fünf Jahren, da ihr Prinzgemahl in kriegerischen Belangen zwar abkömmlich und mit Miniaturschlachtfeldern und selbst gegossenen Bleisoldaten beschäftigt gewesen, jetzt aber sterbenskrank und die Hoffnung auf einen männlichen Nachfolger geschwunden sei, während ein Sir Salathiel Lovell zehn Söhne sein eigen nenne, weshalb man in den Pubs beim Würfelspiel bereits Wetten darüber abschließe, wer als Nächstes drankomme, und darauf hoffe, man kröne diesmal einen Mann, da eine Frau auf dem Thron wider die Natur sei und sie ohnedies nicht mehr regieren wolle ihrer Gicht wegen, die tatsächlich eine solch monströse Gewalt über sie gewonnen habe, dass sie kaum mehr reden und ohne Beinschienen nicht stehen könne und außer ihm und seiner Cousine Abigail niemanden zu sich lasse und Laudanum schlucke wie ihr gemeinsamer Freund Smite, über dessen Tod noch zu sprechen sei: Harley öffnete, erleichtert ausschnaufend, eigenhändig die Tür zu den Privatgemächern der Queen.

Nur zwei Leuchter auf einem Teetisch erhellten notdürftig den Saal.

«Wir sind da und sind es auch wieder nicht», sagte jemand heiser aus dem Halbdunkel, «also re-reden wir.» Die Queen stotterte, als fiele es ihr unendlich schwer, ihren Widersacher von einst überhaupt anzusprechen. «Reden wir frei, oh-ohne den ganzen Audienzfirlefanz mit Eure-Majestät-hin-Eure-Majestät-her.»

Die Queen hätte fürchterlich ausgesehen, erzählte De Foe später Mary in der Küche: Ein Koloss in Quadratformat sei ihm auf Krücken aus den Schatten entgegengetaumelt, das Gesicht tomatenrot, die Handgelenke geschwollen, die Augen verträumt und mit einem goldbesetzten Hermelinmantel über den Schultern wie jemand, der kurz davor sei, einen Ball zu eröffnen. «Sie hat eben viel Schmerz zu verbergen», sagte Mary, «hast du denn gar kein Mitleid?» De Foe schnaubte ein: «Ja, schon, irgendwie», dann etwas von Abigails schädlichem Einfluss und dass Anne unter Sarah Churchill stilvoller aufgetreten sei. «Eine Königin», erwiderte Mary und schlug fürs Nachtessen mit der Faust fünf Hühnerrücken platt, «sollte auch wie eine Königin gekleidet sein. Was war sonst?»

Er hätte die Queen vor seinem alten Kerkerkameraden Antoine de Guiscard gewarnt, der laut der Spitzel in seinem Schwarzen Kabinett ein Doppelagent sei. Der Marquis trage stets Gift bei sich; niemals dürfe Ihre Hoheit ihm eine Audienz gewähren.

«Mit Dank zur Kenntnis genommen», ächzte die Queen. Aber «Seine Hoheit» sei sie heute mal nicht; dieses Gespräch bleibe geheim. «Niemand weiß davon, und es wird auch in keinem Buch verzeichnet sein. Wie ein intimes Gespräch u-un-unter Freunden.»

«Die wir nie werden können», De Foe verneigte sich spöttisch.

«Nie werden können? Das ist gut, zum Donnerwetter!», die Queen brach in brüchiges Gelächter aus und vergaß darüber ihr Stottern. «Aber natürlich nicht. Sie sind ein Niemand, De Foe.»

«Voll und völlig. Aber gestatten», De Foe schnäuzte sich: «Sie haben mich zu diesem Niemand gemacht. Sie haben mich vor die Wahl gestellt, entweder für Sie zu arbeiten oder in Newgate abzukratzen wie Hannah und Thomas de Laune. Ich habe getan, was Sie wollten – und mehr. Geholfen hat es mir nicht. Von Ihrer Seite kam kein Pardon.»

Einige Augenblicke war Schweigen.

Was sich De Foe von dieser Welt eigentlich erwarte, fragte die Queen gelassen: Jeder sei gezwungen, eine Rolle zu spielen, die ihn meist schlechter mache, als er in Wirklichkeit sei. Sie wolle ehrlich zu ihm sein und gestehe, sie habe täglich das Gefühl, der Teufel arrangiere die Geschicke ihres Lebens. Oder ob De Foe ernsthaft glaube, dass es ihr in den Kram passe, Staatssekretär Harley morgen zurücktreten zu lassen, obgleich seine Unschuld gerichtlich bezeugt sei?

De Foe kroch ein Frösteln über den Rücken. Er blickte sich entgeistert zu Harley um.

«Ich bin untragbar geworden, De Foe. Sie wissen selber, wie es so geht: Wenn man jemanden wie mich auch nur von fern mit Hochverrat in Verbindung bringen kann, dann sagen die Leute, dass er irgendwie was damit zu tun haben muss.»

«So einfach ist das?», flüsterte De Foe.

«Gemeinheit ist immer einfach», erklärte die Queen bitter:

Lady Marlborough drohe neuerdings, Liebesbriefe öffentlich zu machen, die sie vor ihrer Zeit als Königin an die Lady verfasst haben sollte. Auch verbreite sie das Gerücht, sie und Abigail teilten sich dasselbe Bett und riefen manchmal sogar Dienerinnen dazu.

«Schuftig», sagte De Foe.

«Infam und verworfen», sagte Harley.

«Eher albern», sagte die Queen.

«Diese Briefe gibt es gar nicht», beschied Abigail aus einem Winkel und fuhr fort, Austern für die Queen zu knacken.

«Natürlich gibt es die, aber sie sind nicht der Rede wert», wies die Queen sie zurecht. «Lady Marlborough kann drohen, womit sie will. Sie sitzt hier in irgendeinem Türmchen in der hintersten Ecke dieses prächtigen Irrenhauses namens Windsor. Von dort spinnt sie ihre Intrigen, über die Kardinal Richelieu gelacht hätte. Inzwischen wird sie so gefürchtet und gehasst, dass einer ihrer Vasallen zu einem anderen ihrer Vasallen nur etwas Böses über sie sagen muss, um sofort zu ihr zu laufen und dem anderen zu unterstellen, der hätte Böses über sie gesagt. Nur weil er fürchtet, vom anderen denunziert zu werden.»

Hier ginge es ja vertrackter zu als in der «Review», rutschte es De Foe heraus.

«Aber unverzeihlicher», die Queen wischte sich die Augen trocken. «Lady Marlborough und ihr Generalsgatte haben sich mit dem Kreis um Wharton gemeingemacht. Was ich auch dann nicht vergeben könnte, wenn ich selber so liberal gesinnt wäre wie Sie, Mr. De Foe. Oder könnten Sie das?»

«Äh … nein, eigentlich nicht», stammelte De Foe.

«Na bitte schön. Wegen Greggs Verrat haben diese gottfeindlichen Tyrannen jetzt die Macht» – Queen Anne ließ in ihrer Verärgerung eine ihrer Krücken fallen, De Foe eilte herbei und hob sie auf – «u-u-und können den neuen Staatssekretär gegen meinen Willen bestimmen. Darum sind Sie hier.»

Die Queen rückte mit einem leichten Nicken der Dankbarkeit die Krücke unter ihrer Achsel zurecht.

«Ich muss auf jemanden bauen können. Denn der Coup mit diesem Gimpel Gregg, der soll der einzige Triumph dieser Bande bleiben. Was also machen wir? Irgendwer erzählte mir mal, eine Dissenterhexe hätte Ihnen bei Ihrer Geburt geweissagt, Sie könnten in die Zukunft blicken. Was sehen Sie?»

«Mother Shipton war keine Hexe, und sie irrte sich gewaltig. Aber ich kann ahnen, was Sie wollen: Zwietracht, Niedergang, Verfall. Wharton, Russell, Somers, Montagu, die Marlboroughs gegeneinander aufhetzen, bis sie ohne Plan durch die Welt irren und unfähig werden, zu regieren. Dann können Sie die ganze Tafelrunde um Wharton entlassen, können das Parlament auflösen und darauf hoffen, dass bei den Wahlen Ihre Konservativen gewinnen.»

«Der Prophet Daniel hat gesprochen, und der Prophet irrt sich nie», die Queen ließ sich in ihren Rollstuhl fallen und klatschte matt in die Hände. «Und dafür brauche ich Sie, Mr. Daniel de Foe. Zerstören Sie Wharton für uns. Stellen Sie ihn als so gefährlich für unser Commonwealth hin, dass selbst die moderaten Liberalen sich wünschen, nicht einmal seine Eltern wären je gezeugt worden. Führen Sie eine Staatskrise herbei, mir doch einerlei. Dann gebe ich Ihnen mein Pardon. Und Sie sind frei und können meinetwegen Romane schreiben. Ganz einfach.»

«Und wenn ich mich weigere?»

«Romane zu schreiben?», warf Abigail entsetzt ein. (Sie liebte dickleibige Romane mit unerschrockenen Frauen, die ihr das Gefühl gaben, nicht in der schlimmsten aller Welten zu leben.)

«Tja-ja, wenn Sie sich weigern, landen Sie im Schuldnergefängnis Marshalsea. Auch ganz einfach. Dort sitzen Leute wie Sie, die es für selbstverständlich ansehen, Schulden zu machen, und diejenigen für verrückt erklären, die sie begleichen wollen.»

«Fällt Ihnen nichts Originelleres ein?», zischte De Foe.

Die Queen überhörte die Frage. «Wissen Sie, wie man Sie nennt? Den Mann, der lügen könne wie gedruckt.»

«Der Satz stammt von mir. Pure Selbstironie.»

«Und genau darum kann ich die Originalität auch getrost Ihnen überlassen, der Sie so aufrichtig flunkern können, dass ich ... dass ich nach der Lektüre einer Ihrer Artikel eine halbe Stunde lang doch glatt der Auffassung war, Bagdad läge am Meer. Bis mich mein Atlas eines Besseren belehrt hat.»

Es gab nichts mehr zu besprechen, und De Foe wollte sich schon mit einer angedeuteten Verbeugung verziehen, als ihn Harley durch eine Tapetentür in die frostige Dunkelheit eines tunnelähnlichen Korridors schob: «Bitte tun Sie mir den Gefallen und hören Sie mich an. Vor Jahren habe ich Ihnen und Smite in einem Pub an der Themse gesagt, die Wahrheit habe ausgedient oder so was in der Art.» Aber wie Smite umgekommen sei, müsse De Foe erfahren, und es sei die Wahrheit: Das schwöre er auf das Leben seiner liebsten Tochter Elizabeth.

(«Würdest du auf das Leben unserer Kinder schwören, Daniel De?», fragte Mary später, und er überlegte nicht lang: «Nur wenn man mir sonst nicht glauben würde.»)

Harley hielt seine Arme gegen die Kälte eng an seiner Brust überkreuz, während sie hintereinander treppab einem fahlen Licht entgegenstiegen. «Gregg hat der Versuchung widerstanden, mich in seinen Verrat zu involvieren. Doch Wharton lässt nie locker. Er hat Gregg unter Druck gesetzt. Gregg musste jemanden nennen. Warum er gerade Smite genannt hat, haben meine Leute bisher nicht herausgekriegt. Was wir mit aller Bestimmtheit wissen, ist nur, dass Wharton hinterher Smite drohte, er hätte genug gegen ihn in der Hand, um ihn an den Galgen zu bringen ... und es gebe keinen Ausweg mehr für ihn ... es sei denn, er sage im Prozess gegen mich aus. Dass ich trotz Greggs Beteuerungen der Drahtzieher hinter allem sei. Aber statt mich ans Messer zu liefern, hat Smite seinen Ausweg gefunden.»

Morgen werde er abdanken, sagte Harley noch, als De Foe in seinen Einspänner zurück nach Stoke Newington stieg. Aber seiner Protektion könne De Foe sich immer sicher sein.

De Foe hielt in seiner Erzählung inne, Mary ließ von den Hühnern ab, stützte sich mit beiden Händen auf den Küchentisch, senkte den Kopf: «Smite war der Mann, der nie schläft. Von Vorteil für Harley, für Smite eine Qual. Immer hellwach. Wharton stöbert ihn auf. Immer noch hellwach, trifft Smite eine Entscheidung, die ihn vor dem Verrat in Sicherheit bringt, ihn von seiner Sucht erlöst und ihn endlich und endgültig schlafen lässt.»

«Und Wharton ist entsetzlich primitiv. Er hat Smite damit gedroht, ihn als jüdischen Agenten und Mörder in Harleys Diensten öffentlich bloßzustellen. Als ich Smite in den Docklands fand, soll der Haftbefehl gegen ihn bereits ausgestellt gewesen sein.»

«Und das nimmst du Harley alles ab?»

«Wie denn auch sonst? Harley ist gerissen. Aber wenn er lügt, zuckt sein rechtes Auge.»

«Und was hast du jetzt vor?»

«Ich lasse Wharton und seinen Kreis für das bezahlen, was sie Smite angetan haben.»

Doch längst war der einst anonyme Herausgeber der «Review» als «Daniel de Foe» enttarnt, und immer wenn er in den folgenden zwei Jahren gegen den Kreis um Wharton zu Felde zog, fühlten sich die feinfühligeren Journalisten aller Parteien an den gewalttätigen, arroganten Geist der Cromwell-Ära erinnert. Als ihn ein Liberaler auf der Straße mit einer Glasscherbe verletzte, ließ man den Angreifer verhaften, aber noch am selben Tag frei, kaum dass der Richter – übrigens ein Konservativer – erfahren hatte, der Angegriffene sei Daniel de Foe.

Keine Woche verging, in der nicht zum Ärger Marys irgendein Beamter mit einer Verleumdungsklage oder ein Gläubiger an die Tür ihres Hauses pochte. Man setzte De Foe mit dem ältesten aller Vorwürfe zu, der den achtzehnjährigen Benjamin dazu brachte, sich den Zweitnamen «Norton» zuzulegen: Ihn hätte De Foe auf Durchreise in Bristol – oder Colchester? – mit einer gewissen Miss Norton gezeugt. Seine Todfeinde nannten De Foe einen «Muschelöffner», «Austernlecker», «Dan den Trickster», den «Hexer» und «die Krähe» – hinterlistig, schwatzhaft, aasgierig, teuflisch. Besser wäre, es gäbe ihn nicht.

Das Schlimmste daran war, dass die Krähe ihnen zustimmte. Als «De Foe» schrieb er in der «Review» für die Konservativen, pseudonym gab er den Liberalen recht. Obwohl er Flottengeneral Marlborough bewunderte, erklärte er in der «Review», der Kreis um Wharton wolle den Krieg mit Frankreich nur fortsetzen, damit sich Marlborough als Held feiern und nach einem Staatsstreich zum König krönen lassen könne. Was ihn am meisten erbitterte? Dass er 1710, zwei Jahre nach der Audienz mit Harley und der Queen, durch solche Lügen die Wahlniederlage der Liberalen und den Sieg der Konservativen herbeigeführt hatte, wie es während jener Audienz abgesprochen worden war. Die Extremisten in der Ecclesia Anglicana gewannen wieder an Einfluss, während weltliche Beamte und Minister fast schon im Geheimen operieren mussten: Dafür wollte er nicht verantwortlich sein, war es und war es zugleich auch wieder nicht – aber wem hätte er erzählen können, dass er unter Zwang gehandelt hatte? «Mir blieb keine andere Wahl, und wenn Sie die wahrhaft Schuldigen suchen, wenden Sie sich doch bitte an Robert Harley und die Queen» – wer hätte ihm solcherlei abgenommen?

Er lebe in einem Zeitalter der Intrige und Täuschung, verkündete er, in dem es unmöglich sei, hinter all den Fehlnachrichten und Masken noch die wahre Haltung eines jeden zu erkennen – und meinte sich selbst. Er fand sich in den eigenen Rollen nicht wieder: Selbst «Daniel de Foe» war eine. In allen Sprachen existierte das Wort «einsam». Jeder sprach es irgendwann aus. Aber wenige, fand er, waren es so wie er. Es ekelte ihn, wenn er sich im Spiegel sah und die Gesichtszüge seines Vaters erkannte, der ihm zugleich mehr und mehr zu fehlen begann. Ihn hatte er vernachlässigt im letzten Jahrzehnt vor seinem Tod; jetzt vernachlässigte er sich selbst. Seine Haare fielen ihm aus, die Zähne vergilbten. Seine Knochen schmerzten dumpf. Er schlief schlecht, und nachts hörte er raschelnde Schritte im Gras ums Haus. «Ich habe viel Zeit vertan», murmelte er, «und jetzt vertut mich die Zeit.» Er alterte, als wäre er durch mehrere Leben hindurchgerutscht, und nahm es mit Genugtuung an.

Am achten März 1711 versuchte Marquis Antoine de Guiscard, der nie ein Marquis gewesen war und inzwischen für die Franzosen agitierte, bei seiner Vernehmung in Whitehall Staatssekretär und Premierminister Robert Harley mit einem

Taschenmesser zu erstechen. Die Klinge zerbrach, als sie durch die schwere Brokatweste in Harleys Brustbein drang. De Foe ließ in der «Review» einen – erfundenen – Captain Tom aus der Londoner Unterwelt seine Erleichterung darüber aussprechen, wie rasch sich Harley von dem Attentat wieder erholte; inzwischen gingen ihm diese Spielereien leicht, aber freudlos von der Hand, und sie kamen Mary wie die Flausen eines vertrotzten Halbwüchsigen vor.

«Du hättest schreiben sollen, es genügt ein missglücktes Attentat auf einen hochrangigen Politiker, und schon wird der als Volksheld verehrt.»

«Tja, das war's dann wohl», erwiderte De Foe traurig, «die Welt dreht sich auch ohne mich weiter.» Er fühlte sich wie tot. Ein Lump, dachte er, wer ihm da noch von Zukunft sprach.

Doch als das Parlament unter dem Vorsitz Robert Harleys ein Gesetz verabschiedete, wonach alle Dissenter vom Wahlrecht ausgeschlossen waren, um die Liberalen weiter zu schwächen, kritisierte De Foe in der «Review» offen die Regierung und setzte seinen vollen Namen darunter, worauf fünf Handlanger Harleys sein Haus in Stoke Newington bis in die Küche zur Einschüchterung ein bisschen durchsuchten, unter dem Geschrei der Mägde ein paar Kisten umwarfen, Schubladen auskippten, Wandschränke durchwühlten und unter die Betten krochen, als wären sie auf der Suche nach verschollenen Glasmurmeln und Kastanienmännchen aus ihrer Kindheit; De Foe fand sich, wieder einmal, in Newgate eingesperrt und verplauderte die eine Nacht beim Dominospiel mit Bodenham Rewse, der Guiscards Leiche in einem Zuber Salzlake zahlungswilligen Neugierigen zur Schau stellte.

Die Queen verbat sich eine solche Geschmacklosigkeit. Sie ließ Antoine de Guiscard auf geweihtem Boden bestatten, ernannte Harley zum Earl of Oxford und verweigerte De Foe mit Nachdruck jedes Pardon. Seine Kritiker ließen plötzlich von ihm ab, weil sie fürchteten, dass man mit ihnen ähnlich umspringen könnte wie mit ihm. Ein Satz De Foes machte seine Runde in der Stadt: «Unter Queen Anne hat jeder Journalist das Recht auf einen Haftbefehl.» Die Freiheit der Presse schien von nun an, schrieb er, nur gewahrt zu sein, solange sie Ihrer Majestät, dem Herrn Premier und der sogenannten Ecclesia Anglicana nicht in die Quere kam, freilich würde es ihr, fügte er gleich hinzu, unter den Whartons und Marlboroughs dieser Welt auch nicht anders ergehen, und dieses So-und-dann-auch-wieder-so war für Mary eins zu viel: «Also, was denn jetzt? Machst du neuerdings hinter alles ein Fragezeichen? Wenn du senil werden willst, dann bitte allein.»

Bald spielte das ganze Haus verrückt. Der Kutscher war schon am Tag nach der Hausdurchsuchung unauffindbar gewesen, die Gouvernante ließ sich gehen und schlurfte, launisch wie ein arbeitsloser Schutzengel, auch tagsüber im Nachthemd die Treppen hinauf und hinab, der Koch kündigte mit den Worten: «Hier wird's mir zu brenzlig», zwei der Mägde machten sich über Nacht aus dem Staub, ohne sich den Monatslohn auszahlen zu lassen, und als der streng liberale Benjamin Norton nach einer dreistündigen Debatte über die bedingungslose Freiheitsliebe der Marlboroughs seinem Vater vorwarf, er sei weder dies noch jenes und ein Dissenter schon gar nicht, aber ein Verräter an allem und jedem und aus Prinzip, begann De Foe zu zittern, ein Schmerz drang ihm bis in die Fingerspitzen, er nickte wie zum Einverständnis und bestieg seinen Einspänner, der schon seit Tagen vor der Hintertür des Hauses neben dem Hühnerstall stand. Seine Lieblingstochter Sophia hielt ihn stumm am Ärmel fest, doch da er ihr mit merkwürdig leerem Lächeln nur flüchtig über die Wange strich, ließ sie los. Mary blickte kurz kopfschüttelnd auf; ihr mammutalter Vater John Tuffley schreckte im Wohnzimmer hoch, nein, so führe man doch keine Ehe, wohin man denn käme, wenn Ehre und Treue, wo heute schon jeder ... Im West End mietete sich De Foe eine Wohnung. Dort, in der Great Wild Street nahe der Covent Garden Piazza und Drury Lane, war er wie unsichtbar.

Denn dort, schwärmten die Bordelltouristen Europas, war «tüchtig was los», und wer des Gewühls und Gerummels um die Covent Garden Piazza mit ihren «Klöstern und Nonnen von der Befriedigenden Barmherzigkeit» müde werde, sei des Lebens müde und sollte sich ins biedere Yorkshire verkrümeln. Auf De Foe hingegen wirkte gerade diese Ecke von Romeville, dem Revier der Verbrecher und Prostituierten, wie der friedlichste Ort auf Erden. Auch später kam es ihm zuweilen so vor, als wäre er durch eine Tür in eine Welt getreten, die ihn nach einem Jahrzehnt schlagartig aus Gehorsam und Pflicht entließ. Als er von Stoke Newington her aus der Kutsche gestiegen war, hatten ihn die langen Scharen über die London Bridge im braunen Nebel mit sich fortgetragen, als wäre er ihr Schatten – auch wenn er sich eher wie Satan fühlte, der nach seiner Verstoßung aus dem Himmel zu einem vagabundierenden Dasein verurteilt worden war und keine feste Bleibe fand. Über ihn würde er einmal eine scherzhafte Abhandlung schreiben müssen: Schlief der Teufel auch so schlecht wie er? Und wenn er schlief, welche Albträume suchten ihn heim, die ihn aus dem Dämmer schreckten und durch die Luftwüsten der Städte flattern ließen?

Können Menschen fliegen? Da De Foe trotz der Namen, die man ihm zugedacht hatte, weder Satan war noch eine Krähe, fing er mit dem Fliegen nach Menschenart an: Kurz vor

Einbruch der Dunkelheit ließ er sich täglich vom Soho Square über Holborn und an der Paulskathedrale vorbei bis nach Spitalfields durch das Gedrängel der Lastträger treiben, durch das Donnergrollen der Pferdewagen und die Schläge der Schmiede und scharfen Dünste der Essigfabriken und Gerbereien. Hier kannte er sich aus.

Er kehrte zu seinem Geburtsort in der Swan Alley zurück, wo zwei Metzger einen Ochsen am Haken zerteilten und für die Bettelkinder Abfallstücke herunterschnitten. Er sah vor seinem inneren Auge die roten Kreuze der Pest, sah das brennende London vom Turm der Backsteinkirche in der Fetter Lane aus, sah die Kutsche vorbeirasen, die seine Mutter getötet hatte, sah den von einem Mantel aus Krähen geschützten Schmuggler am Tower-Kai. An der Ecke einer kleinen, schlüpfrigen Gasse fand er den Keller, zugemauert, in dem Thomas de Laune heimlich gepredigt hatte. Seine Schwester Liz und Onkel Henry besuchte er nicht, weil sie ihm nur vorwerfen würden, er besuche sie nie. Auch Newgate umging er; doch den Prangerplatz neben der Königlichen Börse überquerte er jedes Mal.

Und schwang immer Smites Stockdegen dabei. Auch spätnachts durchwanderte er mit langen Schritten die Straßen der Stadt, die Stirn zusammengezogen, das Kinn im Mantelkragen vergraben, und geriet über dunkle Höfe in die ungewissen, schwierigen Gefilde um die Church Lane hinein. Er störte eine gindurchtränkte Lumpensammlerin auf, die wild mit den Händen um sich ins Leere griff, gab einer Bettlerin Geld, obwohl er ahnte, dass in dem Bündel, das sie in Armen hielt, kein Kind steckte, sondern ein Laib Brot; vor einer Bretterbude hinter der Covent Garden Piazza bot ihm eine Dame in Scharlachrot die Münder zweier leicht bekleideter Jungen – gegen die Syphilis –

an, für drei Pence im Stehen. Dass der Verkehr mit Kindern Krankheiten heilte, glaubte in dieser Stadt fast jeder. «Vom fremden Unglück weiß man gerade so viel, wie man wissen will», sagte er sich – und er? Hatte davon keinen blassen Schimmer, gestand er sich ein.

Eines Nachts im April schneite es, nichts war zu hören als das Knarren der Ladenschilder im Wind, und er verirrte sich, folgte Spuren im Schnee, die er für die grazilen, sorgsam gesetzten Trittspuren eines Fuchses hielt. Vor einem Pub saß ein Mädchen flachbrüstig und knochig auf den Stufen einer Seitentreppe, und er fragte nach dem Weg zur Great Wild Street.

«Wer sagt Ihnen, Mr. Greatwild, dass ich Sie nicht ganz woanders hinführe?»

«Ich komme vom Land», De Foe beugte sich vertraulich vor, ihr Kleid zuckte raschelnd zurück, «und bin müde wie ein Hund.»

«Fast jeder hier ist nicht von hier. Und ich bin keine Fremdenführerin. Pech gehabt. Aber die Dinge laufen selten nach Wunsch. Weiß jeder, der genug Erfahrung an der Backe hat.»

«Bitte, Sie müssen mir helfen.»

«Pardon, Alter, aber einen Scheiß muss ich.»

Die Tür des Pubs öffnete sich, ein letzter Gast schlurfte davon. Gelbliches Licht drang heraus, De Foe umklammerte den Stockdegen Smites, der Blick des Mädchens schweifte darüber hinweg: Es erhob sich mit einem Ruck, «gehen wir!», und sie machten sich zusammen auf.

Er bot ihr den Arm. Sie lehnte ab.

Was ihm verriet, dass sie ihn nicht betrügen würde, doch ganz geheuer war sie ihm trotzdem nicht, weil sie nach Erkundigung seines ungefähren Geburtsdatums sagte, da sei er ja doppelt und dreifach von Merkur gesegnet, von schnellem Verstand und sein Element die Luft. Ob er sich dorthin auflösen wolle? Er sehe danach aus. Uranus hätte ihm einst Kampfgeist gegeben, bis er in den Ringen des Saturn kleben geblieben und im Kerker gelandet sei, erst Mars würde ihm wieder zum alten Kampfgeist verhelfen, aber mit Würde diesmal, «mit einem bruchsicheren Stock im Arsch bis zum Hals hinauf».

«Aha.» De Foe räusperte sich.

«Da wären wir, Mr. Greatwild vom Lande», sagte das Mädchen, belustigt über De Foes Verlegenheit, «und wenn Sie nach Ihrem Abenteuerausflug hier in Romeville noch nicht schlafen können, hat Tom und Moll Kings Nachteulenladen dort drüben offen. Manche gehen zum Weibersehen hin. Ich muss mich jetzt um die meinen kümmern. Kommen Sie gut nach Hause und richten Sie Ihrer Frau Gemahlin die herzlichsten Grüße von mir aus. Beim nächsten Mal verrate ich Ihnen Ihr Sterbedatum.»

Und weg war sie.

Doch kaum hatte sich De Foe im klappernden Lärm von «King's Coffee House» zu einem schaumigen Milchkaffee niedergelassen (der sich nach dem Vorbild römischer Cafés als die große Neuheit etabliert hatte), stand das Mädchen wieder neben ihm, größer als in Erinnerung, die Augen fast farblos, ein schwarzledernes Buch unterm Arm: «Darf ich mich kurz zu Ihnen setzen, Mr. … Greatwild?»

«Solange Sie mir nicht sagen, wann ich sterben muss.»

Das linke Auge des Mädchens schielte ein bisschen.

«Dort drüben sind Leute, denen ich nicht begegnen will. Der alte Tom Wharton eiert hier rum mit seinem Garstkopf von Sohn. Sie vögeln um die Wette, der Alte hatte vor Monaten einen Herzkoller, und der Junge lässt sich gern auspeitschen. Was er in meiner Heimat auch umsonst haben kann, aber bitte sehr. Die beiden sind nicht ganz dicht. Von Saturn geschaffen. Sollten sich mal eine Seele zulegen. Haben Moll, die Mitbesitzerin dieses Ladens, in Ketten nach Maryland abserviert. Schon von denen gehört?»

«Kennt die Whartons nicht jeder?»

«Aber nicht jeder so gut wie ich. So, und jetzt» – in der Stimme des Mädchens zischelte eine brennende Zündschnur – «raus mit der Sprache, Greatwild: Vor ein paar Jahren habe ich mal bei einer alten Trödlerin gehaust, die einen Mieter hatte, Polonius Pierce. Der war anständig, fast schon ein Einzelfall heutzutage. Eines Tages war er verschwunden. Wird sich sein Leben mit dem vielen Laudanum vermasselt haben, hab ich mir damals gedacht. Dann hat mich die Alte rausgeworfen. Pierce hatte einen Stockdegen wie den Ihren da. Mit demselben Spruch drauf. Wo haben Sie den her?»

«There are more things in heaven and earth», brach es aus De Foe begeistert hervor, «than are dreamt of in our philosophy, Horatio! Pierce hieß eigentlich Horatio Peregrin Smith, genannt Smite. Er war mein … war ein Geschäftspartner, sagen wir mal. Und mein bester Freund. Mein einziger zumindest. Wharton hat ihn auf dem Gewissen.»

«Und Sie sind?»

Die Antwort ging beinahe im Gegröle eines Soldaten unter, der die Gäste davor warnte, gleich würden die Franzosen hier hereinballern und alle niedermetzeln, Tom King eilte herbei und versicherte ihm, die Friedensverhandlungen mit Frankreich hätten schon begonnen.

«Oh-ha, der Journalist und Dissenter», kicherte Midge, «Schreck und Liebling unserer hochwohlgeborenen Kunden. Ihr Blatt liegt bei Mother Whybourn gratis aus. Sagen Sie mal, wie lebt sich's so über uns, mit der Nase in den Wolken?»

There are more things in heaven and earth, Horatio, than are dreamt of in our philosophy – dass es mehr Dinge auf Erden gab, als jede Schulweisheit es sich erträumt, hatte Margaret «Midge» Crane spätestens an jenem Tag gelernt, an dem sie ihr Halbbruder in Swansea mit einem Messer an die Wand drückte. Sie fragte ihn, was er denn von ihr wolle, und er gluckste nur blöd: «Wirst schon sehen.» Sie stieß ihn die Kellertreppe hinunter, erfuhr aber nie, ob er daran gestorben war, und wollte es auch nicht wissen: Sie hatte getan, was sie hatte tun müssen, es lohnte sich nicht, der Luft um sie herum lange Reden darüber zu halten, und damit hatte sich das.

Sie floh nach London in der Gewissheit, jeden Tag beweisen zu müssen, dass sie überhaupt ein Recht besaß, auf der Welt zu sein. Wenn es sie nicht mehr gäbe, das wusste sie, wäre nichts anders, und auffallen würde es auch niemandem hier. Nachdem die alte Trödlerin sie vor die Tür gesetzt hatte, nahm Mother Whybourn sie auf, aus Erbarmen, wie Whybourn erklärte: Ihrer Unansehnlichkeit wegen taugte Midge nicht zur Nonne – Äbtissin Whybourn nahm nicht jede, ihr Etablissement galt als das edelste und teuerste der Stadt, ohne Empfehlungsschreiben eines Stammkunden kam man dort gar nicht erst rein. Midge war es recht. Schon die Vorstellung, neben jemandem einschlafen zu müssen, widerte sie an. Doch gab es himmlische Dinge hier, Seife, die nicht schwarz war und nach Pott-Asche stank, Böden, nicht bedeckt mit Stroh und Sägemehl, Fenster ohne Sprünge und echte Kanincheneintöpfe ohne Schafsherz drin. Nach und nach machte sie sich als Assistentin unentbehrlich.

So richtig in Fahrt gekommen war ihre Karriere bei Mother Whybourn aber mit Sarah. Sarah Pridden hatte De Foes Streitschriften und die «Review» auf den Straßen verkauft, ein Colonel machte die Vierzehnjährige zu seiner Mätresse und warf sie raus, als er sie satthatte. Also klopfte sie eines Tages bei Mother Whybourn an, und Midge verwandelte Sarah Pridden in Sally Salisbury, die Diva unter den Prostituierten Londons, die mit nur einem Freier am Tag bald mehr verdiente als ein Arbeiter in einem Jahr.

Midge führte Buch, ihr schwarzes Buch, worin verzeichnet war, welcher Klient welches Pseudonym benutzte und am nächsten Tag welches Himmelbett zugeteilt bekam, wer gefährlich war oder es werden konnte, welche der Bordellbesitzerinnen sich gerade in den Haaren hatten, wer von den Straßennutten vielleicht für ihr Kloster taugte, welcher Kunde wann wie viel Champagner getrunken hatte, welche Diät für Sally Salisbury gerade auf der Tagesordnung stand und in welchem Etablissement Männer es Männern besorgten, sodass man sie genötigterweise an den Friedensrichter verpfeifen konnte. Sie kümmerte sich darum, dass Richard Meade, ein Arzt, der zugleich Chirurg war, die Nonnen jeden Monat auf Krankheiten hin untersuchte und saubere Abtreibungen vornahm, nachdem Nancy unter den Händen dieses Pfuschers Godbolt verblutet war. Wenn die Äbtissin erkrankte, war es Midge, die mit ihren Schutzbefohlenen zur Kirche ging, um Kunden zu angeln, und mit der Bibel in der Hand Mädchen vom Land an der Kutschenstation Holborn unter dem Vorwand abfing, sie fürs Erste in einer respektablen Pension unterzubringen.

So ging es zu auf der Welt, und sie hatte diese Welt nicht gemacht. Kam man nicht auf normalen Weg zu Geld, erschien einem der verbotene Weg weniger verboten, «und käuflich ist schließlich auch ein so großartiger Typ wie Mr. Daniel de Foe, habe ich recht? Aber ich muss jetzt ins Kloster zurück.»

«Derzeit halten es vier Gläubiger für angebracht, mir die

Hölle heißzumachen, Miss Crane. Die wissen, wo ich wohne. Macht es Ihnen was aus, wenn ich Sie begleite?»

Er bot ihr den Arm. Sie nahm ihn an.

«Halten wir uns immer schön in der Mitte der Straße», schlug sie vor, «dann passiert uns nichts.»

Das Bordell sah nach nichts aus, weder anrüchig noch einladend, in einem bemitleidenswert schäbigen Blau gestrichen, mit einem Spitztürmchen aus Holz obendrauf, das sich seiner Überflüssigkeit bewusst zu sein schien. Es knarrten die Angeln der Pforte, von einem strammen Kraftprotz bewacht, als die beiden ins Vestibül eintraten, das ganz im Dunkeln lag. Mother Elizabeth Whybourn tauchte hinter der schweren Schreibkommode ihres Privatsalons mit der Gemütlichkeit einer Gespenstererscheinung auf, die kein Grauen verbreiten will – ein Monument, vornehm und rüstig, den Kopf in den Nacken gelegt, die Haut bleich, als wäre London eine Stadt, die weder Tage kannte noch Licht, die Augen klein, wie Rosinen in Teig gedrückt. Ihr Moschusparfum roch so stark, man hätte ohnmächtig werden können. Sie stützte sich auf einen Stock, mit einem mattgoldenen Adlerkopf als Knauf, und trug kokett einen Rosenkranz um den Hals, als stünde sie tatsächlich einem Kloster vor.

Sie umschloss die Hand ihres prominenten Besuchers mit beiden Pranken, als wären sie zwei Freunde, die sich nach den Wirren eines Jahrhunderts endlich wiedergefunden hatten. Im Kamin knisterte es scharf. Sie klagte über Mother Needham, die ihr die Kunden abzujagen versuchte. Dann ließ sie sich über die moderne Mode aus, über all diese Schuhe mit hohen, roten Absätzen und all diese gepuderten Perücken. Wollten sich Männer in solchem Aufputz in Frauen verwandeln? Was das denn überhaupt für Gentlemen seien, die einhundertfünfzig

Pfund für die Entjungferung einer Neunjährigen bezahlten? Jeden Monat müsse Meade Jungfernhäutchen erneuern. Sie legte verwirrt die Hand auf die Stirn: Aber vielleicht sei sie einfach zu alt und verwechsle ihr Greisentum mit dem Greisentum der Welt. Außerdem sei heute Vollmond und sie aufgewühlt wie die Themse.

Doch wäre es ihr lieb, wenn sie einen echten Gentleman wie Mr. Daniel de Foe für heute in Sicherheit wüsste, im schönsten Zimmer ihres Etablissements, benannt nach Queen Anne – und als Midge ihn durch die Fluchten des Hauses führte und dabei die ersten Kerzen des Tages anzündete, schob er Spiegel zur Seite und blickte durch Gucklöcher in die Zimmer, bestaunte die Sehenswürdigkeiten, die sich wie nach dem Vorbild obszöner Zeichnungen eindrucksvoll verausgabten. Da ging es hoch her. Lippen und Zungen quälten sich an aufgerichteten Riesenwürmern ab, eine Dame in Schwarzviolett ließ auf Nacken und Rücken eines Herrn eine Reitpeitsche niedersausen, in einem anderen Zimmer rieb ein junger Herr sein Gemächt zwischen den Brüsten eines ans Bett gefesselten Mädchens und stopfte ihm ein Taschentuchknäuel in den Mund.

Rasch wollte er zu Mary zurück.

Daheim in Stoke Newington stieß er die Tür auf wie ein Erdbeben und drohte im Namen der Queen mit einer Verpfändung des Hauses. Obwohl der Scherz seine Wirkung verfehlte, saß er mit Mary und den Kindern im Nu am Tisch des Wohnzimmers und berichtete euphorisch von seinen Nachtwanderungen, als hätte er einen Abend in geselliger Runde unter Piraten an der Themse mit Anekdoten verbracht: Er verlor sich geradezu in den Grandiositäten des Freibeuters Woodes Rogers, der auf seiner Kaperfahrt um den Globus Ozeandrachen erlegt und einen Matrosen von einer unbewohnten Insel gerettet hatte und seit gestern auf dem Weg nach Madagaskar war, um dort die erste Republik der Welt zu errichten. Nach Mitternacht saßen nur noch Mary und Benjamin nahe bei ihm am Tisch, und De Foe holte zu einem wahren Exkurs über die Matronin Mother Whybourn aus – und erwähnte eine Miss Crane und die Gucklöcher hinter den Spiegeln nur so nebenher. Als er sich später im Dunkeln auskleidete, zog ihn Mary zu sich aufs Bett, streichelte mit ihren Fingerspitzen seine Oberschenkel und murmelte: «Schauen wir mal, ob du derselbe geblieben bist.»

Was er war: Immer noch verfiel er in gereiztes Schweigen, wenn das Konversationsthema abends nicht seine Neugierde weckte. Dann kniff er seine Augen scharf zusammen, als wäre er im Gespräch auf etwas Schwieriges und Böses gestoßen, das aus der Welt zu schaffen war. «Euer Herr Papa langweilt sich eben schnell», entschuldigte ihn Mary vor den Kindern. Es juckte ihn, und dagegen half nur das Kratzen einer Feder auf Papier. Lange Stunden schloss er sich mit Benjamin, den er nach dem Spitznamen seines Piraten-Idols Henry Every kumpelhaft «Long Ben» getauft hatte, ins Arbeitszimmer ein, um für die «Review» eine Reform des gesamten Bordellwesens auszuarbeiten: Erstens sollte man Prostituierte als Menschen betrachten, die den Männern einen ehrenvollen Dienst erwiesen, indem sie sie von einer monströsen, momentanen Last befreiten. Zweitens opferten sie ihre Unschuld, um die Unschuld aller anderen Frauen zu bewahren. Drittens – und hier dachte De Foe an sein Nachtgespräch mit Midge in «King's Coffee House» zurück – seien viele Prostituierte ursprünglich Hilfsköchinnen oder gar Gouvernanten, die irgendein angeblicher Ehrenmann einsperrte, erpresste, vergewaltigte, ohne jemals belangt zu werden. Weshalb es viertens statt der parteiischen Friedensrichter und bedenklich trägen Stadtwächter einen Berufsstand geben müsse, Kriminalisten, die solchen Fällen nachgingen, unbestechlich und ohne auf das Ansehen einer Person zu achten. Fünftens sollte die Regierung öffentliche Bordelle einrichten, eine Krankenversicherung für die Prostituierten bereitstellen und Heime für ihre Kinder gründen statt der erbärmlichen Besserungsanstalten.

Schließlich sei jede Gesellschaft daran zu messen, wie sie mit ihren Kindern verfahre, und wenn Eltern aus Armut sogar dazu gezwungen seien, ihre Kinder zu verkaufen – sei es in die Kolonien oder auf der Straße –, wolle zumindest er, Daniel de Foe, nichts mit ihr zu tun haben: Wer Rechte habe, habe auch die Pflicht, den Zahllosen, die sie nicht hätten, zu denselben Rechten zu verhelfen.

«Dafür wird man uns vierteilen wie William Gregg», sagte Long Ben, der zum ersten Mal fast unsinnig stolz war auf diesen Mann, seinen Vater Daniel de Foe.

In jener Nacht vom sechsundzwanzigsten auf den siebenundzwanzigsten Juli 1714, da De Foe und Sohn elf Federkiele und zwei Fässchen Tinte verbrauchten, erschien Premierminister Robert Harley zur Audienz bei der Queen verspätet und betrunken bis in die gekräuselten Perückenspitzen. Seine Tochter Elizabeth war schreiend vor Schmerz an einer Blinddarmentzündung gestorben, und Harley kam jede Haltung abhanden: Nach drei Gläsern brach er in Tränen aus und wollte sich im Keller seines Hauses vergraben, nach dem vierten bereute er es, Nottinghams Trauer um seinen Sohn Sid verlacht zu haben, beim fünften hörte er auf, an irgendetwas wie einen Gott zu glauben. Nach einer durchtrunkenen Nacht hatte er manchmal Glück und sank in einen vergifteten Schlaf.

Hinfällig, wie sie selber war, sah die Queen es ihm nach, dass er vom Tod seiner Lieblingstochter derart zerrüttet war. Es verwunderte sie kein bisschen, wenn er nach jedem Betäubungsmittel griff. Doch ging ein Getuschel durch Windsor wie Blätterrascheln, das sie nicht unbeachtet lassen konnte: Harley hätte hinter ihrem Rücken mit den Franzosen Verhandlungen über ihren Nachfolger aufgenommen.

Harleys Cousine Abigail, die das Gerücht in Umlauf gesetzt hatte, gab während der gesamten Audienz keinen Ton von sich, stickte weiter an einer Decke für ihren Büchertisch, schenkte ihrem Cousin aber aus einer Kristallkaraffe immer wieder Wein nach. Als die Karaffe leer war, befahl sie den Dienern, die auf den Fenstersimsen der Vorhalle vor sich hin dämmerten, eine weitere zu holen, und Harley trank, fuchtelte, stotterte, schmeichelte, trank, schrie: «Unterstellung!», «Frechheit!», «Lüge!», sprach bald so herrisch, bald so kleinlaut, dass die Queen das dunkle Gefühl beschlich, ihr Premier verberge hinter seinem Theaterwirbel fahriger Entrüstung wirklich Spionage, Hochverrat, Treuebruch – da nützten auch eingestreute Floskeln wie «Erlauben Sie gütigst» nichts.

Gegen Morgengrauen stutzte sie plötzlich, als wäre ihr ein Blitz in den Kopf gefahren, und sagte dann, sie billige ihn nicht mehr als Premier. Harley gab sich mit einem knappen Kopfnicken geschlagen, knurrte: «Einstimmig angenommen» und taumelte davon; die Queen atmete schwer und rasch, nannte Harley «ein Närrchen», ließ kein Morgenlicht in den Saal. Leisen Schrittes kehrten die Ärzte neugierig bei ihr ein, tasteten sie ab, berieten sich draußen, zogen hungrig an Klingeln, schwangen nach dem ausgiebigen Lunch vereint wie eine Putzkolonne ihre Besen der Heilung im Schlafgemach der Queen und kamen zu dem Schluss, dass letztlich nur ein warmes Bügeleisen auf dem kahl geschorenen Kopf der Blutzirkulation Ihrer Majestät Auftrieb geben und sie vor dem Schlimmsten bewahren könne.

Manchmal spürte Anne ihre Kinder um ihr Bett. Abigail hob ihren Kopf vom Kissen empor, küsste die kalte Stirn, schloss ihr die Augen und kehrte das zerfallene Gesicht ihrer Freundin dem Sonnenlicht zu, das durch die hohen, offenen Fenster drang. Die Kinder waren verschwunden; ihr Sohn William, der ihr am längsten erhalten geblieben war, hatte eine Haarsträhne auf dem Ärmel ihres feuchten Nachtgewands zurückgelassen. Zwei Wochen nach der Absetzung Robert Harleys bestattete man Queen Anne Stuart, ohne viel Pomp und im Stillen, als hätte sie sich noch im Tod für ihre fast fünfzehn Jahre Regentschaft zu schämen. Lady Marlborough kehrte mit ihrem Generalsgatten aus dem Exil triumphal nach London zurück: «Ein neuer Wind weht. Endlich ist das undankbare Miststück verreckt.» Sie veranstaltete einen Ball unter dem Thema «Ein Sommernachtstraum».

Als De Foe vom Tod der Queen erfuhr, empfand er Mitleid für Anne, die ihm den Tod an den Hals gewünscht hatte. Trotz ihrer Allgewalt hatte sie immer nur gelitten, hatte nie eine hohe Meinung von sich gehabt, war einsam und fast eifrig gestorben und war jetzt, dort drüben, wenigstens bei ihren siebzehn Kindern. Nichts sonst kümmerte sie jetzt mehr.

Er klopfte dreimal an die Hintertür Harleys, der ihn bereits erwartet hatte: «Jeder für sich und keiner für alle, Mr. De Foe.»

Harleys Atem roch nach Port.

«Unsere Majestät ist mäuschentot, und auch mit mir ist es vermutlich aus und vorbei. Ich werde Sie nicht mehr schützen können, De Foe, am wenigsten vor Earl Trübsal, der sich wie eine Schlange in den Sonnenstrahlen des neuen Königs räkelt. Niemand kann Sie mehr brauchen. Stellen Sie Ihre Zeitung ein. Keiner will irgendetwas wissen von Ihren Reformideen und der sogenannten Wahrheit. Genießen Sie Ihre Vogelfreiheit.»

Es freue ihn ja ungemein, dass Mr. Harley seinen Humor bewahrt habe. Aber mit der Wahrheit werde er es von nun an genauer nehmen denn je – und irgendwann in der Zukunft würden Spione und Freibeuter der Tatsachen ein Netz spinnen, ein vor allen Regierungen sicheres Netz, das unsichtbar und kanonenkugelschnell von der Südspitze Afrikas bis nach Grönland hinauf Nachrichten verbreitete, die dann in allen ehrenhaften Zeitungen gedruckt und jedermann zugänglich würden, bis man sich vor lauter Tatsachen kaum mehr retten könne.

«Bis niemand mehr weiß, was er eigentlich glauben soll», warf Harley ein, «mehr in der Art. Verlieren Sie mir jetzt bitte nicht den Verstand. Schauen Sie mal, es wird immer Monarchien und Terrorstaaten geben, auch wenn Sie wohlig von Republiken dahinträumen mögen, Mr. De Foe. Es wird immer regimefeindliche Gestalten geben wie Sie, die das Regime bezahlt. Wie Sie von mir, von Marlborough, der Queen und wem sonst noch alles bezahlt worden sind. Sie sind nach Ihrem eigenen Moralkodex schuldig, De Foe. Sie haben mit Ihrer Zeitung am Netz aus Verstellung mitgesponnen, und das nicht zu knapp. Sie Idiot!»

«Stimmt, ich bin ein Idiot. Doch habe ich Sie für einen Freund gehalten.»

«Das war ich, De Foe, das war ich, auf meine Weise, als Sie sich einfangen ließen wie der Haufen dort draußen auch. Ich musste nur warten, bis ich Smite zu Ihnen in die Zelle schicken konnte. Eigentlich waren Sie unantastbar, nachdem Sie am

Pranger einen solchen Radau für die Leute aufgeführt haben. Klar, das Pardon hätte die Queen Ihnen niemals gegeben. Andernfalls wäre ja auch die Einheit mit Schottland niemals zustande gekommen.»

Harley nagte an der kalten Keule eines Fasans, spuckte die Knorpel auf den Teppich: «Schauen Sie, man knirscht mit den Zähnen, aber das steckt man weg, nicht wahr? Terrorstaaten werden sich als Republiken ausgeben, und das dumme Volk wird glauben, es lebe in einer Republik, solange es nur weiter fressen, Unsinn schwatzen und ficken kann.»

Und weil De Foe bei diesem Wort zusammenzuckte, sagte Harley es gleich noch einmal: «Regierungsgesteuerte Zeitungen werden dem Mob den letzten Verstand aus dem Hirn ficken, Mr. De Foe. Und die anderen sowieso.»

«Harley, Sie werden vulgär.»

«Earl of Oxford, wenn ich bitten darf.»

«Ach was! Wenn ich mich jetzt verabschieden dürfte?»

«Nicht so hastig. Glauben Sie denn, dass ich meinerseits Ihre ewige Wahrheitssalbaderei ertragen kann? Aber Sie sind ein Blinder unter den Sehenden wie am ersten Tag.»

«Lassen Sie mich doch bitte gehen. Dieser Saal ist überheizt. Kein Mensch kann sich so viel Holz leisten.»

«Da haben Sie recht.» Harley prustete, goss sich Portwein nach und blickte De Foe direkt in die Augen, ohne zu blinzeln. «Blinde können hören, habe ich mir sagen lassen, also hören Sie jetzt genau zu: Die Zeitungen werden so sein, wie Ihre Zeitung einmal gewesen ist, hintertrieben und verlogen, politisch eben, so in der Art, nicht wahr. Alle Wahrheit ist langweilig und hässlich. Der Mob aber, der will unterhalten werden, und Unterhaltung wirkt wie Weihrauchqualm, der die Wahrheit verschleiert.»

Harley zog den Kopf ein und gähnte.

«Und was wäre am Ende nicht unterhaltsamer als Verwirrung und Panik, die Furcht vor Verschwörungen, dem unsichtbaren, allgegenwärtigen Feind, den es gar nicht gibt? Er sorgt für das Wichtigste, für Balance, Stabilität.»

Harley zwickte De Foe schelmisch in den Arm, als hätte er etwas ganz Originelles gesagt.

«Unsichtbares Netz, Freibeuter der Tatsachen, Sie sind ein liebenswerter Fantast, Mr. De Foe, aber das wusste man ja. Die Menschheit ist übergeschnappt, das war sie schon immer, und zu retten gibt es da gar nichts mehr. Sie ergibt keinen Sinn. Sie ist grausamer, als es selbst der Teufel erlauben würde. Wenn ich in meine Zukunft blicke, sehe ich Journalisten, Geschäftsleute der Welterklärung, die noch den schlichtesten Nachrichten ihre Meinung unterjubeln und das Ganze für ein großes Spiel halten und Mörder sind, Mörder und nochmals Mörder in ihren Glossen und Kritiken. Die sich aber nie als Mörder sehen werden, weil ihr Niedertrampeln und Demütigen nur auf dem Papier stattfindet. Und Ihre hehre Wahrheit ist im Keller, Mr. De Foe. Dort, wo sie hingehört.»

Harley legte seine Hand aufs Herz.

«Machen wir uns doch nichts vor: Wenn echte Nachrichten immer und überall und für jeden zu haben sind, gibt es keine Geheimnisse mehr, keinen Spaß und keine Diplomatie, und dann … hätte Wharton gewusst, wo Smite zu finden war.»

«Was bitte?»

«Was bitte», äffte Harley ihn nach. «Warum sollte ich Ihnen noch etwas vormachen? Ich habe Ihnen damals den Korridor runter hinter der Tapetentür in Windsor auf das Leben meiner liebsten Tochter geschworen, die Wahrheit zu sagen – und gelogen. Jetzt ist meine Lizzie tot. Ein Leben für das andere. Das sind so die Tatsachen. Ist das Wahrheit genug für Sie?»

De Foe schwieg. Harley rückte sich zurecht.

«Smite wurde durch sein Laudanum unberechenbar. Ich fürchtete, dass er im Gregg-Prozess gegen mich aussagen würde. Ein solches Risiko geht meinesgleichen nicht ein.»

«Ein solches Risiko geht Ihresgleichen nicht ein», wiederholte De Foe fassungslos. «Ihre Spitzel haben Smite mit Opium vollgepumpt und umgebracht?»

«War nicht schwer, kostete wenig und ist lange her.»

De Foe sah hoch oben über den Toren der Metropole den versoffenen Kopf Robert Harleys auf einem Spieß, mit griesgrämigem Blick auf die albträumende Stadt, drehte sich weg und sagte zum Butler, der ihm den Weg nach draußen weisen wollte: «Nicht nötig. Mit Hintertüren kenn ich mich aus.»

De Foe stieg auf den Bock seines Einspänners. Vor den Pubs trank man sein Mittagsbier, und während in der Stadt hier und dort aufs Geratewohl von Maultieren gezogene Gefangenenwagen – «Vogelkäfige» genannt – Taschendiebe, volltrunkene Arbeitslose und Straßennutten einsammelten, rasselte De Foe in einem Höllentempo über Ludgate Hill und die Fleet Street zur Covent Garden Piazza, sodass sein Wagen in den Kurven schlingerte: Er konnte die ganze Schweinerei keinen Augenblick länger für sich behalten. Am liebsten hätte er mit den Wagenrädern die Straßen aufgeschlitzt.

Midge band ruhig ihr Haar hoch, packte dann eine Bulldogge aus Porzellan und schmetterte sie auf den Boden ihres Salons: «Gestatten, Mr. De Foe, dass ich Ihnen unser England vorstelle – so erbärmlich wie das da, ein Scherbenhaufen im Staub.»

Harley sei Wharton also zuvorgekommen? Wenn man den

eigenen Leuten nicht trauen könne, nütze es nichts und wieder nichts, ständig die Wohnung zu wechseln. Da gebe es kein Entkommen mehr. Aber ihr sei es egal, wer Smite umgebracht habe, Harley oder Wharton, die seien nichts weiter als die zwei Seiten derselben Medaille, die sich der neue Oberhäuptling des Landes Georgy Porgy gleich an die Brust heften könne. Sowieso gehe noch dieses Jahr Uranus in den Widder über, alles beginne neu und schlecht für die Rücksichtslosen: Keiner habe die Sonne in der Waage, Saturn sei schon im Skorpion.

(De Foe seufzte in sich hinein.)

Jetzt kratzfüßelten sie vor King George dem So-und-so-Vielten um ein Pöstchen, na und? Warum sollte es denen dort droben besser ergehen als denen in Romeville? Alle wollten die Himmelsleiter rauf und rempelten einander dabei nach unten. Gerade stritten sich Mother Whybourn und Mother Needham um ihre Klientel, verleumdeten und booteten einander aus. Genauso intrigierten die Damen und Herren am Hof gegeneinander, genauso fielen die Konservativen übereinander her, Bolingbroke über Harley und Harley über Nottingham und Argyll über Atterbury oder was für Namen das ganze Pack auch immer trug mit seinen Titeln vorn und Titeln hinten wie Schweineschwänzchen. So wie die Huren untereinander ihre Revierstreitigkeiten austrugen, um einen reichen Herrn zu ergattern, der sie als Mätresse aushielt. So was wie eine Mätresse Harleys sei doch auch ein gewisser Daniel de Foe gewesen? Nur um irgendwann abgeschoben zu werden wie vor Jahren Sally Salisbury. Der Unterschied zwischen denen dort oben und denen hier unten sei nur, dass die dort oben, auch wenn man sie wegschmiss wie Harley, ihre Privilegien behielten und sich einfach auf eine Hinterbank des Parlaments verdrückten und je nach Laune weiterhin darüber bestimmten, wer hier unten ein Verbrecher war und wer nicht. Das ganze Scheißdasein sei für die Menschen hier unten eine Scheißsackgasse voller schlau ausgelegter Fallen – mit den Kellern von Newgate als Endstation. Sie seien alle immer in Schwierigkeiten, einfach weil es sie gebe. Wenn er nichts aus seinem Leben gelernt habe, solle er mal Moll King befragen, die aus Maryland zurückgekommen war und dafür gerade mal wieder in Newgate saß. Kein Harley, kein Argyll, kein Nottingham würde dort jemals zu finden sein. Wenn es hoch kam, landeten die im Tower, um sich dort saftig gebratene Fasane servieren zu lassen.

«Wenigstens weiß ich jetzt, dass sich selbst Porzellanfigürchen vor dir zu fürchten haben, Midge.»

«Du solltest zum Fürchten sein, Daniel. Nicht ich.»

Doch zunächst verbarrikadierte er sich zur Freude Marys in Stoke Newington. «Genug abgehauen», sagte er sich. Um nicht weiter von Gläubigern behelligt zu werden, täuschte er einen Schlaganfall vor und vollständigen Gedächtnisverlust.

«Ein Mann von sechzig Jahren wird ja auch mal», scherzte Mary, «ordentlich krank sein dürfen.»

Von jetzt an musste er auf keine Entscheidungen mehr warten, die nicht die seinen waren. De Foe schlug Wurzeln, sein Garten auch. Er fühlte sich wie der später von Woodes Rogers gerettete Matrose auf einer einsamen Insel, in seinem Arbeitszimmer in diesem Haus mit all den Schlössern und vergitterten Fenstern. Doch war sein Ozean der Garten, in dem er Linden und Maulbeerbäume zu pflanzen begann, Ulmen, Weißdorn und neuartige Kletterrosen. Auch kannte sein Sammlerfleiß inzwischen kein Halten mehr. Weiterhin sammelte er in seiner Bibliothek neben Reiseberichten und Atlanten Lebensgeschichten von Piraten, die er zu einer Universalgeschichte anarchischen Freiheitsdrangs auszubauen gedachte, siebenhundert Seiten schwer. Doch sammelte er auch die Abenteuer der eingekerkerten Kleinbankrotteure, der Spitzel und Gauner aus Romeville, sammelte in Porträtnotizen Leben ein. Er sammelte nebenher aber auch Gelder für die Gründung republikanisch gesinnter Siedlungen in Amerika. In den Pausen polierte er das Silberbesteck, streute im Garten Rosinen, beobachtete Füchse auf ihren ausgetretenen, schmalen Pfaden im Gras und arbeitete dann urplötzlich an der halb erfundenen Autobiografie eines Schiffbrüchigen, der auf einer Insel gestrandet und anfangs verzweifelt war, bald aber glücklich darüber, dass er mit der Welt dort draußen nichts mehr zu schaffen hatte, die ohnehin keine Heimat bot, nie eine sein würde, nie eine gewesen war.

De Foe verachtete Romane, diese fetten Gefühlsergüsse, in denen sich Jungfern klopfenden Herzens den Krallen gräulicher Adeliger entwanden. Also tarnte er den seinen als Tatsachenbericht. Alles darin stand ihm klar vor Augen, ehe er überhaupt zu schreiben begann: Flamingoblumen und Pinguine; wie Robinson Crusoe aus der Korsarenfestung Sala floh; wie er in der Flut kämpfte, die donnernd gegen die Felsen der rettenden Insel schlug, wie er sich einen Sonnen- und Regenschirm herstellte und mit stachligem Fell bespannte; wie ihn sein Papagei Poll mit einem kläglichen Krächzen, «Armer Robin! Armer Robin!», aus dem Halbschlaf holte; wie der arme Robin erschrak, als er im Sand den Abdruck eines nackten menschlichen Fußes fand.

So berauscht war De Foe in den sechs Monaten der Niederschrift, dass ihn erst eine Nachricht von Midge aus seinem Inseltraum riss.

Nachdem am fünfzehnten Januar 1719 Mother Whybourn an den Pocken gestorben war und ihre Kontrahentin Elizabeth

Needham zwar Sally Salisbury zu sich nahm, mit «einer walisischen Drecksgöre» wie Midge aber nichts anfangen konnte, hatte ihr De Foe durch Bekannte von Bekannten eine Anstellung bei Humphrey Shamcourt verschafft, einem philanthropisch gesinnten Parlamentarier und angesehenen Alchimisten von gemütvoll stiller Lebensweise – bis eines Abends Shamcourts vier Töchter und Gattin Volumnia beim Verzehr einer Austernpastete mit ihren Köpfen auf das Tischtuch kippten. Der herbeigerufene Friedensrichter war ein Jugendfreund Shamcourts, Stammgast in Needhams Etablissement und von unzweifelhaftem kriminalistischem Spürsinn: In wenigen Sekunden rochen seine feinen Nüstern aus den Resten der Pastete die Finger Miss Cranes heraus. Er ließ die Dienerschaft des Hauses vor sich hintreten, mit der er seit Jahren vertraut war.

«Und wo ist die Neue, diese Miss Crane?»

«Nicht da», brachte Shamcourt unter Tränen heraus.

«Ach-ha, ssso-ssso-ssso, abgängig also, typisch, ganz, ganz typisch.»

Alle vornehmen Kutscher in Shamcourts Viertel schienen in Trauer versunken; die halbe Stadt schickte dem untröstlichen Witwer Pfingstrosen, Orchideen, sein Wohnzimmer war tropisch vollgestopft davon, Votivkerzen erhellten die oberen Fenster nachtsüber wie Notsignale, als hätte Shamcourts Familie die Pest erwischt.

Als De Foe davon hörte, fegte er alle Manuskripte, alle Bücher vom Tisch und starrte eine halbe Ewigkeit auf den Stockdegen Smites, setzte sich, zog Tintenfass, Degen, Papier nah zu sich heran und schrieb sich seinen Zorn von der Seele, teilte aus nach allen Seiten, mit der alten, der verloren geglaubten Kraft der Empörung.

Er habe das Innere aller Parteien kennengelernt, schrieb er, bis in die hintersten Winkel ihrer faulen Gaukeleien und bis zum Bodensatz ihrer Unaufrichtigkeit. Alles sei bloße Komödie, leere Fassade und erbärmliche Heuchelei, bei jeder Partei, in jedem Zeitalter, unter jeder Regierung und bei jedem Regierungswechsel. Heuchelei herrsche bei der Opposition, um an die Macht zu kommen. Heuchelei herrsche in der Regierung, um an der Macht zu bleiben. Jede Glaubenskongregation, Partei und Person (auch er selber) habe sich jenes größten Verbrechens schuldig gemacht, dass nämlich der Eigennutz die Prinzipien regiere. Er war sie alle so leid, die Bürger (wie auch er einer war), die Geistesaristokraten, Eliten, Schönredner, Intriganten, So-so-Sager, Klein- und Großtyrannen, die sich sogar um den Besitz der Wolken zanken würden, wenn jeder Landstrich der Erde von ihnen beherrscht und vermessen war. «Nächstenliebe» erschöpfte sich darin, dass sich Gesellschaftsschichten und Vaterländer darauf einigten, zwischen Schlachten mal ein Päuschen einzulegen. Dann ging das Schlachten weiter, man gab halben Kindern Flinten in die Hand und verdrückte sich mit seinem Fernrohr auf die Hügel und bestaunte von dort diese Spielzeugsoldaten, die mit eingeschärftem Feuereifer aufeinander losschossen, ihr Blut versickerte im Dreck, und weg waren sie, so was von weg, niemand hatte je Kinder gesehen, die derartig weg waren … Alt wurden nur Kollaborateure des Todes wie die Marlboroughs.

Zu viele, schrieb er, wurden in diesem Land auf der falschen Seite geboren, und wer in diesem Land auf der falschen Seite geboren wurde, der starb auch dort. Ein kleiner Diebstahl, aus Not begangen von einem obdachlosen Geschöpf, das nicht ins große Verrecken geschickt worden war, stellte ein kapitales Vergehen dar, weil arm zu sein ehrlos war und wie eine ansteckende Krankheit, die jedermann fürchtete, und weil Armut denen, die keine Not litten, den Vorwurf machte, nichts dagegen zu tun. Nur indem sie nichts dagegen taten, indem sie alles wegdrückten, es mit allen Kräften verlachten, blieben sie bei Kräften, so glaubten sie, und kamen flott voran, die Lebenstüchtigen, die Vorsitzenden, Bevollmächtigten, die keine Not litten, die Lovells, Harleys, Whartons, Nottinghams, denen es obendrein einfach Vergnügen bereitete, Gesetze zu hintergehen – sofern diese Gesetze überhaupt für sie galten. Der Frieden mit Frankreich hatte wenig erbracht außer den üblichen ungenannten Toten und Verträge über den Handel mit schwarzen Sklaven von Afrika nach Delaware, Virginia, Maryland, Tennessee. Georgy Porgy, Lady Marlborough, Bischöfe, Liberale, sogar erklärte Republikaner legten ihr Vermögen mit mehr als eintausend Prozent Gewinn in Aktien bei dieser Menschenjagd an. Es lohnte sich: Was auf den Pflanzerresidenzen in den Kolonien starb, war schneller ersetzt, als man fürs Reinigen und Einfetten einer Peitsche brauchte.

Sogenannte Menschheitsfreunde wie Sir Isaac Newton erhoben die Spekulation an der Börse, die nichts weiter war als ein Glücksspiel mit Zahlen, neuerdings sogar zu einer «Kunst». Erlangten die Aktien schwindelnde Höhe, verkaufte man sie, war wie neugeboren, reich, und der Aktienwert fiel auf null – und jene Bürger und Kleinhändler, die Georgy Porgy und Lady Marlborough beim Aktienkauf gewissenhaft gefolgt waren, aber dafür Kredite aufgenommen und ihre Aktien nicht zur rechten Zeit verkauft hatten wie Porgy und Marlborough, schimmelten in ihren Schulden vor sich hin und fanden sich dann rasch in den winzigen Zimmern zugeschmutzter, vollgestopfter Mietskasernen wieder. Dort roch es nach Kohl. Dann schmiss man sie raus, ihr guter Name war dahin, sie schlichen durch die Gassen, zerlumpt, verlaust, abgemagert und verschorft, flehten Passanten an, ungeniert, garstig, und die Passanten verabscheuten dieses Gesindel, weil es sich einen Beruf erwählt hatte, mit dem man beim besten Willen nicht reich werden konnte. Was also, was waren Krone und Kirche, was war dieses Commonwealth für die Mehrheit anderes als eine Verurteilung auf Lebenslänglich?

Aber nein, dachte De Foe – natürlich würde er keine Rebellion anzetteln, die offen zutage träte. Nach Vollendung der «Außergewöhnlich erstaunlichen Abenteuer des Seefahrers Robinson Crusoe, von ihm selbst verfasst» (was mal wieder gelogen war) würde er von nun an aufrührerische Reportagen von der Gosse aus schreiben, aus der Hoffnung und dem Mangel und der Asche und List der Ärmsten heraus. Allen, die lesen konnten, würde er die Schattenwelt jener Schiffbrüchigen seiner Stadt schildern, von denen zu erzählen sonst niemand für wert befand. Er würde nach Romeville hinabsteigen und in die Tiefen der Keller von Newgate, freiwillig diesmal.

Es war im Herbst 1720 – der «Robinson Crusoe» verkaufte sich immer noch prächtig –, als Midge vor den erhellten Fenstern des Hauses in Stoke Newington stand. Der Regen stach ihr ins Gesicht. Mary öffnete die Tür: «Ich kann mir denken, wer du bist. Wie siehst du denn aus, Mädchen. Komm rein. Er wartet schon auf dich.»

5

True Crime

1721

Im Frühjahr 1721 verfolgte ganz London mit gierigem Vergnügen den Giftmordprozess gegen Miss Margaret Crane. Er dauerte nur kurz, und er endete tödlich.

Die Fischgroßhändler schütteten aus Protest ganze Wagenladungen ihrer Abfälle auf den Rathausplatz: Bürgermeister Stewart nämlich hatte – vielleicht etwas unbedacht – verlauten lassen, man könne beim Verzehr von Muscheln nicht vorsichtig genug sein. Die Öffentlichkeit aß über Monate keine Austern mehr. Aber der Verzicht wühlte sie auf. Man nannte Midge nach der vergifteten Austernpastete «Magpie Crane». Man schien auf ihre Aburteilung geradezu versessen, seitdem der Ehrenwerte Humphrey Shamcourt im Sommer zuvor in der «London Gazette» einen Steckbrief mit dreißig Pfund Belohnung ausgeschrieben hatte. Weil Midge unauffindbar blieb, musste De Foe in den Zeitungen derart abseitige Spekulationen über den früh verdorbenen Charakter der Flüchtigen lesen, dass sie kaum mehr als Mensch durchgehen und ihr im Old Bailey nicht mal ein seriöser Notar Glauben schenken würde. «Alle, die nach außen hin böses Gerede verabscheuen», dachte er, «können den Zeitungen dankbar sein, die es für sie besorgen.»

Eingeschlossen in seinem Arbeitszimmer und dem eigenen Zorn, hörte er manchmal von irgendwoher seinen Namen rufen, packte an einem Oktobermorgen Smites Stockdegen, setzte sich zwischen vier Schafe und Geflügel auf einen der Karren, in denen die Bauern von Stoke Newington aus ins Marktgewimmel der Metropole rollten, suchte und suchte Midge im Nebel und im Regen schwarzer Rußflocken der schlüpfrigsten Hintergassen und sah plötzlich ein, dass sie einfach für alle Welt außer Reichweite bleiben und keine Spuren hinterlassen wollte wie vor zwei Jahrzehnten er selbst. Ermüdet, doch erleichtert gab er auf.

«Wenn man sie nur nicht aus der Themse fischt», sorgte sich Mary.

Doch zu jener Zeit hatte Midge Limehouse Hole an der Themse bereits wieder verlassen, schlotterte Tag um Tag unter wechselnden Namen von einer Kellerwohnung zur nächsten, teilte sich eine Kammer mit einer vierzehnköpfigen Familie nahe dem Tower und verkroch sich am Ende in den Häuserruinen der Fetter Lane, jener Straße der Obdachlosen, wo die Säufer hausten mit ihren Zitteranfällen, wo auch am Morgen die Wanzen nicht in die Wände verschwanden und die Fledermäuse aus den Schornsteinen flogen und sich auf die kauernden Bettler in den Torwegen stürzten. Stadtwächter stöberten nachts durch die Gassen, Midge gab einem vorbeilaufenden Straßenjungen einen Penny: «Find mir eine Kutsche und pass auf, dass das Pferd keine Schindmähre und der Kutscher nicht stockbesoffen ist.» Als sie vor De Foes Haus in Stoke Newington stand, kam sie Mary so elend zerrupft vor wie der Himmel über ihr.

«Wenn man sie in Newgate einlocht, dann kommt sie uns um.»

Mary versteckte Midge in demselben Zimmer mit der Geranientapete, in dem sie einst Smite gesund gepflegt hatte. Sie wärmte jeden Abend ihre Bettlaken mit Kohlepfannen und geheizten Ziegeln, De Foe brachte zusätzliche Schlösser an und vernagelte sogar das kleine Fenster zu ebener Erde, das in die Waschstube führte. Hier kam niemand mehr rein – mit Ausnahme eines gewissen William Colepeper, der noch genug Saft in den siebzigjährigen Knochen hatte, um sich für Mordfälle zu begeistern.

Die oberste Gerichtsbarkeit – unter dem Vorsitz eines Schülers von Sir Salathiel Lovell – wurde etwas nervös, als ihr zu Ohren kam, dass im Prozess gegen Miss Crane dieser William Colepeper auftreten würde, der als der verwegenste Anwalt der Dissenter mit den erlauchten Geistern im Old Bailey eine Rechnung offenhatte: Im Verlauf seiner erzwungen kümmerlichen Karriere hatte sich Colepeper angewöhnt, aus Anfeindungen seine innere Festigkeit zu gewinnen, und wenn einmal seine Kräfte erlahmten, dachte er an die ewig verlorenen Prozesse zurück. «Doch dieses eine Mal fressen wir sie auf», versicherte er De Foe, dem vor der Verhandlung graute – und als Colepeper im Gerichtssaal widerrechtlich seine Perücke abnahm und behutsam auf den Tisch neben sich legte, wurde es so still wie am Grund des Meeres.

Man habe von Anbeginn, argumentierte Colepeper unaufgeregt, zwingende Tatsachen höflich verschwiegen: Lasse das Hohe Gericht doch bitte beiseite, dass Miss Crane in jener Woche des Giftmords gar nicht in Shamcourts Haus gewesen sei. Egal. Lasse das Hohe Gericht doch bitte beiseite, dass die Köchin des Hauses Shamcourt versichere, sie selbst habe die Austernpastete gebacken und der Familie auch höchstpersönlich serviert. Egal. Lasse das Hohe Gericht doch bitte beiseite, dass die ganze Familie des Ehrenwerten Humphrey Shamcourt – unglücklicherweise! – sehr tot, der Ehrenwerte Humphrey Shamcourt höchstselber jedoch – wenn auch glücklicherweise! – mit einer leichten Magenverstimmung davongekommen sei. Egal. Inwiefern aber hätte Miss Crane – Colepeper wies mit leicht winkendem Zeigefinger auf Midge, die stumm dasaß, aufrecht, in hochgeschlossenem Schwarz – vom Tod der Familie profitieren sollen? Er fühle sich in diesem Fall, beendete Colepeper sein Plädoyer und warf Shamcourt einen schnellen Blick zu, in ein Land der Blinden versetzt, wo jeder Sehende unweigerlich für verrückt gelte müsse, doch glaube er zugleich und mit aller Bestimmtheit, dass das Hohe Gericht über weitaus schärfere Augen verfüge als er.

Worauf sich Humphrey Shamcourt mit schwerfälliger Gefasstheit zu einer Stellungnahme erhob. «Ordnung schaffen», räusperte er sich, «lautet das Gebot der Stunde.» Tief sitze in allen der Zweifel am eigenen Wert. In ihm nun aber hätte nach seiner Heirat und der Geburt seiner Töchter die Überzeugung Gewalt gewonnen, auf einen falschen Lebenspfad geraten zu sein. Er sei einer der «Gelehrten Gesellschaften zur Verbesserung der öffentlichen Sitten» beigetreten, auch um seine Vorliebe für Beefsteaks und starke Weine abzutöten – doch genützt? Habe es nichts. So hätte er zu jenem Ort zurückkehren müssen, der vor der falschen Abzweigung lag. Ob es nicht auch ihm vergönnt sei, sich mit Achtung zu begegnen, statt mit Scham und Unsicherheit gestraft zu sein? Jeder verdiene seine Würde, er aber habe darüber hinaus noch die moralische Verantwortung, neben seiner Arbeit im Unterhaus der Alchimie zu dienen und dem Fortschritt der Welt. Warum sich mit etwas abfinden, das einen zur Raserei treibe? Warum täglich dem Mühlengeklapper von Mundwerk einer Gattin zuhören müssen, die nichts Bedeutsames von sich gab, und dazu das Geschrei der Singvögel in ihren aufeinandergetürmten Käfigen überall. Gesellschaft verausgabe die Seele, in der Einsamkeit sammle sie sich ein, fließe in sich selbst zurück. Die Treue zu seiner Bestimmung habe ihn dazu getrieben, in die Tat umzusetzen, was andere feige nur dachten: Sterben müsse irgendwann jeder, es gebe ohnehin viel zu viele Frauen auf der Welt. Und wie jeder wisse, sei Unordnung das Prinzip des Weiblichen, Ordnung hingegen männlich, die in seinem Haus mithin wiederhergestellt sei. So verspreche er dem Hohen Gericht, auf diese Ordnung von nun an noch peinlicher bedacht zu sein, eine reuelose, stille Ehe mit sich selber zu führen und –

«Na, entzückend», fiel Sir Salathiels Schüler dem Ehrenwerten hier ins Wort, bevor der noch weitere Verbrechen gestehen und dem Publikum raten konnte, es ihm nachzutun, befahl dem lautlosen Saal «Ruhe!» mit einem verwirrten Klopf-Klopf seines Hämmerchens und übergab Humphrey Shamcourt dann leichten Herzens dem Henker von Tyburn.

Was ihm recht sei, sagte Shamcourt kurz vor seiner Hinrichtung dem Anstaltsgeistlichen von Newgate: Die bösen Geister seiner Frau und der Töchter könnten immer störender werden im Haus; ausziehen müssen hätte er früher oder später sowieso.

Die höheren Kreise der Metropole nahmen Shamcourts Geständnis mit Bestürzung hin und debattierten dann weiter über das Wetter, die neue Fenstersteuer, ihre Verdauung und über Markt- und Börsenfragen. Doch wie zu erwarten, waren die Nachbarn der De Foes in Stoke Newington lange nicht so großherzig. Die Kinder klebten verschüchtert an den Türrahmen, wenn die Giftmörderin «Magpie Crane» vorüberging. «Soll ich euch ein Pastetchen backen?», lächelte sie ihnen, die

Stimme im Keller, mit gespielter Bedrohlichkeit zu, die Kinder kicherten, eine Dame So-und-so trat heraus, «schaut diese Person nicht an, die hat den bösen Blick!», und drängte ihre Kleinen ins Haus zurück.

«Die schlachtreifsten Hennen gackern am lautesten», bemerkte Midge, «und jetzt zur Sache.» Um Mary zu entlasten, brachte sie, immer ihr schwarzes Buch zur Hand, Ordnung in die Rechnungen De Foes. Im sengenden Juni waren die Gärten der Nachbarn verdorrt, gelb und grau; bei ihm blieb der Rasen grün. In Stoke Newington gab Midge möglichst wenig Anlass zu Gerede oder Neid, doch kaum war sie beim Einkaufen auf den Märkten der Stadt, trieb sie De Foes Lieblingstochter Sophia von Stand zu Stand und feilschte, als ginge es um ihr Leben, hielt schweigend stets zwei Finger weniger hoch als der Kaufmann und sagte mit eiserner Miene: «Alles fertig? Also weiter!» Bald handelte sie auch für zutraulichere Nachbarn beste Konditionen bei den Großhändlern Londons aus, Tom Twining belieferte das Dorf zu niedrigen Preisen mit Tee, Kaffee, Tabak und Parmesan in größeren Mengen, und weil die Metzger der Metropole keine Kredite gewähren wollten, drohte ihnen Midge mit dem ohnehin hochwertigeren Fleisch aus Wales. Nach einem Sturm überwachte sie die Entwurzelung einer geborstenen Eiche, die das Dach der alten Mrs. Jeffries zertrümmert hatte, dann die Reparatur des Dachs; die zerspaltene Eiche teilte sie als Brennholz gerecht unter den Nachbarn auf. War Midge in Stoke Newington anfangs den meisten als schlimmes Geheimnis erschienen, war Stoke Newington für Midge wiederum schwer zu ergründen gewesen – bis sie zu der Überzeugung gelangte, dass man diesen Stall aus dreißig Häusern führen müsse wie ein Bordell.

Und dem Bordell Stoke Newington ging auf, dass Miss

Crane doch irgendwie auch ein Mensch war. Endlich trat sie ganz aus ihrem Schreckgespensterschatten heraus. Nun konnte man hören, Frauen wie sie würden oft verkannt. Hinter ihrem resoluten Äußeren stecke diese seltene Charakterstärke, die jedem Haushalt erst wahrhafte Behaglichkeit verlieh. Mrs. Jeffries verstieg sich sogar zu dem Ausruf: «Zum Glück haben wir Miss Crane!» Und es dauerte keine zwei Stunden, bis ihren Bekanntenkreis die Nachricht durchlaufen hatte, Miss Crane sei «die Seele Stoke Newingtons»: Ihr Sohn John Jeffries schwärmte für sie. Und als De Foe zur Überraschung aller erstmals sein Anwesen zu einer Abendgesellschaft öffnete, konnten sich die Damen und Herren des Dorfes in den polierten Tischplatten bestaunen.

Beim Dinner verlor sich De Foe in einem Monolog über die Pest, die soeben in Neapel und Marseille ausgebrochen war: Er sähe vor sich, wie sie von Frankreich her über den Ärmelkanal schlich. Die Londoner Börse schloss, die Banken stellten ihre Zahlungen ein. Die Hugenotten oder die Juden oder die Jesuiten oder die Dissenter oder alle zusammen hätten, lautete die Flüsterparole, die Seuche von Calais aus ins Land geschleppt. Wer keine Maske trug, dem drohte die Exekution. Jeder mied den anderen, als sei der andere die Heimsuchung selbst. Argwöhnische Geister warnten, die Pest sei eine Erfindung der Obrigkeit. Endzeitmahner, die sich «Volkslehrer» nannten, hechelten durch die Straßen und riefen dazu auf, sich in die leeren Kirchen, Paläste, Rathäuser zu flüchten. Soldaten überwachten die Nutzlosen, die Alten, Pensionisten, Bettler, Tagelöhner, Kleindiebe, Newgate-Veteranen, seit jeher «Krähen» geheißen, bei der Bestattung der Leichen. Manche der Nützlichen stürzten, nackt in Bettlaken gehüllt, ihren toten Familien in die ausgehobenen Gräber hinterher. Auch in Stoke

Newington säuberte man Haus nach Haus, hob Deckenbalken hoch, um nachzusehen, ob jemand einen geliebten Kranken versteckte, dichtete Fenster, Türen, Schlüssellöcher ab. Es brachte nichts. Bald zeichnete niemand mehr die Zahl der Toten auf. In Mekka verschanzten sich die Mauren in ihren Moscheen. Unter einer schwarzen Sonne verfaulte das Korn. Die Engländer irrten wie Ameisen aus einem zerstampften Hügelbau, trieben im träge wogenden Meer vor der Küste Nordafrikas, ihre Schiffe zerbarsten an den Riffen und versanken; der Sultan von Marokko wollte mit dem bleichen Gehudel aus dem Norden nichts zu schaffen haben. Die Menschheit gab sich auf, ihr Gedächtnis zerfiel: Sie wusste nicht mehr, wie die Jahrzehnte vor der Verwüstung ausgesehen hatten, und der letzte Überlebende, ein wirklicher Robinson, sprach kein Wort mehr, mit wem auch? Er hatte die Sprache vergessen und kritzelte wirre Zeichen mit zitternder Hand auf angenagtes Papier ... De Foe war mehr und mehr in Fahrt gekommen und malte seinen Gästen diese Schrecken so dramatisch aus, dass sie panikstumm zu dem großen Spiegel an der Decke hochblickten, um sich zu versichern, noch am Leben zu sein.

Mary zwickte ihn unterm Tisch ins Knie. Tja, daran arbeite er eben gerade, entschuldigte er sich, neben einer kurzen Geschichte der Prostitution und den Lebensläufen von Kriminellen für das Journal von John Applebee. Seine Erinnerungen an das Jahr der Schwarzen Unrast, 1665, setzten ihm heftig zu: Morgen könne sein, was vorgestern gewesen sei.

Anwalt William Colepeper, der der Pest damals knapp entronnen war, nahm Zuflucht zu einer vierten Portion des flambierten Früchtekuchens. Nur Midge blickte unbeirrt ins Weite, und nur De Foe ahnte, wohin.

Denn zuweilen trat sie an die Bibliothek seines Arbeitszimmers, ohne dass er es merkte – so leise, als wären all die auf dem Teppich verstreuten Manuskriptblätter aus Schnee. Dabei war es im Zimmer so heiß, dass sich die Nachtfalter abends in der Himbeerkonfitüre ertränkten, von der De Foe hin und wieder einen Löffel nahm.

«Wie geht's so voran?», fragte Midge gedankenverloren und griff wieder einmal nach dem buntrückigen Folianten, in dem sich Manhattan, der Hudson River und Long Island auf Karten vor ihr ausbreiteten mit dem Versprechen, nirgends kämen Himmel und Erde einander so nah.

«Zum Aus-der-Haut-Fahren langsam», klagte De Foe. «Mir fehlt Smites Stockdegen, mein Talisman. Den hat mir wer geklaut, bei der Suche nach dir.»

«Versuch es doch bei Jon Wylde. Der kennt Romeville besser als sich selbst, gräbt rum und stöbert alles auf.» Man müsse sich nur eine Woche vorab bei ihm ankündigen, so das Gerücht, Überraschungen seien ihm verhasst, aber dann gehe es bei Wylde zack-zack, und nach Newgate wolle Daniel doch ohnehin.

Ein schlechter Rat war das nicht. Jeder, dem etwas gestohlen wurde, ging ins Fundamt Jon Wyldes, das gleich neben dem Old Bailey und damit neben Newgate lag: Auf King Georges Empfehlung hin konsultierten ihn die Behörden wie einen der zuverlässigsten Ärzte des Königreichs. Er machte Diebe und Raubmörder dingfest, nahm ihnen ihre Beute ab und gab sie ihren rechtmäßigen Eigentümern zurück. Die Höhe der Belohnung setzten die Bestohlenen selber fest. Wylde wollte weder Ehren noch Würden, und Reichtum ließ ihn kalt. Ein – allerdings taubstummer – Wahrsager und Astrologe hatte in Umlauf gesetzt, Wyldes Kenntnis von Romeville rühre daher, dass er jeden Morgen Punkt sieben Uhr Gespräche mit oben und unten führe, mit Gott und Satan zugleich. «Der gute Mann hat die Erzengel verschwiegen», kommentierte Wylde den Wahrsager mit gutmütiger Ironie: Nein-nein und nochmals nein, er sei nichts weiter als ein leidenschaftlicher Experte der Finsternis wie Sir Isaac Newton ein Experte des Lichts.

Die Glasfront des Fundamts sah so verstaubt und schmutzig drein, als stünde es seit Jahren leer, doch hing darüber eine Tafel mit dem Gesicht des Königs, das Glockenspiel am Eingang gab ein aufmunterndes Kling-Klang-Klong von sich, und De Foe brach in leichtes Gelächter aus, als ihm jemand aus dem kühlen Innern «Armer Robin, armer Robin!» entgegenkrächzte, «Robin, armer Robin, wo kommst du denn her?»

Wyldes Fundamt war keines im üblichen Sinn: Es war ein Saal. Wylde lag ausgestreckt auf dem blitzblanken Mosaikfußboden und feilte seine Fingernägel, «Abe, alter Gefährte, sag jetzt ehrlich: Hättest du gedacht, dass Robinson Crusoe mal bei uns reinstolpern würde?»

«Niemand wäre so kühn», erwiderte Wyldes Sekretär Abraham Mendez. «Andererseits gibt es im Himmel und auf Erden Dinge, von denen sogar die Bibel der Christen nichts weiß.»

«Abe Mendez, du versaust mir die ganze Spannung meiner kleinen Theateraufführung.»

Wylde ächzte sich hoch, rieb an den Knorpeln seiner Wirbelsäule, rückte dann seinen hellblauen Frack und die paradiesvogelbunte Weste zurecht.

«Mein Rücken hat mir den Krieg erklärt», sagte er, «aber das wird schon noch.»

Alles hier wirkte teuer, von den Wandteppichen über die weiße Angorakatze, die mit gezierter Gleichgültigkeit um Wyldes schwarze Stiefel strich, bis zu jenem Purpurturban aus indischer Seide, den sich Wylde jetzt um den kahlen Schädel wand.

«Verzeihen Sie mir meinen plumpen Papageienscherz, Mr. De Foe? Ich habe wenig zu lachen, wie Sie sich denken können. Auch den Vorfahren unseres Abe Mendez haben die Portugiesen den letzten Rest Humor aus seinem kostbaren Blut getrieben.»

«In Lissabon, bei einem Pogrom, das so prächtig war wie ein Feuerwerk unter Queen Anne. Nur Händels Te Deum fehlte. Meiner Urgroßmutter haben selbst ernannte Christenmenschen den Bauch aufgeschlitzt und lebendige Ratten hineingenäht.»

«Aber auch Abe hier hat bei Ihrem Crusoe ein bisschen Trost gefunden, nicht wahr, Abe? Und das will was heißen. Ihr Buch ist wirklich spektakulös. Ich hatte es in drei Stunden durch und nehme es mir jede Nacht in kleinen Brocken von Neuem vor. Unheimlich, wie gut dieser De Foe mich kennt, sagte ich gerade gestern mal wieder zu Abe.»

«Das sagte er in der Tat», bestätigte Abe Mendez.

«Crusoes Senior war so beschränkt wie mein alter Herr. Man strebt nicht nach dem Unerreichbaren, quasselt er, du gehst mich nichts mehr an, sagt er glatt noch, dreht sich zur Wand und stirbt. Robin strandet ohne Verschulden auf seiner Insel und rechnet Soll gegen Haben auf. Soll: Mich rettet keiner. Haben: Ich lebe, ich bin. Dann gewöhnt er sich's ab, ständig nach einem Schiff Ausschau zu halten, und fragt sich: Wozu hat Gott mich geschaffen? Zu Fleiß, Disziplin, Genauigkeit. Gewissenhafte Buchführung ist alles. Nur so kommt man voran. Lang hab ich von den Behörden nur Abfuhr auf Abfuhr zu hören bekommen. Abe sagt immer: Tu, was du für richtig hältst. Und jetzt? Bittet der Stadtrat uns um Hilfe.»

Wylde ließ De Foe mit einer wedelnden Handbewegung Platz nehmen und strich seine Raupenbrauen glatt.

«Ich schmiere niemandem Honig ums Maul. Aber wie Sie aus Geschichten von Schiffbrüchigen ein Buch gemacht haben – Teufel hoch drei, als wären Sie selbst dabei gewesen und nicht die ganze Zeit mit Ihrer Mary und den drei Töchtern in Ihrem Haus gesessen.»

Wyldes Lippen gaben ein ploppendes Geräusch von sich, das offenbar Bewunderung ausdrücken sollte.

«Eigentlich ist es gar kein Haus mehr, eher eine Festung», unterbrach Mendez sein Gemurmel über einem Topf, der nach Minze und Zitrone roch. «Man kommt nicht rein. Kommt man trotzdem rein und mit bösen Absichten, kommt man wahrscheinlich nicht mehr raus. Weise, sehr weise.»

«Weise und vorbildlich», Wylde sah De Foe mit einem aufmunternden Lächeln ins Gesicht.

«In der ganzen Stadt sind Sie nirgends besser aufgehoben als hier. Und sind doch von Gesindel umzingelt. Das macht die Gier. Jeder will mehr, als ihm zusteht. Vielleicht sage ich gerade Ihnen nichts Neues, aber Romeville, Mr. De Foe, Romeville ist keine Stadt unter unserer Stadt, liegt auch nicht daneben wie ein Abfallhaufen in den Höfen der Fetter Lane. Romeville, Mr. De Foe, ist in diese Stadt hineinverwoben wie ein Muster in einen Teppich. Man sieht das Muster nur darum nicht, weil man es nicht sehen will. Ein Bandenchef ist es besonders, der an diesem Teppich geknüpft und gezupft hat und rumgeknotet und mir damit das Leben schwergemacht hat. Zu Ihrer eigenen Sicherheit verrate ich Ihnen nicht, wie er wirklich heißt. Nennen wir ihn Porridge.»

Wylde erwürgte mit seinen Pranken einen unsichtbaren Feind.

«Ich sammle Beweise gegen ihn, bringe einen seiner Untertanen auf meine Seite, damit er im Bailey gegen ihn aussagt. Und was macht unser Porridge? Er reißt meinem Zeugen in einem seiner Keller die Kehle raus und legt mir seinen Kopf vor die Tür.»

«Reizend», sagte De Foe.

«Tiere sind meine Leidenschaft, Katzen, Raben, Wölfe, was die Flora eben so hergibt. Aber was sie alle von unserem Porridge unterscheidet, ist ein Fitzchen Mitgefühl. Ich kann mich in die meisten Lebewesen hineinversetzen, so wie Sie sich in Ihren Crusoe. Aber nicht in so was … so was … – Abe?»

«Nichtmenschliches?», fragte Mendez zurück.

«E-xakt. Was macht dein marokkanischer Tee, Abe? Unser De Foe wird ihn brauchen bei meiner Jammerei.»

«Kühlt gerade ab. Und der gute Gin muss noch rein.»

«Bald ist es Mittag», Wylde blickte mit schweren Lidern auf seine Wanduhr, «aber wenn die Läden schließen, traut sich kein Bürger mehr über die Straße. Sie wissen alle, was bei Abenddämmerung auf sie lauert. Mörder sehen selten wie Mörder aus, nehmen Sie mal Ihren Shamcourt, und Diebe tragen auch keine Uniform. Manche tarnen sich als Nachtwächter, die um neun einfach die Laternen löschen, und dann geht's los. Eine ehrbare Familie außerhalb der Stadtmauer macht für eine Woche Urlaub in Bath, gut, gut, meinetwegen. Aber unsere ehrbare Familie gibt ihre Möbel nicht in Verwahrung: Schlecht.»

«Miserabel», ergänzte Mendez.

«Man plündert die Häuser leer. Sogar am helllichten Tag. Die Geplünderten laufen zu mir wie neulich Bürgermeister Stewart. Ja, mein guter Junge, sag ich ihm, woher soll ich denn wissen, wo Ihre erlauchten Möbel geblieben sind? Bin ich Gott?»

«Kaum», seufzte Mendez, als drehte er die Augen zum Himmel.

«Aber ich biete jedem eine Versicherung an. Und ich tue das nicht, um mich zu bereichern.»

«Jeder zahlt, was er kann oder will», mischte sich Mendez wieder ein.

«Abe, du bist heute so gesprächig. Verrate Mr. De Foe mal, woher ich meine Ideen habe.»

«Von Mr. De Foe.»

«Wem?», fragte De Foe entgeistert.

«Sie haben in einem Ihrer Blätter mal Reformen gefordert – alle gelesen, alle befolgt. Sie wünschen sich …»

«Kriminalisten», nickte De Foe.

«Und da bin ich. Ich kenne meine Verbrecher, alle, so wie ein Naturforscher seine Vögel … wie sagt man, Abe?»

«Klassifiziert.»

«Klassifiziert, ja klar. Auch mit verbundenen Augen könnte ich sie an ihrem Singsang erkennen. Aber das ist nicht genug. In mir ist eine Vision. Ich brauche eine eigens vom Militär trainierte Spezialeinheit, eine Patrouille von Patrioten, die Tag und Nacht in allen Straßen des Commonwealth nach dem Rechten sieht, Unkraut ausjätet, bis das Reich frei davon ist.»

Wylde zupfte sich ein Haar aus der Nase.

«Nur wenn wir uns des Verbrechers an sich erwehren, kämpfen wir wahrhaft für das Werk des Herrn. Und das wird, das wird schon noch. In den ärmsten Vierteln muss es Schulen geben, die Kindern den rechten Weg weisen, bevor sie wer abfängt und Diebe und Mörder aus ihnen macht. Auch das wird noch. Aber sollten die Zeitungen nicht auch was dafür tun?»

«Fraglos», antwortete De Foe.

«Keine Kritik, bitte, keine Kritik!», Wylde reckte sein Kinn hoch. «Aber Ihr John Applebee druckt in seinem Journal für meinen Geschmack viel zu schmeichelhafte Verbrechergeständnisse aus Newgate ab. An Verbrechern ist nichts zu bewundern. Man kann über sie staunen, da bin ich einverstanden, aber nicht mehr. Beispiel!», rief Wylde in den Saal, als richte er sich an ein riesiges Publikum.

Er schlug sein Kontorbuch auf, blätterte mit fliegenden Händen darin.

«Ah-ja, hier. Primitive Geschichte, aber auch komisch. Mary Godson alias Moll King bricht in Häuser ein, wo sie doch mit ihrem Tom King in Covent Garden gemütlich ihren Laden führen könnte. Aber diese Frau ist noch mit ihren fünfzig von einer Sucht verseucht wie andere vom Opium. Sie kann es einfach nicht lassen, und irgendwann reicht's. Also haben wir sie uns geschnappt. Ich habe bei den Richterlords auf Knien erwirkt, dass die dumme Gans nicht in Tyburn hängt. Dieses Gebaumel vor Schaulustigen widert mich an. Bringt nichts, schreckt niemanden ab. Und … – was krieg ich dafür?»

Wylde klopfte sich an die Stirn.

«Meine Feinde haben mir mit Stiefeltritten den Hirnkasten zermanschen wollen, genau das krieg ich dafür. Der Chirurg Seiner Majestät hat mir Stahlplatten rannageln müssen. Seitdem trage ich diesen Turban, als wäre ich einer dieser indischen Sekten beigetreten, Suks oder wie sie heißen.»

«Sikhs», flüsterte Mendez vor sich hin.

Wylde verschränkte die Arme: «Und jetzt machen wir uns nützlich.»

De Foe folgte den beiden in einen Saal hinter dem Saal. Dort gab es die üblichen Marmorengel aus Vorgärten, aber auch Skulpturen von Löwinnen mit vier Brüsten, ziegenfüßigen Dämonen, Kindern, die Urnen auf ihren Schultern trugen, Eisbärenfelle, ein ausgestopftes Krokodil. Juwelen hingen an einem goldenen Spiegelrahmen, Gemälde standen am Boden, von denen die Porträts ihrer Besitzer zu ihnen hochblickten, hier pikiert, dort fidel. Für normal, sagte Wylde, zeige er diese Beutestücke der Diebe aus Romeville nur Leuten, mit denen er sich bis ins Grab hinein langweile, für dieses trostlose Gerümpel könne man die Welt hassen: In einem weiteren Saal rechtsab erwarte sie noch eine Bildergalerie voller Fälschungen, bloß einen echten Rubens hätte Mendez darunter entdeckt. Blindlings holte Wylde aus dem Plunder Smites Stockdegen hervor: «Sie, Mr. De Foe, haben keine Stahlplatten am Kopf, dafür habe ich dieses hübsche, scharfe Shakespeare-Ding da. Gern würde ich mit Ihnen tauschen, glauben Sie mir. Aber zu feilschen gibt es hier nichts. Stecken Sie Ihr Geld wieder weg. Man hat Ihnen den Degen genommen, ich gebe Ihnen den Degen ohne Wenn und Aber zurück und folge darin nur dem dritten Gebot unseres Herrn.»

«Dem siebten», korrigierte ihn Mendez, «wenn du das Sollst-nicht-stehlen meinst.»

«Ja klar, selbstredend», grinste Wylde, Zahlen seien nicht seine Stärke, und verplaudert habe man sich auch. Es eile, er könne seinem Gast nicht einmal mehr ein Glas von Abes Spezialelixier anbieten, er heirate heute zum letzten Mal. Leider sei er bisher nicht mit einer treuen Frau versorgt worden wie Mr. De Foe. Und es hätte ihn mehr gekostet, als das ganze Zeug hier wert sei, vom Bischof eine Sondererlaubnis zu erhalten. Seine Künftige, Mariah Brown, sei nämlich gläubige Katholikin mit allem Drum und Dran, Weihwasser, Heiligenbildchen, Kirchenchor, Rosenkränzen und Segensgebrabbel voll Papistenlatein. Er hoffe nur, dass er nach dem Latein und

Hochzeitsgetümmel noch zu was Gewissem fähig sei. «Ich habe Hummeln in der Hose vor Angst.»

Kaum war er aus Wyldes Fundamt getreten, schoss die Sonne auf De Foe nieder und hätte ihn fast wieder in das Fundamt zurückgestoßen. Sie nahm ihm den Schatten weg, brütete die Pest aus, blinzelte, wenn er die Augen schloss, schwarz. Die erstarrte Luft rauschte von Krähen. Sie wussten wie er, was London drohte, und sehnten sich nach der reinigenden Kälte des Winters. Er schmeckte Kupfer auf der Zunge, als hätte man ihm eine Handvoll Pennys in den Mund gestopft. Doch was ihn erwartete, kam De Foe im Nachhinein weitaus entsetzlicher vor als eine von der Pest belagerte Stadt.

Um sich die Beglaubigungspapiere zu ersparen, die für einen Besuch in Newgate nötig waren, hatte er Bodenham Rewse fünf Fässer Trompetenwein zukommen lassen: Er vermisse seinen alten Freund, schrieb er im Begleitbrief. Ein Auftrag John Applebees – den er freilich nicht länger hinausschieben könne – sei nur ein äußerer Anlass. Er bedeute im Vergleich mit einem Wiedersehen bei Wein und einer Partie Domino nichts. Das «nichts» unterstrich De Foe mit kratzender Feder gleich dreifach.

«Man könnte glatt meinen, sich in der Kanzlei eines Rechtsanwalts zu befinden!», rief er aus, als er ins offene Wärterhäuschen trat. Es roch nach Schweiß und Zwiebeln. Drei Schreiber erhoben sich. Bodenham Rewse schickte sie weg und empfing De Foe dann, nur Knochen und Zittern, mit offenen Armen. Sein Haar auf dem Kopf hätte nicht stachliger emporstehen können, zu kämmen war da nicht mehr viel. Er zog De Foe an sich, drückte ihn fest, als suchte er eine Stütze. «Was denn, was denn, mein guter Bodenham, was quält Sie so?»

De Foe hätte Bodenham Rewse für einen Häftling dieses Gefängnisses gehalten, wenn der nicht inzwischen zum neuen Oberaufseher bestimmt worden wäre, «auf Lebenszeit, mein lieber De Foe, stellen Sie sich das mal vor!» – was aber nicht viel heißen wolle, schränkte Bodenham Rewse auch gleich wieder ein, da es um seine Gesundheit zum Henker noch mal schlechter bestellt sei als schlecht. Ohne eigenes Verschulden sei er in die Klauen der Syphilis geraten, bei sich zu Hause hätte er am liebsten jeden Spiegel verhängt: Er verkrafte seinen eigenen Anblick nicht mehr. Als Direktor von Newgate sei er vor jedem für alles verantwortlich – was er jedoch wolle, wollten die Oberen nicht, sie unterschlugen sogar Gelder, die der Anstalt zugutekommen sollten, aber durchsetzen werde er sich, über kurz oder lang. Wenn auch eher über kurz als lang.

Nicht einmal King George trage an der Last seines Amtes so schwer, meinte De Foe.

Ob Applebee seinem De Foe denn auch so viel abverlange?, erkundigte sich Bodenham Rewse dankbar. Dieses leichenlüsterne Schmatzmaul sammle Verbrechen wie andere Porzellan, damit sich seine Leser ein bisschen gruselten und sich im Gegensatz zu den Verbrechern schön anständig fühlen könnten. Wahr oder unwahr? Sei Applebee piepegal. Verkaufen müsse es sich.

«Man fügt sich, man fügt sich», in Samt und Seide hineingeboren seien sie beide nun einmal nicht. Er werde sich kurz mit einer gewissen Moll King unterhalten müssen – so es ihm erlaubt sei.

«Mit welcher? Ich habe hier drei Moll Kings, wenn nicht vier.»

«Mit Mary Godson, der Frau von Tom King aus Covent Garden.»

«Aber Sie nehmen sie mir nicht weg? Sie ist eine große Hilfe.»

De Foe winkte ab.

Entzündete Lider klappten zu, auf, zu: «Schon geschehen, kein Wort mehr.» Ob De Foe ihn dafür bei Gelegenheit mal mit Robinson Crusoe bekannt machen könne?

Für eine Perle von Mensch wie ihn ließe sich nichts leichter einrichten, entgegnete De Foe.

«Perle von Mensch?» Bodenham Rewse lachte betrübt und wies auf den Stockdegen Smites. «Aber nein.» Er ahne, wie wenig er in den Augen De Foes wert sei, «ganz der Tollpatsch, für Sie schon immer gewesen». Doch gingen sie gemeinsam den gebrechlichen Siebzig zu, und De Foe müsse wissen, dass er ihm damals das Brotmännchen auf den Tisch gestellt habe, zur Aufmunterung. «Weil Sie Angst hatten. Weil man Ihnen unrecht getan hat. Damit Sie nicht aufgeben.» Auch habe er hinter dem Rücken des damaligen Direktors alle Schließer aus dem Press Yard entfernt, diesem Smite seinen Schlüsselbund übergeben und Smite persönlich zu ihm und seiner Frau Mary in die Zelle geführt und dafür gesorgt, dass sie zu dritt ungehindert auch wieder hinausgelangt seien, in jener Nacht kurz vor dem großen Sturm.

«Darf man?»

«Was denn?», fragte De Foe fassungslos.

Bodenham Rewse hatte den Wein aus Schwiegervater Tuffleys Eichenfässern in teure Flaschen abfüllen, wie Champagner verkorken, mit rotem Wachs versiegeln und einkühlen lassen. An ihnen beiden sei nie wirklich etwas Heldenhaftes gewesen, nichts Nobles, aber auch nichts Gelecktes, Verkommenes, darum schlürfe man aus einem gehörigen Schluck dieses Château Trompette jenes kleine Stück Leben, das einem noch bleibe.

Die Paulskathedrale schlug ihr – wie sie glaubte – festliches ein Uhr; Advokaten, Gerichtsdiener, Registratoren machten Pause und flogen summend aus dem Old Bailey in die Pubs rundum zu Bier und Schweinebauch; doch im frisch getünchten Wärterhäuschen des ausbruchssichersten Kerkers der Erde stockte die Zeit. Zwei Herren standen einander gegenüber, der eine gebückt, grau, hager, der andere aufrecht und braun gebrannt; und der, der so aufrecht und braun gebrannt vor dem neuen Direktor von Newgate stand, hatte jeden Spott verloren und fühlte sich wie der größte Idiot auf der Welt.

In De Foes Kopf gestikulierten Entschuldigungen, Bodenham Rewse sah es ihm an und tupfte sich ein kupfernes Knötchen an der Nase trocken. Mit einem hingeglucksten «Ego te absolvo und so» erhob er sein Glas und gebot: «Bis zum Grund, De Foe, sonst verwandelt sich unser Wein noch in Wasser zurück.» Wenn er jetzt noch an Gott glauben könnte, wäre für ihn alles geritzt, aber an den glaubten nur wenige hier. De Foe solle sich doch einmal vorstellen, was in einem Menschen vorgehe, über den das Todesurteil verhängt worden sei und der auf die Begnadigung durch den König warte. Das Urteil bestätigt zu bekommen sei schlimmer als der Galgen, und wenn er etwas gelernt habe in den vergangenen vier Jahrzehnten, dann dies: Vergeben sei einfach, doch vergeben solle schon gefälligst der Mensch dem Menschen – und kein Gott. Aber statt zu vergeben, schicke man nach dem Anstaltsgeistlichen, der den Gnadenapostel spielen müsse. Der drücke dem Verurteilten eine Bibelschwarte in die Hand, und der Verurteilte solle in seinen letzten zehn Stunden – was? Was bitte? Lesen? Im Ernst? Manche Verurteilte baten durch die Gitter hindurch ihre Familien um Verzeihung, manche gaben sich bis zuletzt Fluchtgedanken hin und wurden nahe der Kerkerkapelle in der Sicherheitszelle, die man «Die Festung» nenne, an Händen und Füßen an den Boden gekettet. Die meisten aber zählten die Risse in den Mauern und schwiegen ins Leere.

Weshalb De Foe – setzte Bodenham Rewse rasch nach – Moll King auch nicht jedes Wort aufs Wort glauben dürfe, Gefangene verlören rasch ihr Gedächtnis hier. Viele erinnerten sich schon nach Tagen nicht mehr daran, wie das überhaupt sei: Sich zu erinnern. Moll oder Mary – oder wie immer De Foe Mrs. King nennen wolle – habe sich im Laderaum eines Frachtschiffs aus Maryland zurückgeschmuggelt, sich hier aber vom Kellerverlies nach oben geschrubbt, sei jetzt Aufseherin im Frauentrakt und dürfe als Einzige auf drei Strohsäcken schlafen. Vielleicht stimme es ja, was man sich über sie erzählte: Dass sie von Zigeunern entführt und als Hausmädchen in Essex von einem Sohn aus reichem Haus verführt worden sei, dass sie ihre eigenen Kinder an Bauern und in die Kolonien verkauft habe und danach sich selber auf den Straßen der Stadt. Als hoch geachtete Meisterin in der Kunst des Diebstahls und Einbruchs komme sie mit der Gesellschaft hier jedenfalls bestens zurecht, und nur das sei für ihn wichtig. Die Diebe und die Huren und die Mörder beiderlei Geschlechts gerieten sich ständig in die Haare und brächen in hysterische Beschimpfungen aus, Fotzen und Fickfressen und was sonst noch alles, Mr. John Applebee sollte mal ein kleines Knastwörterbuch herausbringen; Mörder würfelten um das Leben der Diebe, und wer gewinne, der dürfe einen von ihnen erstechen, was Mr. Applebee dazu sagen würde? Niemand könne Kleinkriege zwischen diesen Lagern besser schlichten als Moll und trage damit zu seinen Neuerungen bei. Seitdem sein verstockter Vorgänger William Pitt tot wie ein Sargnagel sei, habe er auf Anraten des Großen Wohltäters Jon Wylde die alten

Wärter durch junge ersetzt und könne De Foe auf dem Weg zu Moll King auch gleich andere Neuerungen zeigen.

Von denen die bedeutendste sei?, erkundigte sich De Foe.

«Essig.»

Jede Woche lasse er die Wände aller Stockwerke gründlich mit Essig reinigen, um die Pläne von Typhus, Pest, Cholera zu durchkreuzen, nur gegen die Wanzen im Kellerverlies sei nichts zu machen. Zumauern sollte man es. Legionen von Wanzen fielen von der Decke über die Gefangenen her und saugten sie aus. Zum Ausgleich hätte er die Gitterkäfige im Todestrakt daneben sofort nach seinem Amtsantritt beseitigen lassen. Ohne die Genehmigung irgendeines Lordkanzlers. «Aber schauen Sie selbst», Bodenham Rewse leerte sein drittes Glas, «steigen wir runter.»

Ein Schließer in Schwarz stapfte ihnen mit zischelnder Fackel durch Kreuz- und Quergänge die Treppen hinab voran, zahllose Türen knirschten in ihren Angeln und schlossen sich wieder. Als er die Kreaturen im Gewölbe ganz unten auf den splitterigen Bänken erblickte, wie sie sich dicht nebeneinander an die Schleimschicht des Gemäuers krümmten, und den unter Wasser stehenden Boden aus Stein, wandte De Foe sich nicht ab.

«Ganz einer von uns!», entfuhr es Bodenham Rewse.

De Foe blickte rasch zu ihm hin.

Ach, er sei doch nur darüber froh, dass sich sein Freund keinen Beutel mit Riechkräutern unter die Nase halte wie diese Studenten vom Königlichen Medizinkollegium. Jeden Monat gingen sie die Zellen ab, um sich Verurteilte zum Sezieren auszuwählen. Als ob es nicht genüge, zum Sterben verdammt zu sein, müssten sich diese Geschöpfe auch noch vorstellen, nach dem Tod mit Skalpellen in Stücke zerschnitten zu werden wie

Kälber. Vielleicht sei er verrückt geworden in den vergangenen Wochen, aber wäre er einer von denen da, hätte er in diesem überfüllten Höllenpalast längst einen Aufstand angezettelt. Eine Feuersbrunst täte es übrigens auch.

Der arme Major Bernardi gehe ihm mit der ganzen Familie in seiner winzigen Zelle vor die Hunde, nicht einmal eine Bittschrift seinerseits habe King George milde gestimmt, weil niemand mehr wisse, weswegen der Major eigentlich hier sei. Das Hüpfspiel im Hof habe er abgeschafft; doch in einem Nebengebäude gebe es eine Kammer, die selbst ihm verschlossen sei. Dort hatte man früher Gefangene nackt auf dem Steinboden angekettet und ihnen Metallgewichte auf die Brust gelegt. Heute sei man weniger grob: Widerspenstigen zog man ein langes Tuch durch den Mund und band es über dem Rücken an den Fersen fest. Drei Tage lagen sie dann dort auf dem Bauch ohne Essen und Trinken: So zwinge man jedem irgendein Geständnis ab. Er selber würde bei einer solchen Tortur schon nach einer Stunde bekennen, er hätte seinen eigenen Großvater geschwängert, falls der Foltermeister es verlangte. Zumindest in dieser Sache kenne die Fantasie der Gerichtsbarkeit keine Grenzen. In den Ämtern kursiere ein Verzeichnis der pfundigsten Foltermethoden, raunte Bodenham Rewse, ein Handbuch der Grausamkeit. Er verstummte.

«Wie Sie hier nur den Überblick behalten können», übersprang De Foe bemüht sachlich den Moment der Beklemmung, «man weiß nie, wo man gerade ist.» Sonderlich intelligent konstruiert sei dieses neue Newgate wohl kaum je gewesen, wenn die Schließer so viele verworrene Wege wie bis nach Edinburgh zurücklegen müssten. Man könnte das Gefängnis in einen Rundbau verwandeln mit einem Beobachtungsturm in der Mitte, von dem sternförmig alle Zellentrakte abgingen. Ein

Wärter würde von oben alle Häftlinge sehen, ohne selbst gesehen zu werden.

Bodenham Rewse verfiel ins Grübeln.

«Ah-ja, grandiose Idee», seufzte er dann und zuckte mit dem Kopf, als schrecke er aus dem Dickicht eines Albtraums hoch: «Und an Sonn- und Feiertagen können die Leute nach einem Besuch in den Parkanlagen von der Galerie des Turms ihre Lieblingsbestien bei der Fütterung beäugen. Ich mache einen Gegenvorschlag, De Foe. Reißen wir diesen Schwachsinn hier nieder, stellen ein Gewächshaus hin und züchten Ananas.»

Bodenham Rewse verlor sichtlich die Geduld.

Als sie am Ende eines Korridors eine Gemeinschaftszelle des Frauentrakts betraten, zogen sich die Gefangenen in einen Winkel zurück, wo eine Papptafel die Zehn Gebote anpries wie Würste an einem Markttag; nur eine hohe, hagere Frau mit vollem Haar und einem violetten Schal um die Schultern sprach beschwichtigend weiter auf ein Mädchen ein: Da sei sie ja, flüsterte Bodenham Rewse, seine Mary Godson, Moll King, sie hätte gerade gestern Nacht eine Zellengenossin daran gehindert, diesem Mädchen – einer Flickendecke wegen – mit einem reingeschmuggelten Messer die Kehle durchzuschneiden.

Er rief Moll King fast ehrerbietig zu sich heran, meinte, sie müsse seinen besten Freund Daniel de Foe hier kennenlernen – und ließ sie beide in der kahlen Kerkerkapelle allein. Spätestens in einer Stunde werde er sie wieder abholen.

Moll King setzte sich vor dem Altar in den Sarg, der für einen Todeskandidaten kurz vor dem Abmarsch nach Tyburn bestimmt war, und gab ein kleines, gespenstisches Lachen von sich: «Sie wollen nur schneller sein als der Knastheilige von Pfaffe Wagstaff hier, der alle ins Gebet nimmt und ihnen ein verlogenes Reuebekenntnis abluchst, um es an die Zeitungen zu verscherbeln.»

«Erraten», De Foe ließ sich auf eine der Holzbänke fallen und klopfte seine Taschen ab, «nur dass mir die Wahrheit lieber wäre. Und könnten Sie mir bitte meine Uhr zurückgeben?»

«Beide kriegen Sie, wenn Sie mir eine Einzelzelle im Press Yard besorgen, die Wahrheit und Ihre Uhr.»

«Ehrenwort.»

«Und wenn Sie bei denen dort droben ein gutes Wort für mich einlegen. Man ist hier hinter mir her.» Aber zu bereuen gebe es für sie nichts – außer sich auf den Abdecker eingelassen zu haben, den heimlichen Herrscher von Romeville, der böser als Satan sei. Der Abdecker dulde keinen Ungehorsam. Der Abdecker werde ihr das Gesicht zerfetzen, mit Säure verätzen, die Hände abhacken. Der Abdecker habe ein Labyrinth von Tunneln unter der Stadt graben lassen, das von der Themse bis hierherein reiche. Der Abdecker habe Gewalt über sie alle, sogar über ihn, De Foe, er wisse nur nichts davon. Sie werde ihm seinen eigentlichen Namen verraten – aber De Foe müsse versprechen, ihn nirgends zu erwähnen, mit keinem Wort.

«Dann halt dich auch an dein Versprechen», schärfte ihm Midge ein, als De Foe sie zum Hafen von Liverpool brachte.

«Mal sehen», knurrte er.

«Natürlich werde ich mich daran halten, sonst wärst sogar du in deinem New York nicht mehr sicher», beschwichtigte er sie später, während die Träger am Hafen Midges Kisten für reichlich Trinkgeld an Bord der «Lady Marlborough» schleppten. Als die Ebbe einsetzte, schenkte er Midge in ihrer Kabine auf dem Zwischendeck eine längliche Schatulle aus Elfenbein, die sie erst während der Überfahrt öffnen sollte, sagte nur «Wie neu!» dazu und eilte über die Fallbrücke davon.

Aber er saß noch auf einem der moosbewachsenen Molenköpfe am Pier, lange nachdem das Schiff am Horizont verschwunden und eine staubige Dämmerung über die Docks von Liverpool hereingebrochen war. Gern wäre er mitgereist, sogar als einfacher Matrose auf dem Bramtopp – er glaubte, dass er Midge nicht wiedersehen würde. Aber wer wusste auf dieser Welt schon, was galt? Vielleicht brachte ihr Smites Stockdegen, den er ihr in der Schatulle mitgegeben hatte, ja Glück?

In Stoke Newington fand er sein Arbeitszimmer, das mit Midges Besuch nicht mehr rechnen durfte, dunkel und dumpf. Es war ein Uhr morgens, er wie betrunken und dennoch hellwach. Er ließ eine Kerze kreisen: Auf dem Schreibtisch warteten seine Notizen aus Newgate.

Ein Luftzug löschte die Flamme der Kerze aus.

«Nie wieder wirst du», bemerkte Smite aus den Schatten, «von eindeutigen Menschen wie diesem Crusoe erzählen können, da es eindeutige Menschen nicht gibt.»

«Was du nicht sagst», brummte De Foe.

«Mit wem redest du da?», fragte Mary, als sie hereintrat, die Kerze anzündete und Smite nicht sah.

Kein Wort Moll Kings sollte verloren gehen, ihr Schicksal niemanden gleichgültig lassen. Oft stand De Foe nahe davor, ihren Bekenntnisbericht im Gartenofen zu verbrennen, weil sich das Ding unter dem Titel «Glück und Unglück der berühmten Moll Flanders» zu einem regelrechten Buch auswuchs, wie es noch keiner gewagt hatte: Ein Mann schrieb aus dem Blickwinkel einer Frau. Hatte er nicht ein halbes Leben dafür geübt? Als Stimmenimitator fiel es ihm leicht, Molls Rolle einzunehmen, doppelzüngig, amüsant, angriffslustig und kantig wie angeschlagenes Steingutgeschirr; doch bald fand er es schwer, aus der Rolle wieder herauszukommen, bis ihr Charakter der seine und seiner der ihre war. Er ertrug es kaum, sie von einem Elend ins nächste schlittern zu lassen. Als er zu jener Stelle kam, wo Moll einem Kind ein Goldhalsband stahl und versucht war, es zu erwürgen, wusste er nicht, ob er selber vor diesem Mord zurückgeschreckt wäre – fuhr hoch und schritt sein Arbeitszimmer wie eine Zelle ab. «Ich sehe in einen sprechenden Spiegel», kritzelte er an den Rand seines Manuskripts und strich den Satz schnell wieder weg.

Molls Mutter hatte sich in einer Stoffhandlung flandrisches Leinen unter den Rock geschoben, wurde dabei ertappt und mit einem «T» – für «Thief» – auf der linken Wange gebrandmarkt und zu Tyburn verurteilt; sie ließ sich in Newgate vom Erstbesten schwängern, um dem Galgen zu entgehen. Moll wurde in Newgate geboren, und wer in Newgate geboren war, wurde unweigerlich irgendwann in das Universum von Romeville hineingespuckt. Wer in Newgate geboren war, stand wie unter einem Fluch, blieb eigentlich immer in Newgate, auch wenn er draußen war, kämpfte sich durch, stahl, schwärzte Konkurrenten an, um nicht von ihnen angeschwärzt zu werden, tötete, um nicht getötet zu werden, und war lieber tot, als sich erwischen zu lassen.

«Besser als alles, was du je gemacht hast», urteilte Mary, als sie das Manuskript fertig gelesen hatte. «Doch das druckt uns keiner. Die vulgärsten Ausdrücke müssen raus.» Auch musste ein Vorwort her, das so tat, als sei das Buch zur moralischen Belehrung seiner Leser gedacht. Das Vorwort geriet derart verschroben, schulmeisterlich und lang, dass man die Warnung vor einem unmoralischen Lebenswandel auch als Jux auslegen konnte: Der Rest des Buches widersprach der Lektion, Verbrechen zahle sich nicht aus. Moll Flanders glaubte darin niemals wirklich, sie hätte sich etwas zuschulden kommen lassen; Pech hatte jeder, Irrtümer ließen sich nicht vermeiden – sie brachte gegen den Lauf der Welt nicht die geringste Empörung auf und war am Ende gesund, guten Mutes und reich.

Dennoch war für De Foe das Buch ein Fehlschlag, eine Lüge mehr in seinem Leben, vielleicht die schlimmste von allen. Denn er hätte die Londoner vor dem Abdecker warnen müssen, der unerkannt in ihrer Mitte regierte – und durfte es nicht. Er hätte sich und seine Familie, Moll King und Freunde wie William Colepeper damit in Lebensgefahr gebracht. Sogar Mary musste er das Geheimnis vorerst verschweigen. Seine Hand verkrampfte sich in diesem Herbst 1721 um die Feder bei dem Gedanken, dass er so viel wusste, doch nicht einmal verschlüsselt den Namen des Abdeckers preisgeben konnte.

«Aber», sagte er sich grimmig, «das wird schon noch.»

 6

Die Verschwörung der Krähen

1725

Er hatte Jahre darauf verwendet, ihn zur Strecke zu bringen: Der Tag, an dem man die Leichenteile des Abdeckers Mr. Jonathan Wylde am Ufer der Themse fand, war einer der glücklichsten Tage im Leben Daniel de Foes.

Kurz zuvor, am fünften Juni 1725, hatte er im Journal John Applebees anonym die Nachricht drucken lassen, Unbekannte wären in den Friedhof des Heiligen Pankratius eingedrungen und hätten das Grab Jonathan Wyldes geplündert und damit geweihte Erde entehrt. Er forderte die unverzügliche Untersuchung dieser gottlosen Tat. Doch seine Entrüstung war der reinste Schwindel: De Foe selbst war es, der Anatomiestudenten zum Grabraub angestiftet hatte.

In der dritten Etage des Königlichen Medizinkollegiums sezierten Chirurgen unter der Aufsicht von Sir Thomas Clinch die Leiche, lasen wie altrömische Auguren aus Schädel und Knochenbau heraus, dass Wylde weder Gewissen noch Mitleid gekannt habe und größenwahnsinnig, musisch begabt, charmant, tapfer, impulsiv, fantasievoll, mörderisch und was nicht sonst noch alles gewesen sei, schickten ihren zweiseitigen Befund an De Foe, damit sein Bericht über Wyldes Leben und Charakter hieb- und stichfest war, behielten Wyldes Kopf und

Skelett für sich und warfen den Rest an den ihnen angewiesenen Ort am Fluss.

Wie von Mary und Daniel de Foe vorgesehen, war ein Kadaverhügel im Kies am Schluss alles, was von Wylde geblieben war. Wie von Mary und Daniel de Foe vorgesehen, wurde er in ungeweihter Erde auf dem Friedhof Crossbones verscharrt, der den Armen, Prostituierten und Mördern vorbehalten war. «Genau dort gehört das Ungeheuer hin», hatte Mary entschieden, «damit ihm die Geister seiner Opfer endlich den Garaus machen können.»

Auch diesmal irrte Mary sich nicht: Auf keinem Friedhof der Stadt und am wenigsten auf dem Friedhof Crossbones konnte sich Wylde von den Toten Vergebung erhoffen. Doch flüsterte einer: «Weckt ihn nur bitte nicht auf», und so blieben sie vorläufig still, aus gewohnter Angst und Unterwürfigkeit. Sie warteten ab, froren weiter dort unter der Erde, lauschten dem Aprilregen, wie er klatschend Kuhlen in den Boden über ihnen schlug, lauschten dem stürmisch und dicht vom Himmel fallenden Januarschnee, den die Esche des Friedhofs eines Nachts mit ächzendem Überdruss von sich schüttelte, weil sie die monströse Last nicht länger tragen wollte, und träumten im Juni vom Mohn in den Kornfeldern – bis sie schleppende Schritte hörten, einen Karren, der sich zwischen Farnkraut über Pfützen hinwegmühte, und scharrende Schaufeln, die neben ihnen ein neues Grab aushoben. Charles «Hitch» Hitchin war zu ihnen gestoßen; höchste Zeit auch. Und Hitch hatte es eilig: Er beachtete die unbequemen Eigenheiten seiner neuen Lage erst gar nicht, da alle seine Sinne darauf konzentriert waren, seinen ältesten Widersacher vors Totengericht zu zerren. Er spuckte kurz Erdkrumen aus, fluchte, grinste dann von einem Ohr zum anderen und holte Wylde aus seinem

Schlaf: «Jon, du Sackratte, ich bin's, dem du alles zu verdanken hast.»

Das war gelogen. Wenn Wylde überhaupt irgendwem irgendwas zu verdanken hatte, dann seiner ersten Lehrmeisterin Mary Milliner: Zu jener Zeit, da Harley Smite umbringen ließ, stand dem sechsundzwanzigjährigen Jon in einem Dorf an der Grenze zu Wales der Sinn nach Höherem; die Plackerei als Schnallenmacher widerte ihn an. Er machte sich nach London davon und im Schuldnergefängnis bei den Wärtern derart beliebt, dass er als Abschiedsgeschenk die Prostituierte Mary Milliner mitnehmen durfte. Sie brachte ihm alles bei, was zum Überleben in Romeville nötig war: Wie man Münzen prägte; wie man gestohlene Waren welchem Zwischenhändler verkaufte und zu einem Preis, der dem Wert der Ware so ungefähr entsprach; wie man eine Annonce in die Zeitungen setzte, die den Besitzer eines geklauten Geldbeutels, Briefs oder Tagebuchs wissen ließ, Geldbeutel, Brief oder Tagebuch seien in einem Bordell aufgelesen worden und könnten gegen einen Finderlohn sofort abgeholt werden – was auf Erpressung hinauslief. Denn welcher Bürger der Stadt wollte seiner Gattin beichten müssen, er vergnüge sich vor dem Abendessen noch rasch mit den Huren am Soho Square? Selbst an welchen Stellen man einen Gegner im Nahkampf mit einem Schlachtermesser tötete, führte ihm Mary Milliner – nicht umsonst Tochter eines Metzgers – an einem auf Stroh gebetteten Schwein anschaulich vor: Man stach ihm dicht hinterm Ohr quer in den Hals. Wollte man einem Hartgesottenen Geständnisse abpressen, hängte man ihn an einem Haken im Nacken auf, verletzte seine Leber mit einem zärtlichen Schnitt und ließ ihn sehr langsam verbluten, statt ihn windelweich zu prügeln. Führte man den Leberschnitt zu grob, brachte man das

Schwein auch nicht zum Reden – diese Kunst wollte gelernt sein. Wylde lernte schnell.

Doch wie alle in Romeville zahlte Mary Milliner Schutzgeld an Charles «Hitch» Hitchin, und als Milliner, Wylde und Hitch in «King's Coffee House» auf der Covent Garden Piazza übereinander stolperten, blickte Hitch Wylde an, als nähme er bereits Maß für dessen Sarg wie ein Schreiner, riss sich zusammen und tat – aufgedunsen, dicknasig und mit verrauchtem Bass – gütig und gefällig: «Mein Freund, erbarme dich meiner, aber ich versteh einfach nicht, wie du unseren Sündern so hohe Belohnungen für ihre Beute auszahlen kannst. Was vererbt bekommen? Man ist, was man will», holperte Hitch weiter in seiner etwas zerstreuten Redeweise, «jetzt bist du ein Niemand, mit mir wirst du wer. Wenn wir uns zusammentun, müssen die Sünder unsere Preise akzeptieren. Du hältst mir die Stange, ich halte dir die Stange, was sagst du? Ich hab den Stadtrat hinter mir und mehr Erfahrung als du, und meine Methode ist galgensicher, sie stammt ja auch von mir.»

Was wiederum gelogen war. Von keinem Geringeren nämlich als von Sir Salathiel Lovell hatte Hitch die Methode abgeschaut, jeden Dieb an die Behörden auszuliefern, der ihm sein Raubgut nicht für einen lächerlich geringen Betrag überließ. Hitch stellte Wylde dafür als seinen Eintreiber ein – mehr aber tat er für ihn nicht. Bald ging es Wylde auch gegen den Strich, Mitwisser aus dem Weg räumen zu müssen, die Hitch unliebsam waren oder die ihm als zu redselig erschienen. Wylde weigerte sich – und das Duell begann.

Charles Hitchin war von der derben Sorte. Er besaß nicht Wyldes Gabe, zwischen mindestens fünf Umgangsformen wählen zu können, zwischen Geduld und Strenge, Bescheidenheit, Sanftmut und ausgesuchtester Höflichkeit. Wylde ging zu jedem Boxkampf, ging zu jeder Straßenfeier und prostete dort auch jedem zu, mit leichter, eleganter Verbeugung; Hitch verzog sich sofort ins Dunkel des nächstgelegenen Pubs, trank ein Glas Wein hopp und ex, schmiss es über die linke Schulter an die Wand und bestellte ein neues, bis er furchteinflößend unansprechbar war. Vor allem wenn Hitchin von Wyldes bestem Freund Abraham Mendez etwas verlangte, polterte er seine Forderungen auf eine derart gehässige Art aus sich hervor, als wollte er Mendez für alle Zeit mundtot machen, und ging darin einmal zu weit. Kaum hatte er bemerkt, um wie viel populärer Wylde und Mendez in Romeville geworden waren, warf er ihnen ein Vergehen vor, das kein Verbrecher verzieh: Sie ließen harmlose Kollegen in Tyburn hängen, nur um die eigenen Komplizen zu schützen.

«Keiner nimmt ihm das ab», urteilte Mendez. «Aber unsere Ladyschaft Hitchin vergrault uns alle Klienten und verdirbt das Geschäft.»

Wylde nickte, hatte nach elf Minuten eine Strategie im Kopf, diktierte sie Mendez und hetzte sodann in einem offenen Brief Stadtrat und Bürgermeister gegen Hitchin auf. In einer geschickten Mischung aus Wohlwollen und Verachtung legte er detailliert Hitchs Methode dar und überführte ihn einer Sache, von der er natürlich genau wusste, dass sie als die größte Schande überhaupt galt, obwohl sie ihm selber völlig gleichgültig war: Einzig an Männern Gefallen zu finden und sich in gewissen Etablissements gern als Frau zu kleiden. Schlimm sei das, schlimm, schrieb Wylde; aber wirklich krumm nahm er es Hitch, dass er Jünglinge zur Zwangsarbeit in die Kerker des Landes verschickte, nur weil sie sich Hitchs Avancen nicht fügen wollten. Er versprach Hitch in demselben Brief sarkastisch, ihm schönere Frauenkleider schneidern zu lassen als jene, die

Hitch bisher bei den Mitternachtsbällen im Schwulenbordell getragen hatte. Die Skandalspalten der Zeitungen füllten sich mit Anzüglichkeiten, die sogar vor der Frage nicht haltmachten, welche Häuser denn der Herr Bürgermeister nach Mitternacht in Anspruch nehme? Ob denn gar die ganze Stadtobrigkeit in überaus widernatürliche Affären verstrickt sei?

«Moles!», rief der tief gekränkte Bürgermeister seinen juristischen Berater zu sich: «Was halten wir davon?» Und hielt ihm Wyldes Schreiben unter die Nase. Am liebsten hätte er ein Tintenfass nach ihm geworfen.

Moles zählte bis fünf, um sich zu sammeln, über sein rechtes Auge zuckte ein Blinzeln. «Sir», hauchte er, «es inkommodiert mich, den Stadtrat in Verruf zu bringen, aber offenbar war es derselbige, der diesen Sittenmolch Hitchin als Ermittler geduldet hat wider besseres Wissen oder auch nicht … Nein? Der Stadtrat wusste wohl gewiss von nichts. In summa hege ich allerdings die Befürchtung, dass sich Wyldes Angaben in allerbester Ordnung befinden, aufrichtig sind und korrekt. Gegen ihn selbst liegt in unseren Akten nichts Beachtliches vor.»

«Gegen wen denn jetzt?», fragte der Bürgermeister verwirrt: «Gegen wen liegt in Ihren Akten nichts vor?»

Moles drückte vor Konzentration seine Augen so fest zu, dass sie verschwunden schienen.

«Gegen Hitchin. Äh-nein, Wylde.»

So geschah es, dass man Hitch wortlos vor die Tür setzte, als der sich blass und wie ausgehungert beim Bürgermeister melden ließ. Er zog sich in sein Haus zurück, wo sein Wille noch Gesetz war, fand aber nicht einmal Trost im Kochtalent seiner Wirtschafterin. Am ärgsten traf ihn, dass Wylde sich an seiner Stelle als Oberster Diebesfänger von Großbritannien und verlängerter Arm der Gerechtigkeit empfohlen hatte und durch seinen offenen Brief plötzlich über jeden Zweifel erhaben war. Der einzige Ort, an den sich Hitch schließlich noch flüchten konnte, war der kühle Friede seines Weinkellers; doch auch bis dorthin verfolgte ihn das Gerücht, Wylde hätte nun das Vertrauen dieser tückischen Stadt.

Schon am Morgen darauf empfing Wylde um sieben im Parterre seiner Brandybrennerei in einer Straße gleich neben der Swan Alley, wo De Foe geboren worden war, die tüchtigsten Diebe und Raubmörder von Romeville im blauen Morgenmantel. Mendez reichte ihm seine heiße Schokolade, Wylde rührte gemächlich darin, klopfte den Silberlöffel mit Nachdruck am Rand der Tasse ab, blickte die Runde bekümmert aus seinen gelbgrauen Augen an und schlug ihr einen Handel vor, der so einfach war wie genial. Dass er damit eine Firma gründete, verstanden manche erst nach und nach.

«Unsere Chancen stehen schlecht», begann er, «aber das wird vielleicht noch. Zuerst die Lage. Wenn ihr was abstaubt und zu den wenigen Hehlern bringt, die Romeville noch hat, dann steht es zehn zu eins, dass man euch hopsnimmt. Ihr habt die Wahl, entweder zu verhungern oder gehängt zu werden. Was keine Wahl ist, wenn ihr mich fragt, und ein Leben schon gar nicht.»

«Wofür man lebt», mischte sich Mendez, den Rücken zum Feuer, aus der Kaminecke ein, «das ist doch die Frage.»

«Dank sei dir für deinen hochgelehrten Beitrag, Abe», Wylde zeigte in Richtung Kamin: «Da drin zischt es und brennt's. Aber. Es verbrennt sich selber. Holz will Feuer und begeht Selbstmord dabei. Also fressen, vögeln, saufen, bis euch die Schwänze wegfaulen – die Damen werden mir den Ausdruck verzeihen – und bis eure Leber so schwarz ist wie eine Mauer in Newgate, dafür lebt man nicht. Man hat sein Leben»,

Wylde breitete seine kurz geratenen Arme aus, «damit man was aus sich macht. Aber.»

«Da ist ein Problem», sagte Mendez und zupfte sich die Halsbinde zurecht.

«Ja, klar ist da ein Problem, Abe! Wie bitte soll man was aus sich machen, wenn man Dinge klaut, die man nicht loswird? Man muss sicher sein, dass man Dinge klaut, die der Beklaute auch unbedingt zurückhaben will. Wenn ihr was Wertvolles klaut, lasst ihr mich wissen, wann und wo und von wem. Ich sorge dafür, dass der Mensch, dem das Zeug gehört hat, dafür einen Finderlohn zahlt, der sich gewaschen hat, und ihr bekommt die Hälfte. Was ich versprechen kann, ist ein Leben ohne Feuer unterm Hintern. Macht uns jemand Schwierigkeiten, hat er sie mit mir. Ich verzeihe niemandem», Wylde tippte sich an die noch heile Stirn, «und ich vergesse nichts.»

Das klang ein wenig einschüchternd, alles in allem aber sehr einleuchtend und klug. Richtig an der Rede Jon Wyldes an jenem Morgen war auch, dass er weder verzieh noch vergaß. Allerdings hatte er verschwiegen, dass er sich ins Kontorbuch seines Fundamts noch die geringste Einzelheit notierte, die ihm die Diebe und die Bestohlenen zutrugen. Wenn die Einzelheiten übereinstimmten, machte er ein Kreuz neben dem Namen des Diebes, dem er damit jederzeit ein Kapitalverbrechen nachweisen konnte, und setzte Namen, Adresse, Besonderheiten des Bestohlenen dazu. Jetzt hatte er den Dieb in der Hand, konnte ihn verwalten, fördern, schnappen, fallen lassen, je nachdem, wie der Dieb nutzbar zu machen war. Wollte er ihn durch einen verdienstvolleren Mitarbeiter ersetzen, bat er den Bestohlenen als Belastungszeugen zu sich, malte ein zweites Kreuz neben den Namen des Diebes und lieferte ihn für vierzig Pfund im Old Bailey ab. Daneben führte er ein Buch mit wöchentlich wechselnden Geheimchiffren, die ansonsten nur Mendez und der schießwütige Leutnant seiner Miliz Quilt Arnold zu entziffern vermochten. Raubgut, das er nicht loswerden konnte, ließ er auf seinem Frachter «Trivia» nach Flandern schaffen und schmuggelte auf dem Rückweg Leinen, Spitze und Portwein nach London, unter den gütigen Augen der Zollbeamten, die er allesamt bestochen hatte. Wyldes Fundamtfirma wucherte wie Unkraut, und mit seiner Firma wuchs unweigerlich auch die Zahl der Übeltäter; von ihnen gab es bald mehr als genug, und die weniger Tüchtigen aburteilen zu lassen hatte Wylde ohnehin nötig, um seinen Ruf als Oberster Diebesfänger weiter aufzupolieren.

«Viel fehlt nicht mehr, Jon, und sie machen dich zum Bürgermeister», scherzte Mendez.

Da war was dran. Doch wusste Wylde, dass er zu den oberen Rängen nie gehören würde; er wollte von ihnen lediglich respektiert werden und profitieren. Eine – auf ihre Art – kriminalistische Spezialeinheit und persönliche Leibgarde besaß er bereits, denen man Raubmord, Einbruch, Taschendiebstahl, Kindesentführung nicht eigens beizubringen brauchte. Doch für den Umgang mit den oberen Rängen taugten sie nicht. So ließ er Spezialeinheit und Leibgarde von Tom Warzen-Whartons Tanzmeister James Sykes ausbilden: In der Chick Lane, die eigentlich für Verhöre und Folterungen reserviert war, quälte sich Wyldes Entourage rührend linkisch damit ab, die Etikette der höheren Kreise zu erlernen – von der gespreizt nichtssagenden Plauderei bis zur angemessenen, hier tiefen, dort nicht allzu tiefen, dort nur angedeuteten Verbeugung. Sykes litt darunter, dass es London – im Vergleich mit Paris – an Glanz, Flair, Takt, Aura, Fluidum fehlen ließ, jenem gewissen, schwer benennbaren Etwas; auch um sich an seiner gleichmacherischen Epoche zu rächen, schreckte dieser erbarmungslose Benimmvirtuose sogar vor den neumodischen Tänzen aus Versailles nicht zurück, Gavotte, Sarabande, dem Menuett. «Denkt mal, ihr seid jetzt am Hof Seiner Majestät, meine Herrschaften», mahnte er und stellte sich zart und schmalschulterig an ein verstimmtes Cembalo, «und nehmt Haltung an. Füße nach außen, Arme nach oben, Anmut ist alles, Anmut und tadellose Eleganz!»

Und mit dieser – wenn auch nicht immer tadellosen – Eleganz mischte sich Wyldes Entourage unter die oberen Ränge Londons bei Maskenbällen, den Opernpremieren Händels und Pferderennen in Ascot. Wylde war überall. In der Rechten einen silbernen Kolben, in den eine Lilie eingraviert war, Zepter und Symbol des Rechts, tauchte er auf, Mendez neben sich, der offen ein Bündel leerer Haftbefehle mit sich trug. Wylde grüßte päpstlich und nahm sich nicht allzu ernst dabei. «Heute schon bestohlen worden?», rief er manchmal in die Menge, und man freute sich über seinen zwanglosen Humor. In einer Opernpause verkündete er, er werde Gott nur um eines bitten: nach seinem Tod keine Note dieses Händel hören zu müssen – und hinter den Fächern kicherte es. Seine galante Spezialeinheit schweifte hinter ihm her und schwärmte aus, zum Schutz der versammelten Ränge aus Stadtrat und Adel, wie Stadtrat und Adel glaubten. In Wahrheit bestahl die Spezialeinheit Stadtrat und Adel nach Strich und Faden, und für Wylde glichen diese Auftritte einträglichen Theateraufführungen, bei denen die erlesenen Zuschauer als Statisten agierten und nichts davon ahnten.

Dass für solche Plünderungen andere verantwortlich waren, die Wylde bald fassen würde, stand für die oberen Ränge von vornherein fest. Dennoch klagte sich Wylde nach jeder

Großplünderung öffentlich an: Er hätte versagt. Er tat ein bisschen hilflos, als hätte er mit einer Übermacht von Verbrechern zu kämpfen, der er trotz seines ganzen Einsatzes einfach nicht gewachsen war. Auf seinen dringlichen Rat hin erhöhte King George das Kopfgeld für die Ergreifung eines Verbrechers von vierzig auf hundertvierzig Pfund. Und damit brach ein Krieg in Romeville aus.

Die Summe war allzu verführerisch. Die Mitglieder der vier größten Banden, die Wylde noch nicht in seiner Gewalt hatte, wetteiferten darin, andere für die hundertvierzig Pfund zu denunzieren, bevor jene anderen sie denunzieren konnten – ganz so, als hätten sie sich an den ehemaligen Höflingen Lady Marlboroughs ein Beispiel genommen. Wer sich weigerte wie Moll King, den schickte Wylde nach Newgate, um seinen Leuten vorzuführen, dass er in Übereinstimmung mit der Gerichtsbarkeit jeden nach Gutdünken hinter Gitter zaubern konnte.

Es machte Wylde gewaltigen Spaß, mit welch panischer Hingabe ganz Romeville seinem neuen Gesellschaftsspiel «Wer verpfeift wen zuerst?» verfiel. In weniger als einem Jahr hatte er die vier Banden zerschlagen. William «Porridge» Burridge trat Wylde dafür mit Stiefeltritten fast den Schädel ein, was Wylde neben den Stahlplatten am Kopf das Vergnügen bescherte, Porridge in einer gichtbrüchigen Mühle über der Themse beide Augen einzustechen und ihn durch eine Falltür ins schäumende Jenseits des Flusses hinabzustoßen. Unter den Zeugen solcher Tauchgänge hieß Wylde bald «Der Abdecker», weil ihm ein Gegner oder erfolgloser Mitarbeiter so viel wert war wie ein Pferdekadaver.

Dabei liebte er seine Rassepferde, die er sich in einem Tal südlich von London auf seinem Anwesen «Greengrove» hielt, zwischen Steinsäulen, Ulmen, Brombeeren und Flieder. Dort stand auch sein kuppelüberwölbtes Mausoleum, das er sich nach dem Vorbild der Moguln aus Kalkutta gebaut hatte. Er war Mitglied der Königlichen Friedhofsgesellschaft. Er spendete an Armenhäuser, verlieh Geld, ohne von Leuten Zinsen zu fordern, die es sich nicht leisten konnten. Wer zu seinen Soireen eingeladen wurde, der kam auch, und sei es nur, um vom Kalbfleisch aus eigener Zucht kosten zu dürfen. Er imponierte selbst jenen, die ihn nicht ausstehen konnten, wenn ihn die Atemnot befiel und er nach Luft rang. Dann sagte er sich einfach, verkündete er, er wolle von sich aus sterben, und der Anfall ging vorbei. «So besiegt man den Tod.» Auf diesen Soireen brachte er Neuerungen vor: Er wünschte sich die Tötungsmaschine der Schotten zurück, das Fallbeil. Statt dass man Delinquenten vor Schaulustigen am Galgen leiden ließ, sollte ihnen im Hof von Newgate ruckzuck der Kopf vom Rumpf getrennt werden. Das war humaner, meinte er – man stimmte ihm zu. Auch für die meisten in Romeville war und blieb Wylde «Der Wohltäter», blieb «Der-zu-dem-man-geht-wenn-einem-das-Wasser-bis-zum-Halse-steht». Er selbst sah sich als Habicht, der auf Baumwipfeln thronte und über sein Tun keine Rechenschaft ablegte. Er war, was er war – und war es, weil er es sein konnte.

Er fing Zehnjährige aus Wales und Irland ein und richtete sie zu Taschendieben ab. An einem Vormittag im Mai nahm er hundert Verbrecher fest, sagte es der Presse, versammelte die hundert dann aber heimlich in der Chick Lane und rekrutierte sie wie eine Privatarmee. Er ließ dreißig Goldmünzen mit seinem Profil prägen – und eine solche Münze zu besitzen hieß, in Romeville unantastbar zu sein. Wer sie vorzeigte, konnte immer seinen Beistand erwarten.

Er schloss Freundschaft mit den Wärtern von Newgate. Er studierte alte Karten und fand heraus, dass sich seit der Gründung Londons durch den gälischen König Lud unter der Stadt Tunnel befanden, die die Römer später ausgebaut hatten. In dieser Kellerwelt ließ Wylde massige Mauern abtragen, verband Gänge mit Kammern unter dem jüdischen Viertel Rag Fair mit stillgelegten Abwasserkanälen, mit den Höhlungen ehemaliger Verliese und den Backsteingruften und Katakomben der Karmeliter und konnte eines Tages zusammen mit Abraham Mendez ungehindert die planvoll verzweigten Tunnel von der Themse aus über die Fleet Street bis zur Covent Garden Piazza abschreiten. Von dort gingen die zwei im Kreis – mit einem Hakenschlag nach Spitalfields – unter der Gasse der Seilmacher, Ropemaker's Alley, und dem hinter hohen Mauern verborgenen Anwesen Hudsons zurück zur Paulskathedrale und stiegen wie Kobolde durch einen niedrigen Schacht zum Haus der Rechtsgelehrten empor. Ein Graupelsturm fraß daran, Messingschilder kreischten.

«Geschafft», japste Wylde, «ich werde alt und fett, und mein Rückgrat bröselt wie Blätterteig.»

«Wenn du irgendwann morgens aufwachst und dir nichts mehr wehtut, bist du wahrscheinlich tot. Aber machen wir doch ein Päuschen, auf einen Tropfen, bei unserem Bodenham Rewse», schlug Abraham Mendez vor, als wäre Newgate ein Pub.

Durch diese Gänge gingen Wyldes Handlanger von nun an in Newgate ein und aus. Wyldes unterirdisches Tunnelsystem war sein unsichtbares Rom, sein zweites Romeville, ein geheimes Commonwealth für sich. Auch seine Fundämter und Lagerhäuser und Pubs machten sich in Londons Gässchen und Gassen breit wie eine Handelskolonie, bis sie ein Nebengebäude des Old Bailey erreicht hatten, wo Wylde sein Hauptamt eröffnete, eine Art zweites Old Bailey, als wäre Wylde Justiz und Gerechtigkeit in einer Person, obgleich er in Wahrheit nur der oberste Dieb, der oberste Mörder und der oberste Hehler Londons war, der über zwölftausend Verbrecher gebot.

Seine wöchentlichen Morgensitzungen hielt er neuerdings bequem in seinem Schlafzimmer ab, dem Heiligtum der Heiligtümer, seinem innersten Gemach: Zuerst sprachen immer die Friedensrichter und Anwälte vor, ein livrierter Diener half Wylde in den blauen Morgenmantel und reichte den Gästen Gläser randvoll mit Sherry und ein Töpfchen Crème mit Schokolade aus Jamaica dazu. Kaum waren sie entlassen, streckte sich Wylde längelang auf seinem Diwan aus und nahm die Berichte seiner Spitzel aus halb England entgegen, während im Vorzimmer schon die Bittsteller hockten: Stadtbeamte wie Moles, die endlich etwas gelten wollten, Minister, Fürstlichkeiten, oft Mütter, die um einen Posten für ihre Sprösslinge feilschten mit Sätzen wie: «Ihr Anblick, Exzellenz, könnte Blinde heilen» – und für sie fand Wylde stets ein Lächeln, das weder falsch noch überheblich war. Mütter heiterten ihn auf. Nichts war einfacher, als ihre Zwerge wieder loszuwerden, und fuhr man ihnen nur früh genug an die Gurgel, würden sie sich nie gegen ihn wenden. Kinder waren Billigkräfte und leicht auszuwechseln, auch wenn sie sich in der Langfingerkunst als Genies erwiesen.

Nachdem er um elf den engsten Kreis seiner Entourage mit den Anforderungen des Tages betraut hatte, machte er sich zu seiner Bank auf, «Whoares & Company», die hochgeachtet war, mürrisch und verschwiegen, um seine Einnahmen zu kontrollieren. Bildete er sich ein, er sei knapp bei Kasse, bestellte er einen seiner pflichtvergessenen Angestellten zu sich in die

Chick Lane: Er wisse nicht, wo er mit dem Staunen beginnen solle, sagte Wylde dem Hergeholten – wolle er etwa leugnen, dass er seine Beute für sich behalte? «Tja-ja-ja, diese abscheuliche Habgier. Gib, auf dass dir gegeben werde, schon mal was davon gehört?» Stellte sich der Hergeholte taub, schnitt Wylde ihm nach der sauberen Manier Mary Milliners ein Ohr ab in der Hoffnung – merkte er an –, den Tauben geheilt zu haben, sprach ihm Mut zu, «das wird wieder, wird schon wieder», lieferte ihn zwei Tage später nach Tyburn aus – und weg war der Geheilte, Wylde strich dessen Beute ein und seine hundertvierzig Pfund und konnte ein weiteres Mal Berichte über die aufwändige, zu guter Letzt aber doch gelungene Verhaftung des «schlimmsten aller Ganoven durch den Ehrenwerten Jonathan Wylde» in die Zeitungen setzen, oft schaurig ausgeschmückte Berichte, die wie erlösende Regenschauer im Sommer auf die Londoner Bevölkerung niedergingen.

Er war reich, aber nicht stolz auf seinen Besitz, sondern nur darauf, was er durch seinen unternehmerischen Elan geschaffen hatte. Widerstand belebte ihn. Die von Philosophen viel zitierte «Würde» erwarb man sich; sie kam nicht von selbst. Er bemitleidete sich nie, auch um niemanden sonst bemitleiden zu müssen. In gutem Glauben behandelte er andere so, wie er selbst behandelt werden wollte; nur waren jene anderen eben nicht er. Jeder sollte seinen eigenen Weg gehen können; doch nötigte er alle, die ihm unterstanden, dem seinen zu folgen, und empfahl dem Rest, dasselbe zu tun. Er war Wylde, so wie aus Tom Twining «Twinings» geworden war.

Er hörte alles, sah alles, gerade wenn er selbst nicht zu hören und zu sehen war. Doch tat er nichts, was er sich vorwerfen musste, denn er diente dem Gemeinwohl aus Pflichtgefühl, indem er die berüchtigtsten Verbrecher zum Verschwinden brachte und gestohlene Güter gegen geringes Entgelt den rechtmäßigen Eigentümern zurückgab und Privatversicherungen offerierte, die teuer waren, aber ihr Geld wert: Vor dem Urlaub verwahrte man seine Möbel in einem der Lagerhäuser Wyldes und engagierte fünf seiner Besten, die das Haus bewachten. Solange es Wylde gab, war man in Sicherheit – wie in Twinings' Gartenpark, wo die Damen und Herren, die es sich leisten konnten, an ihrem Grüntee nippten. Nur dass man natürlich auch dort vor Wyldes Spezialeinheit nie sicher war.

Als Daniel de Foe die Machenschaften des damals vierzigjährigen Wylde aufzudecken begann, schien es längst zu spät dafür. Jeder seiner anonymen Proteste in Applebees Journal blieb unerhört. Man war Wylde gewohnt, bewunderte das fast übersinnliche Wissen, das er von den Plänen der Unterwelt besaß. Sogar der oft prekäre Gesundheitszustand seiner sechsten Gattin machte Schlagzeilen. Man glaubte an ihn, an seine Unschuld und Redlichkeit; und alle Bewohner von Romeville, die sich nicht fügen wollten, tauchten irgendwo in der Stadt unter und führten ein verstohlenes, wie beerdigtes Leben, ohne an Widerstand auch nur zu denken. Niemand rührte sich.

Dann tauchte Jack Sheppard in Romeville auf, und ein neuer Krieg brach los, bis sogar Midge in einem Brief aus Manhattan fragte, wer dieser Jack Sheppard denn eigentlich sei, von dem alle sprachen? Neuerdings taufe jeder hier mit Nachnamen Sheppard seinen Sprössling «Jack».

Jack Sheppard brach fünfmal aus den Gefängnissen Londons aus, verübte fünfundsechzig Einbrüche, bei denen niemand ernsthaft zu Schaden kam, und verletzte sich nie. Er war zwei Jahrzehnte jünger und einen Kopf kleiner als Wylde und wirkte mit seinen langen Wimpern, geschwungenen Lippen und dem Grübchen im Kinn auf viele wie ein zerbrechlicher

Engel. Dabei war er von so gewaltiger Körperkraft, dass er noch nach drei Flaschen Gin im Pub seine korpulente Freundin Bess an der Taille hochheben und über seinen Kopf stemmen konnte: Sheppard hatte seine Kindheit in einem jener Armenhäuser Londons verbracht, in denen die Kleinen gesetzeshalber dank härtester Arbeit auf ein Leben voller Mühen und Entbehrungen vorbereitet wurden. Eines Morgens wickelte der Dreizehnjährige in der Speisekammer des Armenhauses eine Schweinefleischpastete in ein Taschentuch und floh durch die aufgebrochene Hintertür in den Nebel und schlang die Pastete in sich hinein, während er rannte, was seine Beine nur hergaben. Immer wenn er danach dieses ewige «Mach dieses! Mach jenes!» aus den Mäulern seiner Vorgesetzten hörte, blickte er mit leeren Glasperlenaugen zum Fenster hinaus und schnippte leise mit den Fingern seiner Rechten vor Ungeduld. Als Tausende Weber aus Spitalfields durch die Straßen marschierten und Frauen, die Seide aus Indien trugen, mit Tinte besprützten, brach er seine Schreiner- und Schlosserlehre ab. Meutern, auf seine Weise, konnte auch er.

Er arbeitete am liebsten allein. Zu jeder Tages- und Nachtzeit drang er ein, wo immer er wollte, brach Eisengitter auf und setzte sie so kunstvoll wieder ein, dass lange Zeit niemand auf den Gedanken kam, ihm seien hundert Pfund und ein saphirbesetztes Armband aus einem Geheimfach im Wohnzimmer gestohlen worden. Er wusste immer, wo er suchen musste. Einmal stahl er sich still wie eine Feldmaus in die Villa eines Richters und nahm ein schönes Schreibpult auseinander, hievte es Stück für Stück durchs Fenster, zimmerte das goldverzierte Ding liebevoll in seinen Urzustand zurück und verkaufte es dem Richter, der dem Glauben anhing, dass er ohne sein Pult kein gerechtes Urteil fällen könnte.

Doch Sheppards wahre Vorliebe galt allem, was nur irgendwie heiter glitzerte und funkelte, wenn man es gegen die Sonne hob, besonders den Silberlöffeln, den Spiegeln mit vergoldeten Rahmen und Taschenuhren: Gern hätte er sie für sich behalten.

«Und wovon sollen wir leben, du Elsterchen?», stichelte Freundin Bess: «Vielleicht von den hundertvierzig Pfund, die auf deinen Kopf ausgesetzt sind?»

Sie verhökerte das Geglitzer, wurde ertappt und ins kleine Gefängnis von Soho gesperrt. Sheppard kam zu Besuch, drängte den schüchternen Wärter gegen eine Mauer, entwand ihm die Schlüssel und machte sich mit Bess aus dem Staub – nur um ausgerechnet von seinem Bruder an Wylde verraten zu werden und sich diesmal allein im Kerker von Soho wiederzufinden. Doch waren keine drei Stunden nach seiner Verhaftung vergangen, und Sheppard hatte mithilfe eines Rasiermessers und der Querleiste eines Stuhls ein Loch ins Dach des Kerkers gebohrt, ein Ziegel löste sich, fiel einem Mann auf den Kopf, der mit Bekannten am Eingang des Kerkers rauchte, und Sheppard gab seine Vorsicht auf, brach durchs Dach, mischte sich unter die herbeilaufende Menge, zeigte zum Schornstein hoch, «da ist er doch, dieser Jack Sheppard, seht ihr ihn nicht?», und entschwand über den Friedhof in die Dämmerung.

Sein Durchbruch bei den Bewohnern Romevilles kam jedoch erst mit seiner dritten Flucht, die Kenner als sein «galantes Meisterwerk» priesen: Als er Bess und sich selbst – wie in einem Theaterstück, das er für sie alle inszeniert hatte – aus den Eisen an Händen und Füßen befreite, die Angeln der Eichentüren aufstemmte und sich mit Bess auf den Schultern über verknüpfte Bettlaken in den Hof eines anderen Kerkers hinabgleiten ließ.

«Und was jetzt?», flüsterte Bess.

Sheppard brach Stufen in die Mauer des Kerkerhofs.

Nach diesem dritten Ausbruch am Pfingstmontag 1724 sahen es viele in Romeville als Ehre an, ihre Nachtrunden durch die Häuser der Bessergestellten mit Jack Sheppard zu drehen, und Jonathan Wylde lud dieses lebende Aushängeschild der Ein- und Ausbruchskunst zu einer seiner Morgensitzungen; Sheppard zögerte; und kam dann doch.

Friedensrichter und Anwälte, Spitzel und Bittsteller waren schon gegangen, nur mehr Abraham Mendez und Joseph «Blueskin» Blake umstanden wie Parkskulpturen den eckigen Teetisch im Schlafzimmer Wyldes. Sheppard schlug Sherry und Schokoladetöpfchen aus, obwohl er seit zwei Tagen nichts gegessen hatte.

Wylde überging den Affront.

«Fein, Jake, sehr fein, wie du das alles so hinkriegst», Wylde kratzte an einer Stahlplatte unter seinem Turban, «doch ist es für dich offenbar leichter, dich zu befreien, als in Freiheit zu bleiben.»

«Was nicht so sein muss», ermutigte Abraham Mendez den Lauselümmel.

«Ja, nie und nimmer, Freundeswort! So geschickte Finger, wie du welche hast, sind Mangelware hier», Wylde tippte auf den Teetisch, als wäre der Tisch ganz Romeville.

Sheppard gähnte ein wenig: Er bitte um Vergebung, aber er wolle dem Obersten Diebesfänger Großbritanniens weder in die Quere kommen noch von ihm behelligt werden. Beides wäre ihm unlieb bis dorthinaus.

«Unbeugsamkeit, Jake! Gut so, wichtig, essenziell.» Wylde fegte eine winzige, tote Fliege vom Tisch. «Doch was ist mit Loyalität, Dankbarkeit, etwas Vertrauen und Demut, hm? Da hapert's bei dir noch reichlich. Aber sprich nur ein Wort ... – Abe? Wie geht das noch?»

«... so wird deine Seele gesund. Sogenanntes Evangelium des Arztes Lukas, Vers sieben.»

«Ja klar, Abe, was wären wir ohne dich.» Wyldes Gesicht war plötzlich auf einen schmerzhaften Gedanken gerichtet, so wie es eben noch auf die widerspenstige Kreatur vor ihm gerichtet gewesen war. Dann nahm er Haltung an, zupfte einen Fussel von seinem blauen Morgenmantel. «Und das wird schon noch, wird schon noch, Jake», Wylde lächelte freundlich, «bei mir bist du immer willkommen» – was nicht wie eine Drohung klang, aber eine war. Joseph «Blueskin» Blake hielt die Hände scheinbar unbeeindruckt hinter seinem Rücken verschränkt, doch ließ sein Blick keinen Moment von Sheppard ab. Wylde entließ ihn, Blake lief ihm auf die Straße hinaus nach: «Hey, Jake!»

«Jack. Einfach Jack. Nicht Jake. Und wer bist du?»

Joseph «Blueskin» Blake war getaufter Katholik, der sich unter Frauen wohler fühlte als unter Männern, zumal er in einem irischen Nonnenkloster zur Welt gekommen war, an einem Karfreitag (behauptete er), nachmittags um drei. «Mit den Frauen schweigt es sich am besten», sagte Blueskin oft, «Männer reden zu viel.» Im Grunde aber gehörte seine Liebe der Muttergottes, von der er wenig geistige, eher handgreifliche Vorstellungen besaß. Seinen Spitznamen «Blueskin» hatte er sich erworben, weil seine vom Nesselfieber wund gekratzte Haut vom Kopf bis zu den Zehen mit einem Gewimmel aus blauen Klappmessern, blauen Meerdrachen, blauen Flüchen in allen Sprachen und einer blauen Jungfrau Maria tätowiert war, deren durchbohrtes Herz sich blähte wie ein Segel, wenn er seinen Bauch heraushängen ließ. Sein Körper, erklärte er, gleiche dem Weltkreis, dessen Zentrum Maria sei, Stella maris, rettender Stern aller Schiffbrüchigen auf der See des Lebens.

Die Gespräche, die Blueskin nach ihren Einbrüchen mit Sheppard im Pub führte, drehten sich samt und sonders um den Teufel und das Leben danach: Sie seien beide – dozierte Blueskin – in den Anfang vom Ende der Zeit hineingeboren, wo ein Mordversuch als geringes Vergehen galt, Falschmünzerei hingegen oder der Raub einer Uhr oder das Stehlen eines Hasen als Schwerverbrechen, wofür man hingerichtet werden konnte. Die Gesetzesgeber und Lordrichter hätten aus ihrer Laborapotheke das Allheilmittelfläschchen mit der Aufschrift «Tyburn» gewählt, um sich mit den genaueren Umständen solcher Belanglosigkeiten nicht beschäftigen zu müssen. Sie hätten die Rolle Satans übernommen, der Weg zum Guten sei seit der Geburt durch jene Herren verbaut. Dieselben Herren würden am Ende der Zeit ins Feuereis der Hölle am Erdmittelpunkt gestoßen, wie schon dieser Dante Allegri wusste – er aber, Joseph Blueskin, bereite sich auf seine große Verwandlung vor und werde sich von den Knirpsen des Königlichen Medizinkollegiums nicht zerlegen lassen, sondern am Jüngsten Tag unversehrt vor das Angesicht Gottes treten. Einen würdelosen Klumpen Fleisch ohne Rückgrat schaue der Allgewaltige sich erst gar nicht an.

«Da hab ich also die Schlinge um den Hals», beschwor Blueskin um fünf Uhr früh bei einer Schlussrunde Gin in der Drury Lane die Lage, «und schon stochert einer dieser Studierten mit seinem Skalpell in meinem Auge, ein anderer wühlt in meiner Brust herum, und ein dritter zieht mir meinen Darm heraus, macht schnipp-schnapp damit und wirft ihn in einen Eimer ... und aus ist's mit der Erlösung. Gut gemacht, Eure Majestät King George! Lang sterbe der König!»

Dass Blueskin freilich viele seiner Freunde mit eigener Hand zu einem Klumpen Fleisch verarbeitet hatte, verschwieg er: Er hatte bei den Folterungen in der Chick Lane mitgemacht und Porridge denunziert, um von Wylde verschont zu bleiben. Er hoffte auf die Vergebung seiner Jungfrau Maria; und Jack Sheppard zu fördern erschien ihm als der erste Schritt dorthin.

Doch beherrschen konnte er sich nicht: Als sie bei einem ihrer Raubzüge aus den Taschen eines alten Kerzengießers nur drei erbärmliche Silbermünzen kramten, stieß Blueskin den Kerzengießer in einen Graben, der Alte gurgelte, schluckte, versank im Schlamm, und Sheppard half ihm hoch, weil er sonst ertrunken wäre. Diese Geste des Mitgefühls feierte Romeville als Samaritertat eines echten Gentleman, und Wylde platzte endgültig der Kragen.

Er hatte sein Romeville aus eigener Kraft auf Charles Hitchins Ruinen errichtet – und da strolchte dieser Sheppard aus seinem Armenhaus daher, klaute nach Lust und Laune, planlos, krümmte niemandem ein Haar dabei, betrachtete es als Kunst, die den Geschickteren Ehre einbrachte, kannte keine Angst, besoff sich in den Pubs um die Covent Garden Piazza mit Bess und Blueskin Blake, einfach weil er den Rausch liebte, geriet ins Gefängnis, verriet dort diejenigen nicht, die ihn verraten hatten, floh, klaute weiter und pfiff dabei auch weiterhin auf Wyldes Seelengüte und Protektion. Untragbar.

Wenn Wylde überhaupt noch schlief, erwachte er morgens um fünf wie vom Schlaf erschöpft. Abraham Mendez sah mit Sorge, wie Wylde alle acht Stunden ein Weinglas Laudanum leerte und davon fantasierte, Sheppard müsse weg, einfach weg, müsse in der Mühle über der Themse abgestochen werden wie ein Schwein, «wer», brüllte er, schlug auf einen Bettpfosten und brach sich fast die Finger, «Abe, wer hat hier eigentlich das Sagen, diese Drecksau oder ich?»

Mendez verkniff es sich, bei diesem vulgären Wort die Nase zu rümpfen, und setzte der Opiumtinktur mehr und mehr Wasser zu, bis Wylde für Ratschläge wieder empfänglich war: «Jon, wir haben immer gemeinsam getragen, was wir zu tragen hatten, haben immer gemeinsam getan, was wir tun mussten, und schon ganz andere Gegner besiegt. Du siehst jetzt alles schwarz in schwarz. Aber dem Klugen nützen seine Feinde mehr als dem Dummen seine Freunde. Lassen wir uns nicht zu Leichtsinn hinreißen. Regen wir Romeville nicht unnötig auf, indem wir das Zwergwiesel zum Verschwinden bringen. Sheppard hält Newgate nicht durch. Erinnern wir sie einfach alle mal wieder daran, was er ist: ein kleiner Dieb – während der Stadtrat dich gerade zum Ehrenbürger erklären will.»

«Abe, du machst deiner Puppenmacherin von Mutter mal wieder alle Ehre», Wylde schwang sich aus dem Bett und fand die von schlechtem Gin bereits schwankende Bess in einem Pub beim Old Bailey. Hilfsbereit geleitete er sie in sein Fundamt nebenan, drohte ihr nicht, sondern machte sie mit seinem besten Brandy sturzbesoffen, bis sie Sheppards und Blueskins Versteck herausnuschelte und zusammenbrach. Eskortiert von der Stadtwache, nahm er Sheppard und Blueskin gleich neben dem jüdischen Marktviertel Rag Fair in der Bruchbude von Blueskins Mutter fest. Er habe vernommen, sagte Wylde der Presse, Sheppard wolle nicht älter werden als dreißig – ein löblicher Vorsatz, in dem er ihn mithin bestärkt hätte. Wylde trat auch selbst als Zeuge im Prozess gegen Sheppard auf, und Mendez hatte den anderen Zeugen eine derart glaubwürdige und souveräne Aussage einüben lassen, dass die Richter nur eine Minute für das Todesurteil brauchten. De Foe stand in der hintersten Reihe auf der Empore an einen Pfeiler gelehnt und schwieg, als einer dicht neben ihm «Erstickt doch an euren Roben!» schrie und ein Getuschel, dann Geraune durchs Publikum lief.

Ein Zellennachbar Sheppards in Newgate, Oliver Truelove, war wegen Diebstahls zweier Paar Schuhe aus echtem spanischem Leder für todschuldig befunden worden, hoffte aber gottergeben auf den Gnadenerweis seines King George. Beim Hofgang steckte er Sheppard, «die brauch ich bestimmt nicht mehr», seine frisch geschliffene Feile zu. Vier Tage vor seiner Hinrichtung und zur schönsten Besuchszeit sägte Sheppard im Todestrakt mit Trueloves Feile die Rahmung des brüchigen Gitters aus, das in der Mauer seiner Zelle oben den einzigen Durchlass zum Korridor versperrte. Schwang sich hoch, quetschte sich hindurch, ging zwischen den hinein-, den hinausdrängelnden Kindern, Müttern, Ehefrauen der Insassen zum Portal, als sei auch er nur auf Besuch hier, und warf sich in die Kutsche, in der Bess auf ihn wartete: «Nach Tyburn bitte, aber rasch.»

«Ja spinnst du, oder was?»

«Nur ein Witz», erwiderte Sheppard und wieherte vor Lachen, dass die Pferde scheuten.

Noch nie war jemand so mir nichts, dir nichts aus Newgate geflüchtet. Die Zeitungen bezichtigten die Wärter, Jack Sheppard bei seinem Ausbruch behilflich gewesen zu sein. Die Wärter pressten Truelove aus, fingen Sheppard auf einem Bauernhof ein, nahmen ihm zwei Taschenuhren ab, die er unter seine Achselhöhlen gesteckt hatte. Aus Dankbarkeit stimmten sie in Newgate frühmorgens ihre ureigene Version von «Großer Gott, wir loben Dich» an und lösten ihr Gejaule dann in blutigen Faustkämpfen auf, während man Oliver Truelove nach Tyburn karrte.

Metzger, Schuster, Barbiere legten ihre Arbeit nieder, um in den Bierhallen mit dem Eifer neugebackener Juristen darüber zu debattieren, was man ihrem Jack Sheppard jetzt alles antun würde. Sie nannten ihn «Gentleman Jack».

«Nach Gesetz muss der Hinrichtungsbefehl jetzt nämlich neu ausgestellt werden», belehrte De Foe eines Mittags Mary, Sophia und Benjamin «Long Ben» Norton. «Und das kann dauern.»

«Ach, deshalb spielt die ganze Stadt verrückt», Long Ben schenkte sich und seinem Vater das vierte Glas Brandy ein. «Alle reden über Jack und schließen Wetten darüber ab, wie viele Tage er brauchen wird, um wieder aus Newgate rauszukommen. Ist auch verständlich. Aus irgendwas raus will doch jeder.»

«Und trinkst du darum schon am frühen Morgen so viel?», fragte Sophia.

«Oh heiligster Jakobus, du Bruder des Herrn», Long Ben faltete die Hände, «lass bitte nicht zu, dass mich Gänse in der Entfaltung meiner Identität behindern.»

«Der Bruder unseres Herrn war ein Asket und trank überhaupt nur Wasser, du Schnapshuhn. Ich ertrag dich nicht, wenn du säufst.»

«Und ich ertrage mich nicht, dich nicht, euch alle nicht, wenn ich nüchtern bin.»

De Foe wedelte mit Long Bens Tabakqualm auch das Geplänkel weg, «Feindseligkeiten einstellen», kommandierte er, «und Ohren auf! Bodenham hat mir erzählt, dass die Leute Tag und Nacht Newgate belagern. Sie bewachen sogar die Straße nach Tyburn. Sie fürchten, dass man Jack heimlich aufknüpft.»

Vor dem Fenster des Esszimmers klopfte ein Specht, der im Todesjahr Queen Annes geboren worden war, die Ulme nach Maden ab und schätzte sich glücklich, dass er mit solch banalen Affären nicht behelligt wurde.

«Hör dir die zwei babbelnden Halunken an», sagte Mary zu Sophia: «Sind in Sheppard verknallt wie zwei alte Jungfern.»

Nach all diesen Ausbrüchen, ignorierte De Foe Marys Spott, sei Sheppard vielleicht doch etwas mehr als ein Mensch?

«Mehr Mensch als du, meinst du wohl. Ist er nicht. Er hat eben eine Schlosserlehre hinter sich.»

«Ich hätte damals in Newgate durchhalten sollen.»

«Um von Harley beseitigt zu werden wie Smite?»

«Ich will mich nicht an Smites Andenken versündigen, aber Wylde ist weitaus schlimmer als Harley.»

«Na dann, Mr. App. Wenn du Sheppard noch beliebter machst, als er es schon ist», riet Mary ihrem Mann, «dann hast du Wylde erledigt. Was gut ist für Sheppard, ist schlecht für Wylde.»

Und wirklich brauchte De Foe den Widerstand Sheppards gegen Wylde in Applebees Journal nur so unterhaltsam und wahrheitsgetreu wie möglich zu erzählen, um die Öffentlichkeit wie nebenher über Wylde aufzuklären. Immer wenn er bei Sheppard in der Hochsicherheitszelle «Die Festung» von Newgate vorsprach, holte er einen zitierfertigen Satz aus ihm heraus: Wylde bräche Knochen und Gesetze, er hingegen bräche nur aus Kerkern aus.

Von Woche zu Woche stieg die Auflage des Journals, andere Journale schrieben De Foes Artikel ab und verliehen «Gentleman Jack» einen Ruhm, wie ihn sonst nur Bühnengrößen erlangten. Um ihn sammelten sich Anhänger wie Jünger, die er in seiner Zelle empfing: In Eisen gelegt und an den Fußboden gekettet, nahm er Geld von ihnen entgegen und gab es – kein großer Esser – an Mitgefangene weiter.

Er scherzte mit jedem, selbst mit dem Anstaltsgeistlichen James Wagstaff, als der in Sheppards Bibel eine winzige Uhrmacherfeile entdeckte, Alarm schlug und seine Entdeckung an die große Glocke hängte: «Traurig, so eine Bibel ohne Feile.» Werde doch etwas Wichtiges wie eine Bibel durch etwas Lebensnotwendiges wie eine Feile allemal aufgewertet.

Ein Schauspieler eilte herbei, weil er Sheppard in einer komischen Pantomime verkörpern sollte und nicht wusste, wie.

«Wenn ich wieder draußen bin», schlug Sheppard vor, «übernehm ich die Rolle selbst.»

«Und ich?»

«Sie spielen Wylde. Schurken geben sowieso mehr her.»

Eines Morgens erwischte ihn Bodenham Rewse, wie er frei in der Zelle umherlief. Rewse legte ihm das ganze Gerassel wieder an; Sheppard öffnete vor seinen Augen mit einem krummen Nagel das riesige Vorhängeschloss, mit dem die Kette an den im Boden eingelassenen Ringen befestigt war.

«Das nenne ich wahre Qualitätsarbeit», staunte Bodenham Rewse.

«Ach was, verehrter Rewse, das kriegt jeder Dorfschmied hin.»

De Foe druckte auch diese Anekdote ab. Worauf ein Vikar der Ecclesia Anglicana von der Kanzel der Paulskathedrale herab empfahl, jeder solle ein Jack Sheppard im Geiste sein: «Öffnet die Schlösser eurer Herzen mit dem Nagel der Reue!»

Inzwischen brodelte die Öffentlichkeit vor Groll, weil sie ein Jahrzehnt von Wylde getäuscht worden war. Der Oberste Diebesfänger von Großbritannien kam den Abertausend Lesern der Zeitungen im Land plötzlich als der eigentliche Verbrecher vor. Bodenham Rewse gab jede Neuigkeit, die ihm zu Ohren kam, an De Foe weiter. Mittlerweile sei Newgate, sagte er ihm bei einer Partie Domino, in zwei Lager gespalten: In jenes, das Sheppard verehrte, und eines, das nur noch halbherzig so täte, als verehrte es ihn nicht.

«Wenn das so weitergeht», dachte sich auch Abraham Mendez, «bricht uns Romeville zusammen.» Es reute ihn, Wylde zur Raison gebracht zu haben. Sie hätten Sheppard aus dem Weg räumen sollen, nachdem sie ihn zusammen mit Blueskin in Rag Fair verhaftet hatten. Aber wer hatte schon damit gerechnet, dass Sheppard aus Newgate ausbrechen würde? So oder so: Blickte man zurück, ergab keine Strategie einen Sinn. Wylde hatte alles zu verlieren, Sheppard gar nichts, und in seinen Ketten schien Sheppard noch gefährlicher als in Freiheit – mithilfe eines Journalisten, von dem Mendez nicht wusste, wer er war. Ein Verhängnis stahl sich heran, gegen das er sich machtlos fühlte.

Mit Blueskin Blake fing es an. Er schwor allen in Newgate, dreimal hintereinander aufgehängt werden zu wollen, wenn nur Wylde vor ihm abkratzte. Doch fürchtete er ihn mehr, als er zugeben wollte, musste gereizt werden, um seine Furcht zu überwinden, und mehr als ein stumpfes Klappmesser hatte er seinem Zellengenossen nicht abknapsen können. In einer Prozesspause trat er, scheinbar geknickt vor Scham und eine Hand in der feuchten Tasche seiner Hose vergraben, dicht an den Kronzeugen Wylde heran und bat ihn, ein gutes Wort für ihn einzulegen. Wylde war empört: Nein-nein-nein, zu machen sei da zum Glück nichts mehr, er sei so gut wie tot und sein Sarg schon fertig. «Du bist doch so um die eins zweiundachtzig groß, oder täusch ich mich?» Er blickte auf die feuchte Stelle in Blueskins Schritt: «Hast wohl Angst, was?»

Blueskin lachte, «Ich und Angst?», packte Wylde am Genick und rammte ihm das Klappmesser in die Kehle. Aus der Wunde schoss Blut, das die Robe des danebenstehenden Lordrichters bespritzte. Der zuckte zurück: Blutflecken ließen sich aus Samt nur sehr schwer entfernen.

Umgeben von drei Ärzten und dem katholischen Pflegeeifer seiner Gattin, schwebte Wylde im Dämmergrau an der Grenze zum Jenseits dahin, ordnete im Delirium Exekutionen an und erholte sich nach und nach. Aber in Newgate lief blitzschnell die Nachricht von Mund zu Mund, Wylde läge im Sterben, beim Aufruhr der Insassen krachten die Riegel und Angeln in ihren Scharnieren, die Schließer eilten wie gehetzte Kaninchen durch die Gänge, und der Augenblick war da: Sheppard, von Blueskins Attentat und dem Abgang seines Gegners hingerissen, drehte in der «Festung» so lange an der Kette, die seine Fußeisen mit dem Ring im Boden verband, bis sie zersprang, brach mit der Kette einen Eisenstab aus dem Kamin und damit ein Loch durch die Mauer zur Nachbarzelle, zerschlug die Schlösser von sechs Gittertoren und zehn Doppeltüren und gelangte von der Kapelle aufs Dach. Plötzlich fiel ihm ein, dass er Laken und Decken vergessen hatte, fühlte sich, wie er De Foe später erzählte, als bräche er in Newgate ein und nicht aus Newgate aus, kehrte um, tastete sich durch die Finsternis mit den Decken und Laken wieder in die Kapelle zurück und ließ sich zum Haus eines Drechslers hinab. Bei Morgengrauen klapperte er auf einem Bäckerkarren aus der Stadt hinaus.

Eine Blinde schenkte ihm Brot, Käse, Bier, ein Schuhmacher schlug ihm die Fußeisen entzwei und behielt sie als Souvenir. Sorgsam blieb Sheppard außerhalb der Reviergrenzen Wyldes. Er verkleidete sich als Bettler, hinkte auf regendurchweichten Landstraßen von Dorf zu Dorf und stritt sich mit der Wirtin eines Gasthofs über Jack Sheppard, den die Wirtin bald mit dem Schutzpatron Englands, dem Heiligen Drachentöter Georg, bald mit dem kettensprengenden Samson verglich; sie meinte sogar, «Gentleman Jack» könne sich auch mit den Zähnen durch Kerkermauern beißen. Sheppard war überall: Gerüchte vermuteten ihn an fünf entgegengesetzten Orten der Metropole, dann als Geistlichen in Canterbury, als Matrosen in Bristol, De Foe publizierte einen Brief Sheppards von einem noch unentdeckten Kontinent im Süden, «Terra Australis Incognita», und man kerkerte dreiunddreißig Mann in Newgate ein, da sie Jack Sheppard ähnlich sahen.

Der war jedoch nach zehn Tagen seiner Flucht überdrüssig. Er stahl in London aus einer Pfandleihanstalt einen schwarzen Hochzeitsanzug, eine Uhr aus Gold, einen Diamantring und zwei Perücken, ließ den Anzug auf seine Statur umschneidern, traf seine Mutter, die ihn anflehte, außer Landes zu gehen, tappte von einem Pub zum nächsten wie ein Mondsüchtiger, bis ihm die Sinne derart vernebelt waren, dass er sich nach Calais hinausschwimmen sah.

Er erwachte in der «Festung» von Newgate. King George gab kund, ihn begnadigen zu wollen, aber als Sheppard beteuerte, außer Gott hätte ihm niemand bei seinem Ausbruch geholfen, erneuerte der fromme Richter ob solcher Blasphemie den Hinrichtungsbefehl mit säuerlichem Abscheu und Genuss. In Newgate wand sich eine hypnotisierte Schlange Neugieriger von der Straße bis zu Sheppards «Festung» hinauf, darunter Journalisten, der Porträtmaler des Königs, Freistilboxer James Figg und Hochwürden Wagstaff, der Sheppard drohte, ihm die Absolution zu verweigern, wenn er ihm nicht seine Lebensbeichte diktierte – als sich De Foe mit beiden Ellbogen einen

Weg durch die Menge erkämpfte: «Lasst meinen greisen Freund da mal vor!», rief Sheppard und bat die Wärter, die Zellentür zu schließen.

«Im Redenschwingen bin ich sagenhaft mies. Aber die Leute in Tyburn wollen immer, dass man noch was Kluges sagt.»

«Keine Sorge, Jack. Mir fällt schon was ein.»

«Und noch eine Sache, De Foe. Lass mich nur so lange hängen, bis ich bewusstlos bin. Hat oft genug geklappt. Dann bin ich frei. Sagt das Gesetz. Wenn's schiefgeht, erspar mir wenigstens die Seziererei.»

«Machen wir.»

«Dafür erzähle ich dir die ganze Geschichte, von Anfang an.»

De Foe notierte jeden Satz Sheppards in Kurzschrift mit, befragte auch Bodenham Rewse und Hochwürden Wagstaff (für zwanzig Pfund), um Fakten nachzuprüfen, und brachte die einzig wahre und letzte Lebensbeichte, wie von Sheppard selbst verfasst, zu John Applebee: Sie versprach, genau und ausführlich alle Unklarheiten zu beseitigen, die von Flugblättern und Zeitungen in Umlauf gesetzt worden seien. De Foe mietete ein Zimmer in einem Gasthof bei Tyburn und bestellte den Chirurgen Sir Thomas Clinch, der Sheppard nach den geforderten fünfzehn Minuten am Galgen im Gasthof wiederbeleben würde.

Der Montag des sechzehnten November 1724, an dem Jack Sheppard hingerichtet werden sollte, war zu einem Feiertag erklärt worden, und morgens drängten sich bereits Tausende unter faul herabhängenden Wolken um die Balken von Tyburn, mit heißen Kartoffeln in ihren Taschen gegen die Kälte, in Schals gewickelt, die Arme über Kreuz, mit ihren bläulichen

Händen auf den Schultern. Die teuren Ränge der Tribüne füllten sich. Die Zuschauer warteten vier Stunden statt der üblichen zwei, da sich der Karren mit Sheppard obendrauf von Newgate aus Holborn Hill hinaufzwängen musste durch ein Gewühl, das sich alle Mühe machte, die Stadt zu verschlingen. Es waren mehr Menschen auf den Straßen als bei allen Krönungen von Königinnen und Königen der vergangenen zwei Jahrhunderte zusammen: Ein solcher Tag ließ jeden mit eigenen Augen das Wunder schauen, selbst am Leben zu bleiben, vom Tod verschont zu werden, während andere starben. Nach Tyburn ging man mit der geheimen Genugtuung, wie viel der Verurteilte dafür geben würde, noch mit dem elendsten Zuschauer zu tauschen. Viele wollten Sheppards Hand schütteln, andere ihn segnen, dritte seiner Heilkraft wegen von ihm berührt werden, und der Freistilboxer James Figg gab dem Tross in einem Pub an der Oxford Road literweise Glühwein aus. Als Tyburn erreicht war, ließen Soldaten eine weiße Taube frei. «Hier sollten eigentlich die dort oben gehängt werden», zitierte Sheppard De Foe und wies zu den Rängen der Tribüne hoch: «Aber die, die immer baumeln werden, sind wir.» Er empfahl der Menge, seine Lebensbeichte zu kaufen, da stünde alles drin, Zeitungsjungen hoben die Blätter in die Höhe. Leichtgewichtig, wie er war, kämpfte er zehn Minuten mit dem Strick um den Hals, Freunde zerrten ihn aus Mitleid an den Beinen nach unten, bis sein Genick gebrochen war. Wie De Foe ihm versprochen hatte, wurde er immerhin in der geweihten Erde von Westminster bestattet, mit zwei Silberlöffeln in einem samtgepolsterten Sarg.

Die Totenwache auf dem Friedhof währte drei Wochen. Sie hielt Grabräuber und Souvenirjäger fern. Jonathan Wylde war mittlerweile wieder so weit bei Kräften, dass er – größter

Coup seiner Karriere – Juwelen aus Windsor rauben und auf seine Fundämter verteilen ließ; von nun an legte er die Preise für Gestohlenes nach eigenem Gutdünken fest und strich den Großteil selber ein.

Schon beschatteten ihn Spitzel der Regierung. Früher hatte ihm ein kurzer Blick über qualmende Kerzen hinweg quer durch den Raum genügt, um festzustellen, ob jemand ein getarnter Spitzel war. Vom Opium, das ihm nach Blueskins Anschlag eingeflößt worden war, nahm er mehr und mehr; es machte ihn, mit reichlich Brandy versetzt, unachtsam, ziellos, willkürlich. Viele aus seiner Entourage waren bereit, gegen ihn auszusagen, falls man ihnen freies Geleit gewährte: Er wusste zu viel über sie, sie genug über ihn. Akten aus Newgate, dem Stadtrat, den Amtsräumen des neuen Premierministers Robert Walpole erreichten schließlich die Audienzsäle eines ohnehin schon erbosten Königs. Vier Friedensrichter, die Wylde seit jeher entweder um seine Erfolge beneidet oder sie verdächtig gefunden hatten, durchstöberten sein Fundamt beim Old Bailey und entdeckten die Juwelen aus Windsor. Eine Anklage in elf Punkten konnte Wylde entkräften. Er setzte eine erste Liste jener Verbrecher auf, die er dem Gesetz überantwortet hatte, und publizierte sie als Kernstück einer Streitschrift im Journal John Applebees. Mendez denunzierte seinen engsten Vertrauten aus Wyldes Miliz, Quilt Arnold, um Wylde und sich selbst zu entlasten. Zwei Diebe sagten vor Gericht aus, Wylde hätte sie gezwungen, fünfzig Meter flandrischer Spitze zu klauen, und als die Bestohlene vor Gericht trat, eine ältere Dame, fiel das längst erwartete Urteil. Die Zeitungen brachten erfundene Lebensgeschichten Wyldes in den schaurigsten Details. Wylde sandte Mendez nach Stoke Newington. Er hatte in Erfahrung gebracht, dass De Foe die Lebensbeichte Sheppards verfasst hatte.

«Ein lustiger Herr mit weißem Haar wartet vorm Gartentor und riecht nach Minze», meldete Sophia ihrem Herrn Papa, «und er sagt, er sei ein Freund von dir und ein Freund von Smite.»

«Dass Mendez Smite gekannt hat, ist mir neu. Soll reinkommen.»

«Umgekehrt wär's ihm lieber.»

In der größten Zelle des Press Yard starrte Wylde in den Kamin, als stünde er am Ende einer Sackgasse, Mendez drückte De Foe auf einen Sessel nieder, goss ihm ein Glas mit Sherry voll und ließ die beiden allein. De Foe saß der Ekel im Hals. Wylde kehrte ihm den gekrümmten Rücken zu und sagte dann mit schartiger Stimme: «Glotzen Sie nur.»

«Ich glotze nur glücklich in ein Glas Sherry», log De Foe gespielt herzhaft, «meine Lieferanten in Cádiz haben mich um das Beste betrogen.»

«Man betrügt am Ende immer nur sich selbst, Daniel de Foe. Wissen Sie, was ich am meisten bereue? Sie wollen's vielleicht nicht wissen, ich sag es Ihnen nichtsdestotrotz. Mein Leben lang so viel Angst gehabt zu haben. Sogar vor Sheppard. Resultat? Es hat sich nicht gelohnt. Wir verschwenden unsere höchsten Kräfte auf Albernheiten. Aber jetzt ist plötzlich die Angst weg. Hochwürden Wagstaff steht mir bei. Hab ihn ja nicht von ungefähr zum Kerkerpfaffen ernennen lassen, verflucht.»

Wylde drehte sich um, aufgedunsen und blass wie ein Ertrunkener. Er hätte, dachte De Foe, bei King George für sein Aussehen auf Schadenersatz klagen können.

«Ja klar hab ich mich verbissen, Abe hat da recht. Aber ich bin kein leichtlebiger Hübschling wie unser Gentleman Sheppard, der von der Welt und ihren Geschäften nie was kapiert hat. Eine Krähe pickt der anderen kein Auge aus, heißt es nicht so? Stimmt nicht. Krähenbanden streiten sich dauernd um ihre Reviere.»

Wylde öffnete sein loses Hemd, vom Hals abwärts war alles von Stichwunden vernarbt.

«Doch bei mir waren sich alle einig, die Bande oben und die Bande unten. Sie haben sich gegen mich verschworen, wie sich Krähen über einen verletzten Habicht hermachen. Schon mal beobachtet, wie das aussieht, De Foe? Die Krähen hacken, die Krähen zerren, die Krähen weiden ihn aus. Eine gottverdammte Sauerei.»

Wylde schürte mit seinem rechten Stiefel das Feuer im Kamin und setzte ihn auf die Scheite, bis sie unter dem Gewicht zerbrachen.

«Aus dieser Verschwörung von Krähen können Sie doch jederzeit raus. Durch Ihre Tunnel unter der Stadt.»

«Die versperrt mir unsere Syphilisruine Bodenham Rewse, der Treulosigkeit seit gestern mit Gerechtigkeit verwechselt. Entschuldigen Sie mal, aber auch der ist nur einer von Millionen korrupter Duckmäuser, die nicht den Mut aufbringen, das zu tun, was sie wollen. Wir zwei sind da anders. Uns zwei hat man erniedrigt und verlacht und zu Staatsverbrechern erkoren, um mit dem Finger auf uns zu zeigen: Da ist er ja, der Bösewicht, der Widersacher, und wir sind die Guten. Das sind sie aber nicht. Was macht sie besser als uns? Na?»

Wylde merkte, dass er sich in eine Aufregung hineingeredet hatte, mit der er nicht weiterkam.

«Ich helfe Ihnen, De Foe, und Sie helfen mir. Hier», Wylde warf ihm eine Goldmünze mit seinem Profil zu, De Foe fing sie auf. «Diese Währung wird in Romeville immer gelten. Sie werden sie brauchen. Was man am meisten fürchtet, kommt einem auf halbem Weg entgegen. Man wird hinter Ihnen her sein, wenn nicht in einem Jahr, dann in fünf, die Wege der Menschen sind unergründlich. Dafür dürfen Sie exklusiv und von mir beglaubigt einen so ehrlichen Lebensbericht hinlegen, wie Sie ihn für Sheppard geschrieben haben, nur bitte weniger rührselig und so unparteiisch wie möglich. Berichtigen Sie den üblen Quatsch, mit dem andere Journalisten über mich herfallen. Ich will im Himmel die Tragödie eines Mannes lesen, der seinem Land mit Demut und Kühnheit gedient hat und dafür von den schlimmsten Galgenvögeln zerfleischt worden ist.»

«Ich hätte da noch ein paar Fragen.»

«Nur zu. Aber rasch.»

Schwere Schritte stiegen langsam zum Press Yard empor: Bodenham Rewse war mit den Schließern auf dem Abendrundgang durch sein Reich.

«Und noch was, De Foe. Sorgen Sie dafür, dass ich vom Sezierkollegium Seiner Majestät nicht zersäbelt werde. Ich will meinen Frieden haben.»

Wylde sank in den Anblick des erlöschenden Kaminfeuers zurück, als wüsste er nicht, wie dieser Friede aussehen sollte.

«Und jetzt muss ich etwas schlafen. Abe!»

Die Zellentür sprang krachend auf.

«Ja klar, zu Befehl», dachte De Foe sarkastisch, als er im Arbeitszimmer seine Feder nach dem Tintenfass ausstreckte und Chirurg Tom Clinch in einem Brief die frohe Botschaft mitteilte, ein besonders studierenswertes Exemplar sei bald lieferbar. Man werde es allerdings bei Nacht aus dem Friedhof des Heiligen Pankratius schaffen müssen. Er bitte Sir Thomas lediglich, ihm nach der Sezierung einen Charakterbefund zu schicken. Man sehe dem Verblichenen mit größtmöglicher

Neugierde entgegen, schrieb Sir Thomas zurück, der ahnte, wer gemeint war.

Im Karren auf dem Weg nach Tyburn hockte Wylde am vierundzwanzigsten Mai 1725 in seinem blauen Morgenmantel aus Wollsatin. Er lehnte am Rand seines eigenen Sargs, noch starr von jener Überdosis Laudanum, mit der er sich in der Nacht zuvor das Leben hatte nehmen wollen. Ohne Turban schimmerte sein Stahlplattenschädel von Schweiß. Er wusste, dass die Menge ihn im französischen Stil am liebsten ausgeweidet, geköpft, geviertelt sehen wollte, seitdem er eine zweite Liste seiner Verhaftungen im Journal John Applebees veröffentlicht hatte – und einen Rat an seinen Nachfolger noch dazu. Er tat sich nicht leid. Zusammen mit den zwei anderen Verurteilten murmelte er im Nieselregen das Vaterunser, und als der Henker Anstalten machte, ihn als Letzten aufzuknüpfen, traf den Henker ein aus der Menge geworfener Stein. Wylde zappelte nicht lange, zur Enttäuschung des Publikums.

Eine Woche später spielten Kinder im gelben Licht der Abendsonne am schwarzen Wasser der Themse, hörten hysterisches Krächzen und Gebell und sahen, wie sich Raben und streunende Hunde um Fleischstücke, Haut und Eingeweide stritten. Ein Stadtwächter verscheuchte Hunde, Raben und Kinder und sammelte die Leichenteile in einem Bündel ein.

Noch Jahre danach hieß es, Jonathan Wyldes unerlöste Seele laufe durch die Straßen der Stadt. Andere meinten, sie gehe in einem Haus der Bury Street um, wo Abraham Mendez die Fundamtfirma weiterführte. Doch war sie in Wirklichkeit längst in der Erde von Crossbones am Schuldspruch ihrer Opfer erstickt.

7

Niemand entkommt

1730

Warum De Foe unbedingt einen teuflisch dreinschauenden Ziegenbock großziehen und täglich mit teuren Kräutern aus der Laborapotheke füttern musste, gab seinen Nachbarn in Stoke Newington Rätsel auf, bis das stinkende Satanstier zu ihrer Erleichterung eines Tages geschlachtet und aus ihrer Idylle verschwunden war. De Foe trank das Blut des Ziegenbocks, um scharfkantige Brocken mit seinem Urin auszuschwemmen, die seine Harnwege blockierten. Doch blieb diese Behandlungsmethode gegen Blasensteine wirkungslos, obwohl sie Chirurg Sir Thomas Clinch mit professionellem Enthusiasmus verordnet hatte.

Von einer operativen Entfernung der Blasensteine riet Sir Thomas dennoch weiterhin ab und gab sich wortreich weise dabei: «Unserer Jugend fällt es unendlich schwer, die eigene Vergänglichkeit anzuerkennen. Aber altern muss jeder, und eine Kolik bringt den Gewinn, sich mit dem Sterbenmüssen auszusöhnen, sich vertraut zu machen mit der Tatsache des Todes. Gesundheit und Reichtum gehen dahin, die Würde bleibt. Besteht der Wert des Lebensabends nicht darin, dass man sich an solche Schwächeleien gewöhnt und Seelenstärke beweist?» Die Operation dürfe zwar als Beleg medizinischen Fortschritts gewertet werden, denn früher sei man an Blasensteinen schlichtweg gestorben; doch ungefährlich sei der Eingriff keineswegs, De Foe solle es bitte noch mal mit dem harntreibenden Blut eines gekräuterten Ziegenbocks oder seinem, Clinchs, hauseigenen Terpentinbalsam versuchen, auch ein Thermalbad mit Mineralwasserkur in der Schweiz käme bei den betagteren Patienten gut an, ja sogar der Anblick Roms hätte bei manchen –

«... Wunder gewirkt», ergänzte Mary den Chirurgen und sah durch ihn hindurch: Rom? Man staune doch sehr. Sir Thomas glaube wohl, ihr Mann hätte sein Leben schon hinter sich und lasse sich abspeisen mit Ziegenböcken, Terpentin und der Schweiz. Ihr Mann quäle sich zu frühzeitig ins Grab hinein, und falls Sir Thomas sich nicht zu ein paar sauberen Schnitten durchringen könne, werde sie noch heute den effektivsten Exorzisten des Papstes rufen.

Bald hatte sich De Foes ganzer Körper zu entzünden begonnen, schwoll an, eiternde Abszesse im Hals schnürten ihm die Luft ab. Also fesselte man De Foe im ersten Stock des Königlichen Medizinkollegiums an den Handgelenken, Anatomiestudenten hielten seine Beine gespreizt, Clinch führte, ohne De Foe betäuben zu können, einen Silberkatheter in die Penisöffnung ein, schnitt die Harnröhre auf, um mit Katheter und winziger Zange die Steine zu entfernen. Mit knapper Not überlebte De Foe die Prozedur und sagte, sie sei ihm kräftig an die Nieren gegangen, doch immerhin weniger schlimm, als von Gläubigern in die Mangel genommen zu werden.

Nach der Operation verurteilte man ihn zur Erholung. Die Schikane der Passivität, in die er sich anfangs noch fügte, verschaffte ihm unregelmäßiges Herzklopfen und Juckreiz in den Kniekehlen. Nichts zu tun zu haben, nein, das hatte es für ihn nie gegeben, und dass er nichts tun durfte, ließ ihn so ruhelos durch Haus und Garten wandern, dass er abends ganz matt davon war. Ihm hatte stets nur zügellose Arbeit gegen Erschöpfung geholfen, schöpferische Erregung bis zum Schwindel, diese herrliche Plackerei bei Tag und bei Nacht. Wofür war er mit einem zweiten Leben gesegnet worden? Um seine Hühner beim Eierlegen zu bewundern? Seine kreischenden Enkel in den Schlaf zu trällern? Seine Einnahmen hatten für ihn keinen Sinn, wenn er sie nicht sofort wieder ausgab, statt sie aufzusparen für später, für Kinder und Kindeskinder beiseitezulegen, für eine Zukunft, in der er dann tot und begraben war. Er kaufte Land in Essex, um nochmals eine Ziegelfabrik wie in Tilbury zu gründen, und nahm dafür Kredite auf, von denen er nicht wusste, ob er sie je würde abzahlen können.

Jonathan Wyldes Prophezeiung erfüllte sich: Zwei Damen waren in den Besitz von Schuldscheinen geraten, die De Foe schon vor Jahrzehnten beglichen hatte, die Sekretäre des Premierministers und Schatzkanzlers Robert Walpole stellten sich auf ihre Seite und genossen sich sehr dabei. Zäh wie Leder, war ihnen kein Trick, Dreh, keine Doppeldeutigkeit und Klausel fremd, mit denen man De Foe zusetzen konnte. Vor den Eichentischen des Schatzamts sprach De Foe von skrupelloser Rechtsbeugung, kaute an seinen trockenen Lippen, stotterte und verhedderte sich, als er meinte, jene Schuldscheine seien gefälscht.

Sie waren es; doch hatte De Foe keine Beweismittel zur Hand. Seine Buchführung war nach Midges Weggang wieder dermaßen nachlässig geworden, dass seine Lage von Verhandlung zu Verhandlung immer aussichtsloser wurde. Sein Drucker gewährte ihm keinen Vorschuss, weil er als säumiger Schuldner bekannt war. Im Frühjahr 1730 besaß De Foe keinen

Penny mehr. Selbst Nachbarn in Stoke Newington behaupteten plötzlich, er hätte sich von ihnen Geld geliehen. Daniel de Foe schuldete allen offenbar alles Geld, das auf der Welt jemals verdient worden war.

Insgeheim hatte er mit Marys Hilfe gerechnet. Sie hatte von ihrem Bruder neun Häuser an verschiedenen Orten der Metropole vererbt bekommen, sogar in Hampstead Heath. Doch sah das Testament vor, dass allein sie auf das Vermächtnis zugreifen konnte. Sie wollte es für die Kinder und Enkel bewahren und war gerade noch dazu bereit, Benjamin Nortons Kaution zu bezahlen, als der in Newgate eingesperrt wurde, weil er Artikel gegen Walpole verfasst hatte; Walpole vermutete hinter den Artikeln als Mitverfasser De Foe und kaufte Benjamin Nortons Zeitung auf. Gern wäre Walpole die De Foes möglichst gleich und für immer losgeworden. Er hasste Journalisten und Autoren aller Art, die ihm seine Bestechlichkeit vorwarfen, und wollte am alten De Foe vorführen, wozu er fähig war, um den jüngeren Kollegen das Maul zu stopfen.

«Ben, nimm den Kopf hoch und schau mich an. Wie kannst du nur weiter für diese Zeitung schreiben?», stellte ihn sein Vater zur Rede, «du verrenkst dich doch. Mach das nicht.»

«Und wer hat sich von Harley kaufen lassen?», schlug Benjamin Norton zurück.

«Ich wurde erpresst, nicht gekauft.»

«Und bist gut dabei ausgestiegen, schau dich mal an! Wie ich über die Runden komme, hat dich nie gekümmert. Ich habe euch alle, alle so was von satt.»

Benjamin zog sich seinen Kaschmirmantel über und verließ das Haus. Sie sahen einander nie wieder.

Es kam zu derart bösen Wortgefechten zwischen Mary und ihrem Mann, dass die drei Töchter im Haus selbst zum

Dinner auf ihren Zimmern blieben. Sie habe immer zu ihm gehalten, sagte Mary, habe ihm aus seinem – man hoffe doch: einmaligen – Fehltritt mit dieser Muschelhändlerin Mary Norton von der High Street in Bristol nie einen Strick gedreht, habe Benjamin ohne Murren bei sich aufgenommen und ohne seine Hilfe als ihren eigenen Sohn erzogen – aber mal ehrlich: Was sei aus ihm geworden? Ein vom vielen Brandy schlapper Gesinnungslump, der Walpole eben noch Korruption vorgeworfen hatte, um sich nun seinerseits, du grundgütiger Gott, von Walpole korrumpieren zu lassen, ein Wüstling, der seiner Frau, und da höre sich doch alles auf, in neunzehn Jahren siebzehn Kinder gemacht hatte. Währenddessen schreibe sein Herr Papa Bücher, in denen der sich dafür starkmachte, dass Frauen sich in der Ehe nicht zu Gebärvehikeln degradieren lassen und über ihren eigenen Besitz frei verfügen sollten – doch für sie, Mary de Foe, gelte Letzteres offenbar nicht? Man bedanke sich.

Als ein Buchhändler mit Namen Henry Baker um die Hand der bald dreißigjährigen Sophia anhielt, zog De Foe die Mitgiftverhandlungen so lange hin, bis sich Baker mit der Schenkung des Hauses in Stoke Newington begnügte. «Schäbig», sagte Mary dazu. De Foe schloss sich ins Arbeitszimmer weg, schlief auch dort, aß auswärts und schlich frühmorgens ratlos ums Haus, das nicht mehr das seine war. Der endgültige Schuldspruch vor Gericht stand noch aus. Den Wortlaut kannte von vornherein jeder Straßenköter der Stadt. Ein königliches Pardon hatte es für ihn nie gegeben. Er würde seine letzten Jahre im Gefängnis verbringen. Da fiel ihm jemand ein, für den die Münze mit Wyldes Profil vielleicht noch einen Wert besaß.

Abraham Mendez stand an einer Ecke der portugiesischen Synagoge nahe seinem Fundamt in der Bury Street bei Spitalfields und rauchte still in sich hinein. Die Synagoge, backsteinrot und frisch, wirkte auf den um zwei Jahrhunderte gealterten De Foe wie erst gestern erbaut.

«Dumme Sache», Mendez inhalierte tief, während sie nebeneinander eine abschüssige Gasse hinabschlenderten und warmer Augustregen in schiefen Strichen auf sie fiel: Leiderleider könne man Schuldbriefe nicht in Kreditbriefe umschreiben. Jeder Betrüger müsse eben damit rechnen, früher oder später selbst betrogen zu werden. De Foe sei es wohl nie auch nur einen Versuch wert gewesen, aus seinem privaten Newgate rauszukommen, sonst hätte er sich nicht erneut aufs Geschäftemachen eingelassen, das ihm nun einmal nicht liege. Mit seinen Lebensberichten und Reportagen sei es übrigens auch nicht weit her.

«Bei aller Sympathie für alle Dissenter der Erde, Mr. De Foe: Ihr Bericht über Jon war bestenfalls so-so, weder kurz noch exakt, wie verlangt, wenn auch immer noch besser als der Kram, der den Köpfen anderer Schreiberlinge entsprungen ist. Zum Glück komme wenigstens ich kaum darin vor. Was Jon anlangt, lavieren Sie pausenlos rum. Einmal soll Jon unbändigen Mut besessen haben, ein andermal war er ein erbärmlicher Schurke mit grenzenloser Profitgier, der den Galgen verdient hat. Zugleich war sein Talent für Sie bewunderungswürdig, und als Sie dann schildern, wie die da oben ihn hängen, haben Sie Mitleid mit ihm. Wie stimmt das alles zusammen, sagen Sie mal?»

De Foe kickte einen Kieselstein weg und warf einen nervösen Blick auf das ruhige Gesicht neben ihm: Er brauchte Beistand, und zwar rasch, und keinen Rezensenten.

«Sie haben Jon», löste Mendez das Rätsel, «heimlich gemocht und verschleiern Ihre Zuneigung mit Wertungen, die

Ihnen nicht zustehen. Sie können einfach das Geflunker nicht lassen.»

Mendez lachte, als wäre er darüber erfreut.

«Sie schreiben, Crusoe hätte im Sand die Spur eines einzigen Fußes entdeckt. War dieser Freitag denn ein einbeiniger Krüppel? Und bitte: Gibt es Pinguine auf einer Insel an der Mündung des Orinoco? Sie Trickster mogeln sich immer was zurecht und glauben, Sie kämen damit durch wie unser Herr Premier. Warum sollte ich Jons Versprechen halten, wo Sie das Ihre gebrochen haben? Sie verdienen seine Münze nicht. Sie haben ihn bei der Verschwörung dieser Krähen, die ihm ihr Futter verdankten, nicht einmal vor dem Medizinkollegium bewahrt. Sie haben sich mit Ihrem Bericht über Jon sogar selber von ihm ernährt. Krähe.»

«Eine weiße Krähe, wenn schon», korrigierte ihn De Foe.

«Als ob es das gäbe. Sehen Sie, Sie flunkern und albern selbst dann, wenn Ihre Lage zum Verzweifeln ist, und halten das wohl für hirnflinken Humor.» Mendez schüttelte resigniert den Kopf: «Aber wissen Sie was, ich verstehe Sie. Ich kenne jedes Laster, und wer die Laster verabschiedet, verabschiedet die Menschheit – wozu ich kein Talent besitze. Ich nehme Jons Münze an, halte Jons Versprechen, jedoch nur, weil er seinerseits nie wortbrüchig geworden ist, nie, aus Prinzip. Und weil Sie Smites engster Freund gewesen sind. Horatio hat mich mit seinem Stockdegen mal vor einer Bande beschützt. Es waren vier. Nach Horatios kleinem Eingriff waren es null. Ich habe ihm zugeredet, Mensch, lass dich auf diesen Harley nicht ein. Aber Smite hat auf niemanden gehört. Hören wenigstens Sie jetzt auf mich?»

De Foe drehte sich nach allen Seiten um: «Ich wüsste nicht, auf wen sonst.»

«Gut so» – und was De Foe nun vernahm, kam ihm zunächst fantastisch vor und verstiegen, war aber immerhin denkbar.

Das Einzige, was De Foe retten könne, wäre, beschloss Mendez, offiziell tot zu sein. Was bei seinem Bekanntheitsgrad gar nicht so einfach sei. Er müsse sich vor Zeugen – «sagen wir mal» – durch Raubmörder aus dem Weg räumen lassen.

«Besser heute als morgen», drängte De Foe.

«Wen, glauben Sie, haben Sie vor sich? Ich bin nicht Jon. Mit Jon ist jenes Romeville verschwunden, das einmal reibungsloser und schneller funktionierte, als jede Druckerpresse noch in vierhundert Jahren funktionieren wird. Ich bin kein Mensch, der mit dem Kopf durch die Wand rennt und auf Verlust spielt wie Sie. Für ein so waghalsiges Unternehmen brauche ich einen Monat Zeit.»

«In drei Tagen» – panische Ameisen liefen ihm den Rücken hinunter – «stecke ich hinter Gittern.»

«Dann fliehen Sie, ohne geschnappt zu werden. Schaffen Sie das?»

Aber natürlich schaffe er das, gab sich Mendez selbst die Antwort. De Foe sei doch sein Leben lang auf der Flucht gewesen.

«Im Städtchen Tunbridge Wells der lieblichen Grafschaft Kent nehmen Sie am zwölften Oktober die Kutsche nach London. Auf dieser Route ist immer was los, Zeugen wird es genug geben. Wir bestechen den Kutscher, damit er in Kent immer wieder hält und unseren Freunden Zeit für ihren Überfall lässt. In der Gegend von Sevenoaks rauben unsere Freunde die Kutsche aus, kurz nach Mitternacht, Freitag, den dreizehnten. Da wird es nach meinem Kalender so dunkel sein, dass Sie Ihre eigenen Hände nicht sehen können, und Sie lassen sich von dem Blinden führen. Sagt Ihr Herr Messias nicht irgendwo, die sicherste Art, in eine Grube zu fallen, sei es, wenn ein Blinder einen Blinden führt? Und Sie wollen doch wohlbehalten in Ihr Grab rutschen?»

Mendez hielt einen Augenblick inne, weil De Foe beleidigt dreinsah.

«Ihr Humor ist mit Ihren Finanzen die Themse runtergegangen, das wundert mich nicht. Aber Angst ist hier alles. Wir müssen den Zeugen Angst einjagen, sonst wehren die sich noch. Sonst horchen sie auch nicht auf. Und Weiß ist die Farbe der Angst. Nicht Schwarz. Aber ist Spellvine wirklich der richtige Mann dafür?»

«Ja woher soll ich denn das wissen?»

«Na, der lehrt alle das Fürchten, wenn sie ihn nur zu Gesicht bekommen, sogar mich, jedes Mal. Und redegewandt ist er auch. Machen Sie sich beim Überfall ihm gegenüber irgendwie bemerkbar, sagen Sie meinetwegen eine Ihrer Unverschämtheiten oder, nein, besser: Stampfen Sie mit den Füßen kräftig auf.» Er werde seiner Tochter Sophia mitteilen, dass er in Greenwich sei. «Es gibt mehr als vier Greenwichs in diesem Land. Wenn Sie Ihre Familie sehen wollen, schreiben Sie ihr aus Greenwich, und Sophia weiß dann schon, wo genau dieses Greenwich liegt.»

«Und wo liegt es?»

«Direkt vor den Nasen Ihrer Gläubiger und der Halunken vom Schatzamt. Aber genug verraten. Geht alles mit rechten Dingen zu, dann gelten Sie für tot, irgendwo verscharrt. Dann sind Sie ein Niemand, und nach einem Niemand sucht keiner.»

Am Tag vor der Urteilsverkündung, bei der Taufe des Sohnes von Sophia und Henry Baker in Stoke Newington, ließ sich De Foe mal hier blicken, mal dort – und war zur Verwunderung aller auf einmal unauffindbar. Ein Sekretär Walpoles beauftragte drei Agenten: «Fangen Sie ihn ein, bevor er über Calais auf den Kontinent entwischt. Das hat er vor Jahrzehnten schon mal gemacht und damit den armen Nottingham düpiert.» Nachdem er wochenlang durch Dörfer und Städte gereist war, hatten sich zwei der drei Spitzel im Moor von Essex verirrt wie einst die Hexenjäger während der Pest. Ein Grünäugiger mit versilberter Vollperücke saß in der Neumondnacht vom zwölften auf den dreizehnten Oktober in der Kutsche, doch ohne Hilfe eines Friedensrichters war die Verhaftung unmöglich; De Foe erschrak nicht wie die anderen Fahrgäste beim Anblick des Blinden, der Jack Sheppard so seltsam ähnlich sah. Bei Tagesanbruch stieg er, Spellvine hinterdrein, durch Wyldes Tunnelsystem unter der Gasse der Seilmacher, Ropemaker's Alley, zu einem Tor in Mr. Hudsons ummauertem Anwesen hoch, nur wenige Gassen von seinem Geburtshaus entfernt: Das Tor öffnete Spellvine mit der Kante einer Penny-Münze, als wäre er gar nicht blind.

Hudson stellte keine Fragen, Mendez kam nie zu Besuch, auch wenn er im Voraus die Kosten seines Aufenthalts wie auf immer beglichen hatte. Anfangs arbeitete De Foe nur bei Tag, weil Kerzenlicht jene Aufmerksamkeit erregt hätte, die ihm gefährlich werden konnte. «Das brauchen Sie nicht», sagte Hudson, «hier bei mir wird Ihnen niemand was tun, hier sind Sie unsichtbar wie ein Gespenst, hier kommt keiner rein, wenn ich es nicht will. Nur dort draußen ist jeder hinter jedem her.» Also schrieb De Foe aus diesem seinem Greenwich nachts, während ein Fuchs zufrieden zu seinem schwach erleuchteten Fenster hinaufschaute, zwischen zwei großen Wachskerzen an die Familie, er fühle sich fürchterlich einsam und krank. In Wirklichkeit fühlte er sich zum ersten Mal seit der Blasenoperation wie neugeboren und begann im Garten unter den Birken gleich zwei neue Werke nebeneinander, eines über die richtige Erziehung eines Menschen zum Monarchen, der zuerst lernen müsse, ein Mensch zu sein wie jeder andere Mensch; seine «Geschichte des Teufels» nahm er sich auch nochmals vor.

Hudsons Anwesen war wie ein gestrandetes, aber heil gebliebenes Schiff. De Foe hatte nie erwartet, älter zu werden als siebzig; jetzt erwog er zuweilen den Gedanken, er könnte sich ja weigern, zu sterben, wie wäre das?

Mary kam, allein. Sie setzte sich neben ihn an den Tisch im Garten und lehnte ihren weißhaarigen Kopf still an seine Schulter. Ein Pfauenauge taumelte vorbei. Der taube Gärtner harkte Spätkartoffeln aus. Alles war durchgestanden, was man ihm, was er sich, was er Mary angetan hatte. Auch hatte er sie alle überlebt, Antoine de Guiscard, Queen Anne, Dumbarton Douglas, Robert Harley, der nach Annes Tod zwei Jahre im Tower gesessen hatte, Tom Warzen-Wharton, Sir Salathiel Lovell, Sheppard und Wylde und Bodenham Rewse, Earl Trübsal of Nottingham, und Smite war auf seine Weise bei Midge, wo immer sie war. Er würde, dachte er, nach dem Buch über die Bildung eines angehenden Königs, einer angehenden Königin, noch ganz bestimmt dieses andere kleine Werk vollenden, eine Abhandlung darüber, wie man Raubüberfälle verhindern könnte; dachte noch: «Vielleicht erzählt irgendein Trottel irgendwann mal meine Geschichte und hört hier gefälligst auf», und schlief neben Mary beunruhigt ein.

8

Midge

1734

Fast fünf Jahre hatte es sie in Manhattan gehalten, auch weil sie sich lange nicht eingestehen wollte, dass sie so bereitwillig den Lügen über ein neues, besseres England aufgesessen war. In ihren Briefen an Sophia erwähnte sie ihre Enttäuschung mit keinem Wort, schrieb ohnehin selten, dann gar nicht mehr.

Manhattan war ein staubiges Dorf im Vergleich zu London, das London so plump nachahmen wollte mit seinen Pubs und Kaffeehäusern die Wall Street und den Broadway entlang. Doch fiel das Wasser hier ohne Ruß vom Himmel, und als ein wohlhabender Hugenotte per Annonce «eine robuste, junge Dame» suchte, «getauft und gebildet», arbeitete sie als Gouvernante für die bockigen Kinder des Hugenotten mit Blick auf die Docks. Abends bei Tisch saß sie aufrecht da und stumm, während der Herr des Hauses beteuerte, dass sich die Aristokratie dieses Landes auf Geist gründe, auf Geist und Moral, und sich ständig veredle. Das alte England hätte sich indessen längst in müden Marmor verwandelt, den man polieren könne, ausbessern jedoch nicht.

Aber auch hier hängt man Leute auf, so wie man weiter unten Tabakblätter zum Trocknen aufhing. Midge zog mit den Wildgänsen 1726 über die Wasserwege in den Süden hinab, bevor der Hugenotte Nachforschungen über ihre Vergangenheit anstellen konnte. Ihr schwarzes Buch unterm Arm, übernahm sie auf der Tabakplantage des alten Bolton in der Provinz Maryland die Aufsicht über das Schlachthaus, die Molkerei, über dreiunddreißig Schwarze und zwei Weiße, die über Barbados nach Maryland verfrachtet worden waren. Hier würde sie höchstens ein Jahr bleiben, versicherte sie Sophia in ihrem letzten Brief.

Bolton war der Sohn einer Taschendiebin, wie Moll King eine gewesen war, die man einst wie Moll King vor die Wahl gestellt hatte zwischen Tyburn und der Deportation. Bolton hatte den «Crusoe» auf seinem Regal und «Moll Flanders», die er wahr, gerecht und vorbildlich fand. Nach Belieben bediente er sich der Frauen in seinem Besitz. Er überschrieb Midge seine Plantage, die trotz der Pockenepidemie im Todesjahr De Foes 1731 über siebzig Sklaven verfügte, denen man nur mit schwer bewaffneten Aufsehern beikommen konnte. Die Sklaven waren, glaubte sie, so gefährlich wie Schlangen im Zuckerrohr. Wenn sie ihr geradewegs ins Auge schauten, empfand sie Angst und Zorn. Sie hatte von Bolton gehört, dass sie sich früher immer wieder gegen ihre Herrschaft erhoben hatten.

Eines Morgens im Frühjahr 1734 erwachte sie vom Gebell der Hunde im Zwinger, als wäre sie in ihrer Kammer von ihnen umringt, und sagte laut zu sich: «Auf Dauer kann ich hier nicht bleiben.» Es war März, der Monat ihrer Geburt, Venus im Stier durchwanderte gerade ihr zweites Haus. Sie verkaufte die Plantage an ihren Nachbarn Tucker Gates, der mit Sklaven weniger resolut verfuhr als sie. Sollte er selber sehen, wie weit er damit kam.

Sie war zweiundvierzig Jahre alt und reich. Am Hafenkai

von Liverpool machte sie ein wenig Aufsehen mit einer tiefschwarzen Dienerin im Gefolge, die von ihr immer recht wohlwollend behandelt worden war. Kaum hatten sie London erreicht, war die Dienerin verschwunden. Midge kaufte ein Haus in Hampstead Heath, von wo sie die Kuppel der Paulskathedrale sehen konnte. Nie besuchte sie das Grab Daniel de Foes und Marys, die ihrem Mann innerhalb eines Jahres, im Dezember 1732, nachgestorben war; es hätte ihr nur unnötig wehgetan. Aus demselben Grund hielt sie sich auch von der Covent Garden Piazza fern. Einmal im Jahr machte ihr ein älterer Witwer seine Aufwartung, Mr. John Jeffries aus Stoke Newington, dessen Mutter damals ausgerufen hatte: «Zum Glück haben wir Miss Crane!» Als sie, immer noch eine Miss Crane und ehrbare Bürgerin von Hampstead Heath, mit fünfzig einem Fieber erlag und von Jeffries im Garten feierlich beerdigt worden war, sackte das Haus ein wenig ein. Katzen und Krähen aller Art fanden Zuflucht darin. John Jeffries beließ das Haus so, wie es zu Midges Lebzeiten gewesen war, vermietete und verkaufte es auch nicht. Es sollte unberührt bleiben. Bald zeigte es das müde Grau verwitternden Holzes. Manchmal wagten sich Kinder der Nachbarschaft auf Dohlenfang über die erschöpften Dielen ins Spinnennetzdunkel des Hauses und erblickten über dem Kamin ein langes Stock-Ding aus schwarz angelaufenem Silber, auf dem «There are more things» eingraviert war. Niemand begriff den Satz.

Das Haus stand wie für sich, in einem geschlossenen Kreis. Selbst an einem völlig stillen Sommerabend warf ein Wind von irgendwoher stoßweise die Fensterläden des Hauses auf und zu, auf und zu, als stünde es in einem Gewitter, weit weg; und weil manche am helllichten Tag zwei Augen aus den Fenstern starren sahen, von denen eines leicht schielte, riss man es auch später nie ab. Die Nachbarn hatten beschlossen, das Haus mit seinen Erinnerungen und Träumen für immer ruhen zu lassen.

Entstanden Juni 2019 bis Juli 2020
Für Stefan, Maria und Ingeborg

Personenverzeichnis

DANIEL und MARY DE FOE. Ehepaar, dessen Berufe und Rollen unmöglich alle aufzuzählen sind
JOHN TUFFLEY. Mary de Foes Vater
ALICE und JAMES FOE. Die Eltern Daniel de Foes
ELIZABETH FOE, GENANNT «LIZ». Schwester Daniel de Foes
HENRY FOE. Der jüngere Bruder von James, Onkel Daniel de Foes
HANNAH, SOPHIA, MARTHA, BENJAMIN. Kinder Mary und Daniel de Foes

HANNAH und THOMAS DE LAUNE. Presbyterianer und Dissenter
MOTHER SHIPTON. Daniel de Foes erste Lehrmeisterin
WILLIAM COLEPEPER. Anwalt der Dissenter

QUEEN ANNE STUART. Königin von Großbritannien und Oberhaupt der anglikanischen Hochkirche, der sogenannten Ecclesia Anglicana
EARL OF NOTTINGHAM. Staatssekretär
SARAH CHURCHILL, HERZOGIN VON MARLBOROUGH. Jugendfreundin und mächtige Sekretärin Queen Annes
ABIGAIL HILL. Die Nachfolgerin Sarah Churchills

ROBERT HARLEY. Sprecher des Unterhauses und Premierminister unter Queen Anne Stuart
WILLIAM GREGG. Harleys Sekretär
THOMAS WHARTON, GENANNT «TOM WARZEN-WHARTON». Intrigant und Harleys großer Gegner
CHARLES MONTAGU, EDWARD RUSSELL, JOHN SOMERS. Freunde und Mitverschwörer Whartons

King George, genannt «Georgy Porgy». König von Großbritannien nach Queen Anne

Robert Walpole. Bestechlicher Premierminister unter King George

Abraham Mendez. Rätselhafter Ratgeber und Bibelexperte

Smite, eigentlich Horatio Peregrin Smith. Geheimagent mit Vorgeschichte

Sir Salathiel Lovell. Richter, Gesellschaftsphilosoph, ein Erzfeind Daniel de Foes

Mother Elizabeth Whybourn. Bordellinhaberin
Midge, eigentlich Margaret Crane. Ihre Assistentin
Mother Elizabeth Needham. Konkurrentin beider

Spellvine. Ein sehender Blinder

Bodenham Rewse. Aufseher in Newgate Prison
Antoine de Guiscard. Merkwürdiger Zellengenosse Daniel de Foes in Newgate

Humphrey Shamcourt. Parlamentarier und Alchimist

Sir Thomas Clinch. Erster Chirurg des Königlichen Medizinkollegiums

Charles Hitchin, genannt «Hitch». Oberster Diebesfänger Großbritanniens
Der Abdecker. Heimlicher Herrscher über London
Gentleman Jack. Sein Gegenspieler
Joseph «Blueskin» Blake. Ein Freund von Gentleman Jack
Moll King, geborene Mary Godson. Diebin und Mitbesitzerin von «King's Coffee House»

Oliver Cromwell. Toter, noch sehr lebendiger Republikaner, Königsmörder, dann leider Diktator bis 1658

Das London des Romans um 1700

- nach Hampstead Heath
- Friedhof des Hl. Pankratius
- Rag Fair
- Holborn
- Friedhof Bonehill Fields
- SPITALFIELDS
- Bury Street
- Synagoge
- Oxford Road
- Soho Square
- Drury Lane
- Swan Alley, Geburtsort De Foes
- ST. GILES, CRIPPLEGATE
- Nördliche Stadtmauer
- Bedlam
- Covent Garden Piazza
- Great Wild Street
- King's Coffee House
- Fetter Lane
- Ropemaker's Alley
- Newgate Prison
- Paternoster Row
- Rathausplatz
- Chick Lane
- Königliche Börse
- nach Windsor
- Richtplatz von Tyburn
- Fleet Street
- Old Bailey
- Ludgate Hill
- Paulskathedrale
- Prangerplatz
- Haus der Rechtsgelehrten
- London Bridge
- Tower-Kai
- Tower
- Wapping Docklands
- Limehouse Hole/Pub »The Royal Oaks«
- nach Tilbury
- Themse
- Friedhof Crossbones
- Whitehall
- Westminster Abbey

0 200 400 600m

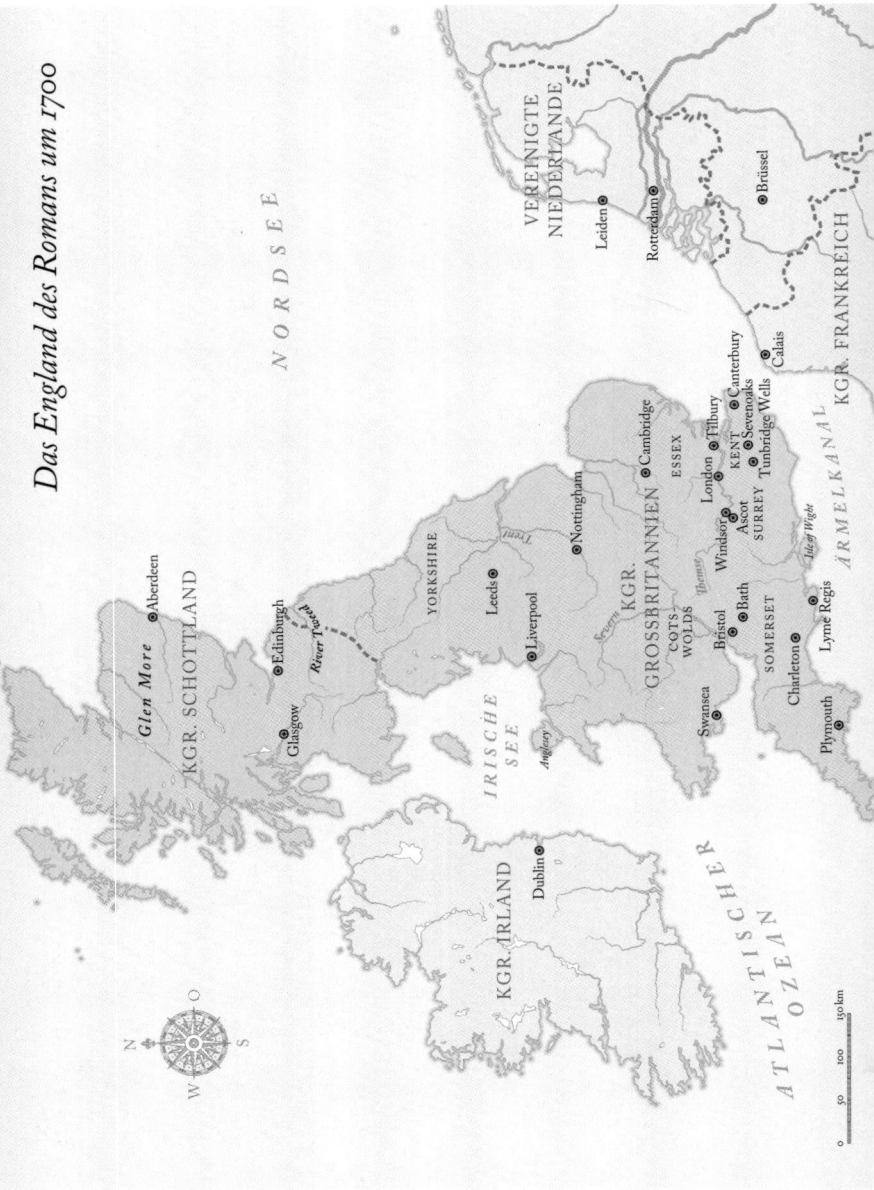